漢文ノート

文学のありかを探る

齋藤希史
Mareshi SAITO

東京大学出版会

Essays on *Kanbun*: Exploring Where Literature Is.

Mareshi SAITO

University of Tokyo Press, 2021
ISBN 978-4-13-083083-6

まえがき

この本は、東京大学出版会の月刊PR誌『UP』に「漢文ノート」と題して連載した全三十六回の文章のうち、すでに小著『漢文スタイル』（羽鳥書店、二〇一〇年）に収めた第十二回までを除いた二十四回分にやや手を加えて一冊にまとめたものである。連載は一・四・七・十月号の年に四回、ちょうど春夏秋冬の季節ごとで、多少はそれを意識して書いたものもあることから、連載順に並べるのではなく、四季それぞれ六篇ずつに編み直した。ただ、不定期に休載を挟んだ上に、話題にいささか偏りがある。そこで、掲載月によって機械的に割り振るのではなく、各篇の内容を勘案して四季に配置した。

連載の趣旨は、タイトルの通り、漢詩文やその文脈を共有する小説や文章をめぐってということだった。『UP』の記事は、研究者が自らの専門にかかわる話を少し広い範囲の読者に向けて語るタイプのものが多く、ひそみにならおうとしたのである。ところが身辺雑記を交えながら書いているうちに、材料も身の回りに乱雑に置かれた本から、語る中身も教室での餘談と変わらず、結局のところ、研究ノートというより、井の中の蛙がただ鳴きたいように鳴いているだけという具合になってしまった。いいわけをすれば、『UP』という媒体が自分にとって気のおけない心地よい場であったためでもある。

一冊の本にする機会を得て、さすがに気ままに書き過ぎていたと反省し、体裁を整えようとした。とはいえ、いったん気ままに書いてしまった文章を直すのは難しい。十年以上前に書いたものもある。直せばきりがない。ひとまず、読みやすさと職業的な作法とのバランスを取りながら、訓読や注を補充し、行文を整頓するように努めた。

書名には連載タイトルをそのまま用いた。副題は大風呂敷に過ぎたかもしれない。だが「文学」はもともと漢籍の語であるし、近代以降の翻訳概念としての文学がそれを脱文脈化しつつ再利用してきたことへの意識も、この本のところどころに顔を出しているように見えた。読者にそれが伝われば、大風呂敷の効用もあるかもしれない。

なお、本文、引用、書名を問わず、原則として漢字は常用字体で表記したが、藝（芸）・餘（余）・辨（弁）・辯（弁）などについては、字義の相違を優先して例外とした。

漢文ノート——目次

まえがき　i

春　1

霞を食らう　3
ともに詩を言う　15
双　剣　27
年年歳歳　37
走馬看花　47
悼　亡　59

夏　71

瓜の涙　73
斗酒なお辞せず　83
口　福　95
帰　省　105
スクナシジン　119
友をえらばば　131

秋

145
満目黄雲 147
蟬の声 159
菊花の精 173
隠者の琴 183
読書の秋 195
起承転結 207

冬

217
書斎の夢 219
郎君独寂寞 231
二人組 241
詩のかたち 255
杜甫詩注 267
漢詩人 281

あとがき 297

春

霞を食らう
ともに詩を言う
双剣
年年歳歳
走馬看花
悼亡

霞を食らう

「我々が天竺へ行くのは何の為だ？　善業を修して来世に極楽に生れんが為だらうか？　所で、其の極楽とはどんな所だらう。蓮の葉の上に乗つかつて唯ゆら〳〵揺れてゐるだけでは仕様が無いぢやないか。極楽にも、あの湯気の立つ羹《あつもの》をフウ〳〵吹きながら吸う楽しみや、こり〳〵皮の焦げた香ばしい焼肉を頬張る楽しみがあるのだらうか？　さうでなくて、話に聞く仙人のやうに唯霞を吸つて生きて行くだけだつたら、あゝ、厭だ、厭だ。そんな極楽なんか、真平《まつぴら》だ！　仮令、辛い事があつても、又それを忘れさせて呉れる・堪《こた》へられぬ怡しさのある此の世が一番いいよ。少くとも俺にはね。」

中島敦「悟浄歎異」[1]

三蔵法師の弟子のなかでこんなことを言いそうなのはもちろん猪八戒《ちよはつかい》、「こり〳〵皮の焦げた」という形容からもしかすると共食いなのではと怪しまれようと、彼はたぶん顧慮しない。ごちそうが何よりなのだ。

そんな八戒が美味の対極に置くのが仙人の霞。どうやら無味無臭、当然ながら満腹感もなく、食べた気がしないと思っているらしい。たしかに霞が春空にぼうっと浮かんでいるあのかすみのことだとすれば、せいぜいが薄甘い綿菓子くらいにしか見立てようもなく（それはそれでおいしそうではあるにせよ）、滋味溢れるスープや香ばしい焼肉に比べれば決定的にこくを欠く。熱々《あつあつ》でもない。それがかえってあらゆる欲望を棄てた脱俗の仙人の食物としてはふさわしくも思われ、いまでも「霞を食べては生きられないしね」と言えば、日々の労働に勤しまねばならない多くの人々が互いに慰め合うことばになる。まったく、霞を食べて生きられるのなら！

もちろん仙人にかかわることだからいずれ唐土に典故はあるのだろうと見当はつく。そうなると霞とかすみの違いも気になる。(2) 果たして仙人の主食たる（？）霞が本来どのようなものであったか、少し探索してみるのも悪くない。修行を積めば、霞にも微細な味の違いがあることがわかり、その組み合わせによっては極上の美味、などということがないとも限らず、八戒をうまく説得できるかもしれない。

霞を食べることの古い例としては、『楚辞《そじ》』に収められる「遠遊《えんゆう》」に次のような句がある。

餐六気而飲沆瀣兮　漱正陽而含朝霞

六気《りっき》を餐《くら》いて沆瀣《こうかい》を飲み、正陽《せいよう》に漱《くちす》いで朝霞《ちょうか》を含む。

「餐」は食らう、「六気」は天地の間にある六つの気。具体的には「日月星辰晦明」や「陰陽風雨晦明」など諸説ある。「沆瀣」は北方の夜半の冷気、もしくは露。「漱」は口をすすぐ、「正陽」は南方の日中の気、「含」は口に含む。そして気になる「朝霞」は、後漢の王逸《おういつ》の注によれば「日始出赤黄気」、太陽が出たばかりのときの赤黄の気。つまり朝焼けである。二句まとめれば、朝夕に変化する天地の気を食べたり飲んだり、いかにもスケールの大きな話だ[3]。

ちなみに「遠遊」は、濁世を離れて神仙を求め、遠く天に昇ることをうたうもので、古くは楚の屈原の作と信じられてきたが、清朝考証学以降、前漢のころの偽作ではないかとの説も強い。実際、その句には前漢の司馬相如《しばしょうじょ》「大人賦《たいじんのふ》」（『漢書《かんじょ》』司馬相如伝）と似たところが多く、それを真似て作ったものではないかとの説もあり、ここの例についても、やはり同じような句、「呼吸沆瀣兮餐朝霞（沆瀣を呼吸して朝霞を餐う）」が見いだせる。呼吸と言っても餐うと言っても、もとが気体だから同じことであろう。霞を食べることを漢語では「餐霞」と言うが、この句はその直接の典拠にも挙げられる。

こうしてみると、仙人の霞は、古くは春がすみのようなものではない。少なくとも朝霞は朝焼けの大気もしくは雲である。王逸には「茘支賦《れいしのふ》」、あの赤い実の茘枝を詠じた賦があって（『藝文類聚《げいもんるいじゅう》』巻八七）、「灼灼若朝霞之暎日（灼灼《しゃくしゃく》たること朝霞の日に暎《えい》ずるが若《ごと》し）」、その実の輝くこと、日に照らされた朝霞のようだ、という句も伝わっている。目にも鮮やかな赤であるはずだ。

朝だから赤いのであって、本来の霞はかすみのように無色もしくは白色なのではないかと疑ってみてもよいが、晋の左思《さし》「蜀都賦《しょくとのふ》」（『文選《もんぜん》』巻四）に蜀の山岳を叙して「干青霄而秀出、舒丹気而為霞（青霄《せいしょう》を干《おか》して秀出《しゅうしゅつ》し、丹気を舒《の》べて霞と為す）」、青い雲に届くほど高くそびえ、赤い気をのべ広げて霞となす、とあるのを見れば、またさらに、左思と同時代の劉逵《りゅうき》がつけた注に「霞、赤雲也」とはっきり記してあるのを見れば、そもそも霞自体がかすみとはずいぶん様子の違うものだとわかる。現代中国語でも「晩霞」と言えば夕焼けのことだ。やはり赤いのである。

霞を食うことが朝焼けないし日の出の赤い雲を吸いこむことだと考えると、煉丹術への連想が働く。煉丹術は、丹砂すなわち赤色の硫化水銀をおもな原料とする丹薬によって不老長生を図るもの、硫化水銀はむろん毒であって、丹薬の服用によって不老長生どころか早死にをしてしまうことすらあったのだが、それでも丹薬の効用が信じられたのは、その赤い色のせいだったのかもしれない。丹砂は辰砂ともいい、顔料としては朱である。中国で朱が珍重されたことは、あれこれ述べ立てるまでもない。

また、朝焼けの赤が刻々と変化するものであることも、その希少性を高めているに違いない。日が出たばかりの、最も赤く染まった気の一瞬を逃さず体内に取りこむ。機を逃せば、朝焼けの赤はたちまちに消えてしまう。晋の陸機《りくき》「歎逝賦《たんせいのふ》」（『文選』巻十六）には、次のような句が見える。

嗟人生之短期　孰長年之能執

時飄忽其不再　老晼晩其将及
懟瓊蘂之無徴　恨朝霞之難挹

嗟《ああ》人生の短期なる、孰《たれ》か長年《ちょうねん》を能《よ》く執《まも》らん。時《とき》は飄忽《ひょうこつ》として其れ再びせず、老《おい》は晼晩《えんばん》として其れ将《まさ》に及ばんとす。瓊蘂《けいずい》の徴《しるし》無きを懟《うら》み、朝霞の挹《く》み難きを恨む。

ああ、人の生はまことに短く、誰が長生を得られよう。時はひゅうと去って戻らず、老いは日が暮れるように忍び寄る。瓊蘂が影すらないのを懟み、朝霞の挹みがたいのを恨む。

「瓊蘂」は玉でできた花、後漢の張衡《ちょうこう》「西京賦《せいけいのふ》」（『文選』巻二）に「屑瓊蘂以朝飧、必性命之可度（瓊蘂を屑《くだ》きて以て朝《あした》に飧らえば、必ず性命の度《わた》る可し）」、瓊蕊をくだいて朝食べると生命が保たれるとされる。「瓊」はもともと玉のうちでも赤いものを指すから、朝霞と合わせて赤い朝食セットとなれば不老長生間違いなしの献立なのだろうけれども、さすがに一般人にはそう簡単には手に入らず、陸機の嘆くところとなっている。

霞とかすみの違いはかように歴然たるものがあるように思えるのに、かすみは古くから霞と書かれ、霞はかすみと訓《よ》まれる。『万葉集』を繙《ひもと》けば、その巻十「春雑歌」は春の霞のまさにオンパレードである。[4]

久方之《ひさかたの》　天芳山《あめのかぐやま》　此夕《このゆふへ》　霞霏霺《かすみたなびく》　春立下《はるたつらしも》

巻向之《まきむくの》　檜原丹立流《ひばらにたてる》　春霞《はるかすみ》　欝之思者《おほにしおもはば》　名積米八方《なづみこめやも》
古《いにしへの》　人之《ひとの》殖兼《うゑけむ》　杉枝《すぎがえに》　霞霏霺《かすみたなびく》　春者来良之《はるはきぬらし》

いずれも柿本人麻呂《かきのもとのひとまろ》のうた、巻十冒頭の三首のみ挙げたが、このあとも春の霞のうたは続く。和語のかすみは、動詞ではかすむ、つまりぼやけて見える、あるいは見えなくなることすらある意を含んでいて、『万葉集』にもそうした例がある。巻二十、大伴《おおともの》家持《やかもち》のうた。

伊弊於毛負等《いへおもふと》　伊乎祢受乎礼婆《いをねずをれば》　多頭我奈久《たづがなく》　安之弊毛美要受《あしへもみえず》　波流乃可須美尓《はるのかすみに》

家思ふと眠《い》を寝ず居れば鶴《たづ》が鳴く葦辺も見えず春の霞に。春のかすみがたちこめているさまであるが、漢籍の朝霞には、ぼんやりかすむ、もしくは視界を遮るというイメージはない。[5] むしろ色鮮やかなのである。

そして『万葉集』では常見の語と言える春霞は、じつは古い漢籍においては、あまり出会うことがない。六朝までの詩文を集めた『文選』や『藝文類聚』にはなく、唐詩に降っても数えるほどだ。春のかすみはあくまで和語の世界のものであって、漢籍の導入によるものとは言いにくい。

ではなぜかすみに霞という漢字をあてたのだろうか。

鄧慶真「漢字「霞」の古代日本での受容——『万葉集』と漢籍との比較研究を通して」[6]は、狩谷棭《かりやえき》斎《さい》『箋注倭名類聚抄《せんちゅうわみょうるいじゅしょう》』巻一「天地部風雨類」の「霞」に「所謂朝霞暮霞、今俗呼阿佐也計、由不也計者是也、又加須美、謂春日靄気、非赤気雲、皇国古書、皆以霞為加須美、其実非也、明皇十七事云、玄宗入斜谷也早、烟霞甚晦、所謂烟霞、正斥加須美也」、つまり朝霞や暮霞はアサヤケやユフヤケのこと、カスミは春のもやのことで赤い雲ではない、日本の古書が霞をカスミとするのは間違い、漢語の煙（烟）霞がカスミにあたる、と棭斎が説くのに注意して、かすみという和語にあたる漢語には「煙霞」「雲霞」「雲霧」などがあるが、一字に対応させるとなるとやはり「霞」がふさわしかったのではないかと推測する。煙はけぶり、雲はくも、霧はきり、のように、それぞれ対応する和語があり、色の違いをのぞけば、霞とかすみは特徴が一致すると言うのである。

たしかに、かすみに霞をあてたのは万葉人の誤解にもとづくとしがちであったそれまでの説に対して、鄧氏の説は耳を傾けるべきところがある。煙霞の煙は火から出るけむりではなく、もやに近い意味であり、煙霞の二字であれば和語のかすみに近い。煙はそれ自体が特定の色をもつものではなく、煙と組み合わされることで霞も脱色される。

表記手段としての漢字という観点から見るならば、かすみを霞と書くのは、煙霞などの語をふまえた上での表現技法でありかつ表記のルールでもあったと論じるべきかもしれない。意味のずれは承知の上で、あえて選んでいるのである。さらに言えば、漢字に新たな意味を賦与することをためらわない姿勢が、万葉人にはある。

『万葉集』の霞はただ眺めるもので食べるものではないが、かすみに霞をあて、霞がかすみと訓まれるようになれば、餐霞の霞もおのずと春がすみのイメージで受け取られるようになる。春がすみは刻々と移りゆく日の出の光によって現れる朝霞とは異なって、のんびりとたゆたうかすみである。そしてそれもまた、俗塵に背を向けた仙人にふさわしいように思える。不老長生のために朝焼けの赤い雲を吸いこむ仙人は、常人を超えたエネルギーをもち、異形の姿を呈することにも心の準備をしておいたほうがよさそうだが、春がすみを食べている仙人となれば、どこにでもいる風情のお爺さんであって不思議ではなく、昼寝のついでに霞を食べる気配すらある。かすみと霞の出会いがもたらした新しいイメージと言える。

しかし、事柄はもう少し複雑だ。漢籍における霞も、時期によって重心の移動がある。端的に言えば、煙（烟）霞という語が出現するのは南朝以降のことであって、朝霞などの語に比べれば新しい。雲霞の用例も六朝以降が圧倒的に多い。しかも、使用頻度は宋、斉、梁、そして唐代へと時期を追うごとに増加する傾向があり、霞の脱色具合もそれにつれて進んでいるように思われる。また、和語でいうかすみやもやを指す語としては雲煙などがすでにあったにもかかわらず、煙霞が好んで使われたことも興味深い。そこには霞がもとは神仙の領域に属するものであったことが大きくあずかっているだろうし、それゆえにこそ、霞が赤いものであることよりも、それが脱俗につながるものであることを優先する流れが導かれる。つまり、その霞が神仙の霞であれば、赤くても白くてもよいということになる。

加えて、六朝以降、山岳の吐納《とのう》する気を呼吸することで長生を図ろうとする実践そのものが士人の間でさほど珍しいものではなくなり、いわば名山における仙人修行、あるいはその日常化としての隠逸が身近になっていたことも参照されてよい。『楚辞』にうたわれた朝霞や沆瀣は、天上を遊行しながら飲みかつ食らうもので、ほとんど想像するしかないようなものだが、山にかかる霞となればその限りではない。たとえば王維の詩に至ればこんなふうである。

昔余棲遁日　之子煙霞隣
共携松葉酒　倶簪竹皮巾

昔余棲遁《せいとん》の日、之《こ》の子煙霞に隣《とな》る。共に松葉酒《しょうようしゅ》を携え、倶《とも》に竹皮巾《ちくひきん》を簪《さん》す。

「過太乙観賈生房[7]（太乙《たいいつ》に過《よぎ》りて賈生《かせい》の房を観る）」全十六句の最初の四句。以前、私が隠遁していたころ、この人は煙霞の友であった。ともに松葉の酒を携え、ともに竹皮の頭巾をかぶったものだ。

李白の詩では、餐霞もすっかり板についている。

餐霞臥旧壑　散髪謝遠遊
山蟬号枯桑　始復知天秋

霞を餐《くら》いて旧壑《きゅうがく》に臥し、髪を散じて遠遊を謝す。山蟬《さんぜん》枯桑《こそう》に号《さけ》び、始めて復た天の秋なるを知る。

「江上秋懐」（宋蜀本『李太白文集』巻二四）全十四句のこれも最初の四句。霞を食べて馴染みの谷に寝ころび、まげをほどいて遠出を断る。山の蟬が枯れた桑に鳴いて、もう秋が来たのだとようやく知る。

大まかに言って、時代が降るにつれて、空の霞はもとより食べる霞も必ずしも赤くなくてもよくなり、むしろ脱俗の象徴としては無色か白色といったおもむきとなる。隠者の友としての霞は、色などついていないほうがそれらしく、反対に、脱俗とかかわりなければ、朝焼けや夕焼けの意味を保持し続けると理解すべきかもしれない。和語のかすみに脱俗の含意があるかどうかはまた別の問題だけれども、漢語におけるこうした霞の重心移動を万葉人がそれなりに感じ取っていたと想像すれば、霞をかすみと訓じたことの同時代性も浮かび上がる。

不老長生の仙人なら、いっさい飲まず食わずでもよさそうなものだが、それでも霞を吸ったり露を飲んだりするのは、何かを体内に取り入れ、また体外に排出するという生命のしくみから私たちが離れられないことの暗示でもあろう。飲食のスケールがただ大きくなっただけで、飲食そのものが捨て去られるわけではない。仙人も詩人も八戒も、それは同じである。みずからにしたがってみずからにふさわしいものを口にする。となれば、朝焼けにかがやく霞にしても、あるいは春の空にたゆたうかすみにしても、はたまた香ばしい焼肉にしても、それぞれ思い思いの霞なのだ。私たちはみな、霞を食べて生きている。

【注】

（1）『中島敦全集』第一巻（筑摩書房、一九七六年）。字体のみ改めた。

（2）田中謙二「霞をくらう」（『中国語』二八八、一九八四年一月、のち『ことばと文学』汲古書院、一九九三年）および小島憲之「上代に於ける詩と歌――「霞《カ》」と「霞《かすみ》」をめぐって」（『松田好夫先生追悼論文集　万葉学論攷』続群書類従完成会、一九九〇年）などを参照。

（3）朝霞を含め、中国文学における霞については、釜谷武志「「霞」をめぐって――中国中古文学における」（『東方学会創立五十周年記念　東方学論集』東方学会、一九九七年）を参照。神仙と霞との関係や自然美としての霞の登場など、重要な指摘がある。

（4）本文は佐竹昭広・山田英雄・工藤力男・大谷雅夫・山崎福之校注『原文　万葉集』（岩波文庫、二〇一五年）による。以下同。

（5）後掲の鄧論文は「重霞掩日餘」「霞濃掩日輪」「丹霞蔽陽景」の例をもって「これらの「霞」は『万葉集』のカスミと同様、視線を遮断するものである」とするが、霞が遮っているのはいずれも日の光であり、適切な例とは言いにくい。

（6）『皇学館論叢』第三三巻第二号、二〇〇〇年四月。

（7）趙殿成『王右丞集箋注』巻十五外編、『文苑英華』巻二二六（詩題の「太乙」を「太一」に作る）。「賈生」は未詳。

ともに詩を言う

早春の光が柔らかい日、久しぶりに奈良女子大学を訪れた。一九九七年から三年間、専任として勤めた懐かしい場所だ。当時お世話になった先生の最終講義とお祝いの会に出席し、その合間には東大寺から若草山あたりをぶらぶら歩き、夜は小西通りで旧交を温めた。[1]訪れた人の多くが感じるように奈良という街はどこか時間が止まったような空間で、その上に十五年近く前の記憶がほつほつと蘇ってくるものだから、独特の浮遊感があった。

奈良女子大学は前身が一九〇八年創立の奈良女子高等師範学校、若草山の麓にこじんまりと構えてはいるが、往時の女高師ゆえか伝統の醸し出す空気がある。着任した当初は、私語ひとつせずにこちらの話をひたすらかりかりと筆記する音の響く教室に正直たじろいだ。何をみんなノートに書いているんだろう、こっちはしゃべっているだけなのにと間抜けにも思った瞬間、あ、いま自分がしゃべったことを彼女たちは書きとめているのだと気づいた。不真面目な学生だった自身を省みて、大いに狼狽したのである。もちろん、学生たちに馴染んでみれば、真面目一辺倒ばかりでない潑剌とした姿も見えてきて、狼狽も次第におさまることとなったのだけれども。

奈良女子大で驚いたのはもう一つ、鹿である。奈良だから鹿がいるのはあたりまえだと思っていたし、奈良公園で煎餅を鹿に与えた経験もすでにあった。しかしキャンパスを鹿が闊歩しているとなれば、ちょっとした驚きだ。授業中に教室の窓の外を鹿がのんびり通り過ぎて行くのを思い描いてみてほしい。まして、授業の準備ですっかり日も暮れて（学生が真面目だと教師も真面目になるものだ）暗くなった校舎から外に出たその時、いきなり鹿に出くわしたとなれば。

明治の鹿鳴館の名で知られるように、鹿が鳴くのは賓客を歓迎する印である。鳴いてさえ歓迎なのだから、直接の出迎えはきっと新参者への最大級の歓迎の挨拶だったのだ。念のために、その出典たる『詩』(2)小雅《しょうが》「鹿鳴《ろくめい》」三章のうち、第一章と第三章を引いておこう。

呦呦鹿鳴　食野之苹
我有嘉賓　鼓瑟吹笙
吹笙鼓簧　承筐是将
人之好我　示我周行

呦呦《ゆうゆう》と鹿は鳴き、野《や》の苹《へい》を食《は》む。我《われ》に嘉賓《かひん》有り、瑟《しつ》を鼓し笙《しょう》を吹かん。笙を吹き簧《こう》を鼓し、筐《きょう》を承《ささ》げて是れ将《すす》む。人の我を好《よみ》せば、我に周行《しゅうこう》を示せ。

呦呦鹿鳴　食野之芩
我有嘉賓　鼓瑟鼓琴
鼓瑟鼓琴　和楽且湛
我有旨酒　以燕楽嘉賓之心

呦呦と鹿は鳴き、野の芩《きん》を食む。我に嘉賓有り、瑟を鼓し琴《きん》を鼓さん。瑟を鼓し琴を鼓し、和楽し且つ湛《たの》しむ。我に旨酒《ししゅ》有り、以て嘉賓の心を燕楽《えんらく》せん。

漢代の注である「毛伝」とともに伝わる序では、「鹿鳴は、群臣嘉賓を燕する也」とあって、伝統的な解釈はそれにもとづく。奈良で聞いた鹿の鳴き声はみゅーんとかひゅーんとかいう感じで、おそらく「呦呦」もそれに近い音を示しているだろうけれども、古注では、鹿がそうした鳴き声で友を集めて野の草を食べていることが、君主が賓客を招いて饗宴を催すことを連想させるのだとする。「瑟」も「笙」も「簧」も楽器、「筐」は引き出物を入れた箱。「人」は客、「我」は君主、「周行」は善き道。宴が整ったところで君主は言う、客人よ、我を嘉するならば、我に善き道を示せ、と。音楽で座をなごやかにし、うまき酒もて客の心を楽しませる。

まことに宴にふさわしい詩で、古代中国においてこの詩は外交儀礼の場で歌われるのがならわしであった。『春秋左氏伝《しゅんじゅうさしでん》』襄公《じょうこう》四年（紀元前五六九年）には、次のように記される。

魯の穆叔《ぼくしゅく》（叔孫豹《しゅくそんひょう》）が晋に赴いたのは、知武子《ちぶし》（荀罃《じゅんおう》）の使節への答礼のためである。晋侯（悼公）は穆叔を饗応して、「肆夏《しか》」以下の三曲を鐘鼓で奏したが、穆叔は拝礼しない。〔大雅の〕「文王」以下の三曲を楽人が歌うと、これにも拝礼しない。〔小雅の〕「鹿鳴」以下の三曲を歌うと、一曲ごとに拝礼した。韓献子《かんけんし》は、行人（外交官）子員《しいん》に質問させた。「子《あなた》が魯君の命により敝邑《わがくに》にお出でいただいたので、先君の礼に従い、楽を奏して吾子《あなた》のお耳に入れました。しかるに吾子《あなた》は〔肆夏や文王の〕格式の高い曲には見向きもなさらず、〔鹿鳴の〕低い格式の曲に三拝された。これはいかなる礼か、おたずねしたい」

穆叔は答えた。

「「肆夏」の三曲は、天子が諸侯の長を饗応する際に用いるもので、使臣《わたくし》如きが耳にできるものではありません。「文王」の三曲は二国の国君が会見する際の楽でして、使臣《わたくし》如きにはかかわりありません。〔「鹿鳴」の三曲のうち〕「鹿鳴」は、貴君が寡君《わがきみ》をお褒めいただくもの、お褒めには拝謝せねばなりません。「四牡《しぼ》」は貴君が使臣《わたくし》をお労《ねぎら》いくださるもの、重ねて拝謝せねばなりません。〔…〕[3]」

ここからは、この詩が宴の場をなごやかにするためのうたであるよりは、外交上のプロトコールとして位置づけられていることがわかるし、この詩に限らず、そもそも詩というものが春秋の諸国間で共有され、それを儀礼の場で適切に用いることが重要であったということもわかる。近代世界の儀典における国歌の演奏にも、一脈通じているだろう。

しかし、詩の原義を重んじる立場からすれば、こうした用法はあくまで付随的なものである。諸国間の儀礼に用いられるということだけでなく、さらに遡って、それが賓客を歓迎する詩であるという点においても、原義が失われていると言う。

白川静は、「賓客を迎える歌とされるが、本来は神を迎える歌であった。賓も客も、字の初義からいえば、もと客神をいう語で、鹿鳴はその神聖感を導き、鼓吹の楽は神を迎えるものであった。祖霊を迎える詩で、人とは祖霊をいう(4)」とし、『詩』の小雅・大雅《たいが》の諸篇を「基本的には周・諸侯の宗廟や社に於いて、巫によって歌舞せられた宗教仮面舞踏詩をその起源」とするものとして解釈する近年の注釈では、「本篇は、祖霊神が一族のもとに来臨したことを歓待する詩」だとして、鹿も「祖霊神の使者」だと言う(5)。

なるほど、鹿は神さまの使者であるとは納得もしやすいし、麒麟などの霊獣が生まれたいきさつもそう考えれば腑に落ちる。殷周期のシャーマニズムの中で詩がはぐくまれたとするのは、有効な知見であろう。どんな仮面舞踏が行われたのか、伴奏はどのようなものであったのか、古代に思いを馳せて想像するのも愉しい。

一方で、白川が「従来、燕礼、饗礼の詩として解するのは誤りであるが、古くからそのような詩として扱われてきた(6)」とするのもまた、『詩』にとって大事なことだ。叔孫豹に向かって、その詩の原義はそのようなものではないと説いたところで、一笑にふされるのが落ちだろう。誤りであるかどうかはともかく、その詩はその時代においてはそのようなものとして歌われ、用いられている。むしろ、「誤り」こそが、詩の生命をつないだのである。

『詩』がシャーマニズムと密接に結びついたままであったなら、社会の変動によって詩篇の多くは失われてしまったであろう。いや、実際に失われた詩篇は多いのではないか。今たまたま「詩三百」として『詩』が残っているのは、むしろ「誤り」とされる用いられ方をした、その詩が残っているだけだとも考えられる。

甲骨文字のように占卜と深いかかわりをもったままであったなら、漢字は現在に至るまで伝わることはなかったに違いない。文字の宛先を神から人に転じたことで、漢字は漢字となったのである。同じことは、『詩』にも言える。「鹿鳴」は、神を饗応する詩から人を饗応する詩に転じたことで、詩として長く伝えられた。

『詩』を尊重したのは孔子であり、それゆえ『詩』は経の一つとされた。「詩三百、一言以蔽之、曰、思無邪（詩三百、一言以て之を蔽《おお》えば、曰く、思い邪《よこしま》無し）」（『論語』為政《いせい》篇）とあるように、孔子のころには現在と同じく『詩』の総数は三百篇ほどになっていたらしい。

孔子が『詩』を尊重したのは、仮面舞踏詩としてではない。その記憶がまったくなかったとは断じられないけれども、やはりあくまで人のことばとしてであり、神へのことばとしてではなかった。もとより孔子は「怪力乱神」は語らない。

『詩』はただ価値の高いものとして尊重されたのではない。学ぶべきことば、使うべきことばとして重んじられた。『論語』季氏《きし》篇には、孔子がわが子に向かって「不学詩、無以言（詩を学ばざれば、以て言う無し）」と諭したことが見える。「興於詩、立於礼、成於楽（詩に興り、礼に立ち、楽に成る）」（泰伯《たいはく》篇）とも言う。『詩』を学ぶことは、孔子の弟子たちにとって必須の業であった。また、子路《しろ》篇にはこんな語もある。

> 子曰、誦詩三百、授之以政、不達。使於四方、不能専対。雖多、亦奚以為。
> 子曰く、詩三百を誦するも、之《これ》に授くるに政《まつりごと》を以てして、達せず。四方に使いして、専対《せんたい》すること能わず。多しと雖も、亦《ま》た奚《なに》を以て為さん。

『詩』三百篇が暗誦できているのに、国の行政をやらせても、布令をきちんと行きわたらせることができず、外交使者として諸国に赴いても、自己の判断で応対することができないようでは、多く憶えていても、何にもならない。

ここから読み取れるのは、『詩』は憶えるだけではだめで、使えなければならないということだ。そして『詩』を使うとは、それを知恵あることばとして、場に応じて適切に用いるということである。古代ギリシャにおけるトポス（定型的論拠）のような機能を果たしていたと考えてもよい。儀礼として楽人が歌うだけでなく、孔子の弟子たちのような「士」が、個々の場面において『詩』のことばを適切に用いて指示をしたり応対をしたりすることが求められたと考えられる。

そしてその『詩』のことばは、ある特別な調子で誦されるものであった。『論語』に「子所雅言、詩書執礼、皆雅言也（子の雅言する所は、詩・書・執礼、皆な雅言なり）」（述而篇《じゅつじ》）とされる「雅言」は、説がわかれてはいるけれども、ここでは特別な調子で読み上げたことを指すと見たい。(7)「詩書執礼」は『詩』『書』『礼』の経であろう。それらは古えから伝わる特別なことばであり、だからこそ特別な読み方がされた。

それらのことばは、おそらく孔子以前のシャーマニズム的世界と結びついて生まれたものであった。孔子はそれを自らの社会において有用なことばとして再認した。原義を求める立場からすれば、起源の隠蔽に手を貸したことになるかもしれない。ことばの簒奪と見えるかもしれない。だがそれによって可能になったことは大きい。少なくとも、中国という文明世界は、そのようにして成立したのである。

『詩』をめぐっては、もう一つ注意しておきたいことがある。学而篇《がくじ》の有名な一節。

子貢曰、貧而無諂、富而無驕、何如。子曰、可也。未若貧而楽、富而好礼者也。子貢曰、詩云、如切如磋、如琢如磨。其斯之謂与。子曰、賜也、始可与言詩已矣。告諸往而知来者。

子貢《しこう》曰く、貧しくして諂《へつら》うこと無く、富みて驕《おご》ること無きは、何如《いかん》。子曰く、可也《なり》。未だ貧しくして楽しみ、富みて礼を好む者に若《し》かざる也。子貢曰く、詩に云う、切するが如く磋《さ》するが如く、琢《たく》するが如く磨《ま》するが如し、と。其《そ》れ斯《こ》れを之《こ》れ謂《い》う与《か》。子曰く、賜《し》也《や》、始めて与《とも》に詩を言う可《べ》き已矣《のみ》。諸《こ》れに往を告げて来を知る者なり。

孔子の高弟子貢は「言語」にすぐれていたとされ、ここもそれを示す一例であろう。貧しくてもへつらわず、富んでいても驕ることがないというのは、いかがでしょうか、と子貢が問うと、孔子は、それでもよいが、貧しくても楽しみ、富んでいても礼を好むというのにはおよばない、と答える。すると子貢は、『詩』に「切するが如く磋するが如く、琢するが如く磨するが如し」と言いますが、そういうことですね、と応じ、孔子は、賜よ、お前となら『詩』を言うことができる、往を告げれば来を知る者だ、と感嘆する。

「切磋琢磨」の熟語で知られるように、「如切如磋、如琢如磨」（衛風《えいふう》「淇奥《きいく》」）は、徳を磨き、たゆまず向上することの意で用いられている。ちなみに、原義に帰ろうと試みる注釈では、磨き上げたような祖霊の美しさの意に解するが、[8]孔子はすでに転用としての詩句に重きを置いている。そしてそれを引いて述べた子貢に対し、「始めて与《とも》に詩を言う可《べ》きのみ」と褒めたのである。この賛辞は、『詩』の「巧笑倩兮、美目盼兮、素以為絢兮（巧笑倩《こうしょうせん》たり、美目盼《びもくはん》たり、素《そ》以て絢《あや》を為す）」（衛風「碩人《せきじん》」）の句について尋ねた子夏《しか》に対しても、やりとりの後に「始可与言詩已矣」とまったく同じように与えられている（八佾《はちいつ》篇）。

この「ともに詩を言うべきのみ」は、吉川幸次郎訳『論語』に「お前とこそは詩の話ができる。[9]」

「お前とこそ始めて詩の議論ができる。(10)」と解釈されるように、『詩』について語り合えると理解するのがオーソドックスである。しかし、いま見たようなトポスたる詩の用法から推せば、むしろ直接に『詩』を言い合うことができる、つまり、お前となら『詩』によって応答を交すことができる、その域にお前は達している、と理解してよいのではないだろうか。そして孔子の賛嘆は、弟子の伎倆への感心のみならず、弟子とことばを共有したことの喜びにも溢れていたのではないかと想像したい。『詩』という特別なことばを交しあう喜び。それこそ師たる者の喜びであると、孔子は言外に語る。

その学びの場において問われたのは、共有されたことばをどうふくらませるか、どのように応用し転用することができるか、であった。そこには節度もあるが、飛躍もあるだろう。しかしそれが『詩』の『詩』たる所以である。

奈良の教室でも『詩』を授業で取り上げたことはあったはずだが、ただの雑談めいた講義を筆記されて狼狽するようでは、『詩』の本質を伝えることなど望むべくもない。けれども、そこで何かを語った記憶はまだ残っているし、もしかしたらどこかにその雑談をかりかりと記したノートの切れ端が落ちているかもしれない。鹿に食べられていなければ。

【注】

（1）二〇一一年二月一九日、同年三月に退職される弦巻克二教授の最終講義と退職記念祝賀会が奈良女子大学で開かれた。

（2）一般には『詩経』とするが、経とされるのは漢代以降、『詩経』の語が定着するのはさらに後代のことであり、もともと「詩」と言えば『詩経』に収められるような詩篇のことであった。これらの詩篇は、基本的に固有の作者をもたず、共有されることばとして流通した。魏晋以降、士人による五言詩の隆盛にともない、『詩経』の詩と作者の詩との区別が生じたのである。

（3）訳文は、小倉芳彦訳『春秋左氏伝』中（岩波文庫、一九八九年）による。振り仮名を増減するなど、体裁上の改変を適宜施した。

（4）『詩経雅頌』1（東洋文庫635、平凡社、一九九八年）四二頁。

（5）石川忠久『詩経』中（新釈漢文大系111、明治書院、一九九八年）一六〇頁、一六五頁。

（6）前掲『詩経雅頌』1、四三頁。

（7）小稿「読誦のことば――雅言としての訓読」（中村春作ほか編『続「訓読」論――東アジア漢文世界の形成』勉誠出版、二〇一〇年）、小著『漢字世界の地平――私たちにとって文字とは何か』（新潮選書、二〇一四年）第三章「文字を読み上げる――訓読の音声」を参照。「与言詩」の解釈についても述べる。

（8）石川忠久『詩経』上（新釈漢文大系110、明治書院、一九九七年）一五六頁。

（9）『吉川幸次郎全集』第四巻（筑摩書房、一九六九年）三八頁。

(10)　同書、七五頁。

双剣

雌雄二振りの剣と言えば、劉備《りゅうび》のそれを思い浮かべる人もいるかもしれない。『三国志演義』の冒頭、劉備と関羽《かんう》と張飛《ちょうひ》の三人が出会い、張飛の家の裏の桃園《とうえん》で義兄弟の契りを結んだいわゆる「桃園の誓い」の翌日、旅の商人から贈られた一千斤の鉄で、劉備は双股すなわち二振りの剣、関羽は青龍偃月刀《せいりゅうえんげつとう》、張飛は一丈八尺の点鋼矛《てんこうぼう》を作らせる。それぞれ得意の武器が調達されたということになる。

ただ、関羽の青龍刀が赤兎馬《せきとば》とセットになっておなじみであったり、四メートル以上も長い矛が張飛のシンボルであったりするのに比べれば、劉備の双剣は、武よりも情が目立つ彼の役回りもあって、いささか影が薄い。明代の版本の挿絵を見ると、たしかに劉備は剣を両手にもって馬に乗り、いわば二刀流なのだが、宮本武蔵のように二刀流の元祖になったわけではない（念のために言えば、武蔵と違って、劉備の双剣は同じ長さに描かれている）。源氏伝来の鬼切《おにきり》と鬼丸《おにまる》を両手に振るって湊川《みなとがわ》の合戦から辛くも脱した新田義貞のほうが、まだしも二つの刀を手にしたことの意味があったように思える。正直なところ、劉備の双剣はあまりぱっとしない。

興味深いことに、少なくとも『三国志演義』の本文では雌雄一対とは称されていない。にもかかわらず、中国でも日本でも、この双剣は雌雄一対だと解釈されることが少なくない。それには、古くから伝わる説話が背景にあるに違いない。

双剣将別離　先在匣中鳴
煙雨交将夕　従此遂分形
雌沈呉江水　雄飛入楚城
呉江深無底　楚城有崇扃
一為天地別　豈直阻幽明
神物終不隔　千祀儻還幷

双剣　将《まさ》に別離せんとし、先に匣《こう》中に在りて鳴く。煙雨に交わりて将《まさ》に夕べならんとし、此れ従り遂に形を分かつ。雌は呉江《ごこう》の水に沈み、雄は飛びて楚城《そじょう》に入る。呉江は深くして底無く、楚城には崇扃《すうけい》有り。一たび天地の別れを為せば、豈《あ》に直《ただ》に幽明を阻《へだ》つるのみならんや。神物《しんぶつ》は終《つい》に隔てられず、千祀《せんし》儻《ある》いは還《ま》た幷《あわ》されん。

二振りの剣が別れぎわに、匣《はこ》の中で鳴き出した。霧雨が立ちこめて夕暮れも迫り、それ以来、離ればなれになってしまった。雌の剣は呉を流れる江《かわ》に沈み、雄の剣は楚の城に飛んで入った。呉江は底なしに深く、楚の城は高い扉に閉ざされている。ひとたび天地の別れとなってしまえば、生死の境を異にするどころではない。とはいえ神霊のもたらす物ならば結局は隔てられまい、千年の後には再び一緒になることもあろう。

六朝の宋、西暦で言えば五世紀の文人鮑照《ほうしょう》による詩。梁代に編纂された『玉台新詠《ぎょくだいしんえい》』巻四には「雑詩九首」のうち其《その》八「贈故人（故人に贈る）二首」のさらに其二として収められ、宋代に刊刻された鮑照の詩文集『鮑氏集』巻六には「贈故人馬子喬（故人馬子喬《ばしきょう》に贈る）六首」の其六として見え、字句にいささか異同があるが、意味の違いは小さく、ここでは『玉台新詠』に拠った。馬子喬がいかなる人物かは不明だが、鮑照の故人、すなわち古なじみの人に贈った詩であったことは間違いない。となると、これは男女の別れを比喩する詩であるように見えて、友人との別れの詩ということになるのか。

『玉台新詠』に収められた「贈故人」の其一も見てみよう。『鮑氏集』では「贈故人馬子喬六首」其二。

寒灰滅更燃　夕華晨更鮮
春氷雖暫解　冬氷復還堅
佳人捨我去　賞愛長絶縁

歡至不留時　毎感輒傷年

寒灰《かんかい》 滅して更に燃え、夕華《せきか》 晨《あした》には更に鮮かなり。春冰《しゅんぴょう》 暫《しばら》く解くと雖も、冬冰《とうひょう》 復た還た堅し。佳人 我を捨てて去り、賞愛《しょうあい》 長《とこし》えに縁を絶つ。歡《よろこ》び至るも時を留めず、毎《つね》に感じて輒《すなわ》ち年を傷む。

火の消えた灰でもまた燃えることはでき、夕べにしぼんだ花も朝にはまた鮮やかに開く。春の氷はしばらく融けるが、冬になればまた堅く凍る。なのにあの方は私を捨てて去り、愛《いつく》しむ心は永遠に縁を絶たれてしまった。喜びが訪れても長く留まることはなく、物思いに沈んでは年の過ぎ去るのを悲しむ。

この詩も、友人というよりは、心の去った恋人に向けたものと解しうる。『玉台新詠』は、編纂の方針として男女の情にかかわる詩をもっぱら集めているから、少なくとも、そのめがねにかなうところはあったと見てよい[1]。

『鮑氏集』に載せられた他の四首を見てみると、「親愛難重見、懐憂坐空老（親愛 重ねて見《あ》い難し、憂を懐きて坐《そぞ》ろに空しく老ゆ）」（其二）、「安得草木心、不怨寒暑移（安《いず》くんぞ草木の心を得て、寒暑の移るを怨みざらんや）」（其三）、「一挹繒繳痛、長別遠無双（一たび繒繳《そうしゃく》〔いぐるみ〕の痛みを挹《う》くれば、長別して遠く双《つが》うこと無し）」（其四）、「宿心誰不欺、明白古所難（宿心《しゅくしん》 誰か欺かざる、明白は古《いにしえ》より難しとする所）」（其五）などの句があるように、別離や心変わり、孤独の不安などを主題とはしているが、必ずしも男女の情に即しているわけではない。鮑照が馬子喬に贈った詩のうち男女の情に仮託して作られた二首が『玉台新詠』によってピックアップされたとも言える。

仮託と言っても、鮑照が馬子喬を誰よりも切なく思い慕うあまり、男女の情に仮託してこれらの詩が作られたというわけではない。注釈書によっては、馬氏の妻になりかわってその心情を述べたともするが、それでは仮託の範囲が狭すぎるように思う。『玉台新詠』に採られていない詩とも考え合わせると、むしろ、友人との別れは一つの詩作の機会であって、それに乗じて別離や孤独、さらには過ぎゆく年月への不安などをさまざまな詩にして表したものと考えたほうがよさそうだ。友人に向かって自分の詩作の腕を披露しているようなもので、それもまた鮑照の生きた六朝期には珍しくなかった。

唐代以降の送別の詩は、互いの友情を別れの場の情景とともにうたいあげることが多い。そうした詩を読み慣れた目からすれば、六朝のこうした詩は真率さに欠けるように思われるかもしれないが、詩はもともと個別の状況を個別のままにうたうよりは、一定の類型に個別の状況をそのつど重ねながらうたうものとしてあった。それはいまの私たちにとっての「歌」(唱歌であれ民謡であれポップスであれ)に近いとしてよいかもしれない。

いつのまにか双剣から遠ざかってしまった。要するに、男女の情をうたう類型の一つとして用いられる程度には、双剣説話は人々に知られていたのではないかということであった。

鮑照の「双剣」詩の典拠としては、『晋書《しんじょ》』張華《ちょうか》伝に見える説話を引くのが通例である。いささか長いので、少しかいつまんで引いてみれば――

呉がまだ滅んでいないころ、二十八宿の斗宿と牛宿の間に、いつも紫の気があり、道術者たちは呉の勢力ゆえとしたが、張華はそう考えなかった。果たして呉が平定されてからも紫の気はますます強くなった。張華は豫章《よしよう》（江西省）の雷煥《らいかん》が星を見るのに優れていると聞いて呼び寄せ、二人だけで夜空を観察したところ、雷煥はこの異様な気について、「宝剣の精が上って天に徹したのです」と言う。張華は、人相見に六十を過ぎたら大臣になり宝剣を佩びるようになると若いころに言われたという話を持ち出して喜んだ。

雷煥に剣のありかを尋ねると、豫章の豊城《ほうじよう》にあると言うので、何とか手に入れたいと思った張華は、雷煥を豊城の県令に任命して派遣する。雷煥が豊城の獄舎の下を深く掘ったところ、石函があって、光を放ち、中には双剣があった。一方には「龍泉《りゆうせん》」、一方には「太阿《たいあ》」の銘があった。その夜、例の気はもう現れなくなった。

雷煥が南昌《なんしよう》の西山の北の岩の下の土で剣を磨くと、すばらしい光を放った。雷煥は、一振りを南昌の土とともに張華に送った。「二振りあったのに一振りしか送らないことに、張どのは気づくのでは」と言う者があったが、雷煥は「この王朝はやがて乱れ、張どのも災いを受けるに違いない。かつて季札《きさつ》の剣を欲しがった徐君《じよくん》のように、死後に受け取ることになろう。霊異の物は、必ず変化《へんげ》して去るものであって、いつまでも人のものになどならぬのだ」と答えた。

剣を受け取って大いに珍重した張華は、「よくよく剣の地紋を見れば、これは干将《かんしょう》だ。それなら莫邪《ばくや》はなぜ来ない。とはいえ天の生んだ神物、結局は合するはずだがね」と手紙を書き、南昌の土より上等だとして華山《かざん》の土とともに雷煥に送った。

張華が政変で刑死すると、剣の所在はわからなくなった。雷煥が亡くなった後、その子の雷華《らいか》が剣を携えて延平津《えんぺいしん》という渡し場を通ったとき、剣が腰から飛び出して水に落ちた。水に潜って取らせようとしたが、潜った者は、剣の代わりに二体の長い龍が美しいとぐろをまいているのを見て、怖くなって戻った。すると光が水を照らし、波が湧き起こって、それ以来、剣は失われた。「亡き父が「変化して去る」と言われたのも、張どのが「結局は合する」と言われたのも、こういうことだったのか」と雷華は嘆じた。

西晋の張華は森羅万象に通じた学者として知られ、また、晋による呉の平定にも功があった。この説話の力点が、張華がいったんは呉の名剣を所有したものの、結局、神物は人の手から離れたというところにあるのも、平定された呉の側からの視点であったかと思われる。「龍泉」と「太阿」という銘は、呉の名剣として伝わる「龍淵《りゅうえん》」と「泰阿《たいあ》」と同じであろう。ただ、『越絶書』などに記された伝承によれば、「龍淵」と「泰阿」は一対の剣というわけではない。雷煥の理解もおそらく同様で、張華にこれは「干将」だと言われて初めて、雌雄の双剣だと認識したのではなかったか。

張華は、干将と言えば莫邪だろう、と当然のように言っているが、実は、この二剣を雌雄一対とするのはそれほど古いことではない。たしかに干将と莫邪は剣の名として秦以前から文献に現れている。古代中国の辯舌家たちに馬を用いた比喩が多いのと同様、剣を用いた比喩も多く、その中に干将も莫邪も登場する。けれども雌雄一対ではない。そもそも剣に雌雄があるという考えがそのころには見えない。

一方で、六朝期の説話では、干将と莫邪は剣の名としてばかりではなく、剣匠の夫婦の名としても伝えられる。明らかに剣名が人名に転化したもので、流れを大胆に端折ってしまえば、剣の名として干将と莫邪がまずあって、それとは別に雌雄一対の双剣伝承があり、それに干将と莫邪の名が結びつき、さらには夫婦の名ともなった、ということになろう。(2) 鮑照の詩には干将と莫邪の名はなく、固有名をもたない双剣伝承の段階のものをふまえるのかもしれない。剣が匣の中で鳴いたり、楚城に飛んでいったり、龍に変化しなかったりなど、張華の説話と微妙に異なるところがあるのも、注意を引く。そもそも張華の説話は唐代に編纂された『晋書』に記載されたものであって、同一の説話を典拠に鮑照の詩が詠まれたとしては単純すぎる。ちなみに、張華よりも二十歳ばかり年長の阮籍《げんせき》が著した「楽論《がくろん》」には「呉有双剣之節（呉に双剣の節有り）」という句が見え（干将と莫邪の名はない）、何らかの双剣説話はすでに呉のものとして伝わっていたと見える。

それにしても、人を殺傷する力をもった鋭い武器であるはずの剣が、雌雄のつがいとなり、互いに求めあうという設定は、人の心を引く。双剣は、二刀流のように振り回してすぐれた武を示すというよりも、むしろそれを超えた霊物の情の象徴として、語り直されていった。

金文京氏は劉備の双股剣について、「二刀流を使うのは、民間の物語や芝居の中では、またたいてい女性と相場が決まっていた」「もっとも劉備が双股剣をふりまわしたのは、黄巾賊の乱からせいぜい虎牢関で呂布とわたりあった（第五回）頃まででであろう。その後はそんなぶっそうなものはよして、もっぱら情に訴えて人を動かすという手法に出る。そのきわめつけが涙であった」「つまり女性のつかう武器を捨てて、本物の女の武器を手にしたのであろう[3]」として、劉備の女性性を指摘する。

二刀流がなぜ女性なのか。重さや長さを誇るような武器では女性に似つかわしくないという理由も思い浮かばないではないが、やはり双剣そのものにまつわる情こそが、女性が手にする武器にふさわしく感じられたということではないだろうか。劉備の双剣も、明示されずともやはり雌雄一対であったと想像されるのである。

【注】

（1）この詩は『玉台新詠』と『鮑氏集』ではいくつか字の異同があり、とりわけ第六句の下二字を前者では「絶縁」、後者では「絶絃」とするところには注意せねばなるまい。「絶縁」であれば、この詩は女性から男性に向けたものと読むのが自然だが、「絶絃」となると、例の「知音」の故事をふまえることになる。すなわち、琴の名手であった伯牙《はくが》は、自ら奏でる曲の最もよき理解者であった鍾子期《しょうしき》が亡くなると、琴の絃を絶って、以後、二度と琴を弾くことはなかったという話からすれば、男女よりも、真価を認めあった友人同士という意が強くなる。もともとどうであったのかを判定するのは困難だけれども、こうした分岐が一字の違いで生じるのは、恋愛の詩と友情の詩の近さを示している。

(2) これらの名剣をめぐる伝承の複雑な絡み合いについては、小稿「剣と王——干将・莫邪・眉間尺」(『説話論集』第十四集、清文堂、二〇〇四年)で論じたことがある。

(3) 金文京『三国志演義の世界』(東方書店、増補版二〇一〇年)一六一頁。

年年歳歳

洛陽城東桃李花　飛来飛去落誰家
洛陽女児惜顔色　行逢落花長歎息

洛陽城東 桃李の花、飛来《とびきた》り飛去《とびさ》り誰《た》が家にか落つ。洛陽の女児 顔色《がんしょく》を惜しみ、行《ゆ》く落花に逢いて長歎息す。

初唐の詩人劉希夷《りゅうきい》（字《あざな》もしくは一名を廷芝《ていし》。担之、庭之とも）による「代悲白頭公羽（白頭を悲しむ翁に代る）」詩は、『唐詩選』（巻二）にも採られ、よく知られた歌行体の七言詩である。右に挙げたのはその出だしの四句、いかにも春にふさわしく、容色を惜しむ娘が散る花にためいきをついている。春夏秋冬の四季は東南西北の四方に配されるから、長安に対して東都と称された洛陽のそのまた東が舞台となっているのは、春という季節ゆえだ。

『古文真宝』（前集巻六）には、この詩は劉希夷の舅であった宋之問《そうしもん》の作として収められていて、題も「有所思」と異なり、詩句にもいささか異同がある。たとえば第二聯。

幽閨児女惜顔色　坐見落花長歎息

幽閨《ゆうけい》の児女　顔色を惜しみ、坐《そぞ》ろに落花を見て長歎息す。

深窓の令嬢が何となしに落花を見て嘆息するのも絵にはなるが、洛陽の街でふと出会った花びらに心傷める方が春の光あふれる都には似つかわしい。いまは『唐詩選』に従って続きを読もう。

今年花落顔色改　明年花開復誰在
已見松柏摧為薪　更聞桑田変成海

今年《こんねん》　花落ちて顔色改まり、明年《みようねん》　花開いて復《ま》た誰か在る。已《すで》に見る　松柏《しようはく》摧《くだ》かれて薪《しん》と為《な》るを、更に聞く桑田《そうでん》変じて海と成るを。

「松柏」は墓に植えられた木。年月が経てば、墓も田に変わり、植えられていた木も薪となる。不老不死の仙女麻姑《まこ》は、大海が桑畑に変じたのを三たび目にした。いずれも典故をふまえた定型表現で、すでに視点は洛陽の女児にはない。

古人無復洛城東　今人還対落花風

年年歳歳花相似　歳歳年年人不同
寄言全盛紅顔子　応憐半死白頭翁
古人復《ま》た洛城の東に無く、今人還《きんじんま》た落花の風に対す。年年歳歳 花相似《あい》たり、歳歳年年 人同じからず。言を寄す 全盛の紅顔の子、応《まさ》に憐れむべし 半死の白頭翁。

かつて花を眺めた古人はもういない。そして今また散る花の風に向かう人。花は同じ、人は変わる。「半死白頭翁」とは穏やかではないけれども、ここで詩は後半に転じ、かつては栄華に包まれた青年が今や餘命もわずかな白髪頭の老人になっていることを悲しむという主題へと収斂していくのだから、「全盛」を裏返して「半死」と形容するのはじつに効果的だ。そしてその直前に置かれた、名高き「年年歳歳花相似、歳歳年年人不同」の句は、詩の前半を結ぶ聯として機能している。

それにしても「年年歳歳花相似、歳歳年年人不同」とは、単純でありながら巧みで、人口に膾炙するのも頷ける。そしてこの句には、有名な逸話もある。唐の劉肅《りゅうしゅく》『大唐新語《だいとうしんご》』によれば、こうである。

劉希夷は一名を挺之といい、汝州の人である。若くして文才を発揮し、好んで宮体の詩を作ったが、句調は哀苦を帯び、世に重んじられなかった。琵琶が得意であった。かつて「白頭翁詠」を作って「今年花落顔色改、明年花開復誰在」の句を得たが、しばらくすると、「私のこの詩が讖《しん》であること、石崇《せきすう》の「白首まで帰する所を同じうせん」の句と変わらない」と悔やみ、改めて一聯を作り、「年年歳歳花相似、歳歳年年人不同」とした。やがてまた嘆じて、「この句もやはり先の讖と似ている。だが死生は定めがあるもの、これでどうにかなることでもあるまい」として、前に得た句とともにのこすことにした。詩ができあがって一年もしないうちに、悪人に殺されてしまった。或いは宋之問が殺したともいう。

宋之問が劉希夷を殺したことについては、唐の韋絢《いけん》『劉賓客嘉話録《りゆうひんきやくかわろく》』に、「劉希夷の「年年歳歳花相似、歳歳年年人不同」の句を、その舅の宋之問がたいへん気に入って譲るように懇願すると、希夷は承諾したものの与えなかったので、之問は怒って土袋で圧殺してしまった。之問がまともな死に方をしなかったのは、天の報いだ」とある。宋の王讜《おうとう》『唐語林《とうごりん》』では、末尾の一文は殺される劉希夷の呪いのことばとされ、さらに陰惨だ。宋之問は栄達に貪欲で評判が悪く、結局流罪になって死を賜った。そのことと、『古文真宝』のようにこの詩を宋之問の作とする伝本があったことから、こうした逸話が構成されたのだろう。ちなみにわが『和漢朗詠集《わかんろうえいしゆう》』でも、「年年歳歳」の二句は宋之問の作とされる。そしてこれらの逸話の背景には、詩句が不吉をもたらす予言、すなわち讖となるという観念がある。

劉希夷が、これでは石崇と同じになってしまうと嘆いたのは、正確には晋の潘岳《はんがく》の句である。事柄は六朝の逸話集、劉義慶《りゆうぎけい》『世説新語《せせつしんご》』仇隟《きゆうげき》篇に見える。

孫秀《そんしゅう》は石崇が愛妓緑珠《りょくじゅ》を譲らなかったことを恨んでいたが、かつて潘岳に無礼な扱いをされたことも根に持っていた。孫秀が中書令となってから、潘岳が孫秀に「孫令どの、昔の付き合いは憶えておいでかな」と声をかけると、孫秀は、「中心蔵之、何日忘之（中心に之を蔵す、何《いず》れの日か之を忘れん）」と（『詩』小雅「隰桑《しゅうそう》」の句で）答えた。潘岳はもう死を免れないと、そのときようやく思い知った。その後、石崇と欧陽建《おうようけん》が捕えられ、同じ日に潘岳も捕えられた。石崇は先に刑場に送られ、捕えられたことも互いに知らなかった。潘岳が遅れて着くと、石崇は潘岳に、「安仁《あんじん》（潘岳の字）、君もまたこの始末か」と言い、潘岳は、「「白首同所帰」と言ったじゃないか」と答えた。潘岳の「金谷《きんこく》に集う詩」に、「投分寄石友、白首同所帰（分《こころざ》しを投じて石友に寄す、白首まで帰する所を同じうせん）」というのが、その讖となったのだ。

金谷園は石崇の広大な別荘、西晋洛陽の名士が集い、詩と酒を交した。その宴で詠まれた「白髪頭も君とともに」なる句が、彼らが同じ日に同じ場所で刑死することを予言していたというのである。

もともと讖は、国家の未来を示す予言である。讖緯とも称され、自然現象に予兆を見いだす思想と並行して、前漢から六朝にかけて隆盛をきわめた。王莽の新による簒奪も、後漢の光武帝による復興も、讖緯を縦横に活用したものであった。書物から予言を導きだすことも熱心に行われたが、特殊な能力をもつとみなされた者が予言そのものを作ることもあった。

東晋の郭璞《かくはく》は、桓温《かんおん》が王朝の実権を握ることを予言して、「有人姓李、児専征戦。譬如車軸、脱在一面（人有り姓は李、児は専ら戦いに征《ゆ》く。譬うれば車軸の、脱して一面に在るが如し）」という讖を作ったという（『晋書』桓温伝）。「李」から「児」すなわち「子」を抜けば「木」、「車」から軸を抜けば「亘」、併せて「桓」というわけだ。この謎かけのような四字句は、よく見ると「戦」と「面」が韻を踏んでいる。

巷にはやる童謡が讖としての役割を果たすこともある。たとえば「千里草、何青青。十日卜、不得生（千里の草、句で青音たる。十日卜《ぼく》せば、生を得ず）」なる句は、後漢末の董卓《とうたく》の横暴を予言したとして記録される童謡だ。「千里」の上に草冠で「董」、「十」「日」「卜」を下から積み上げれば「卓」となる。下から上に字が組み立てられることもまた、董卓が上を侵す徴《しるし》だという（『後漢書《ごかんじょ》』五行志《ごぎょうし》）。「千里」と「十日」が対になり「青」と「生」が韻を踏み、簡単ながら詩型を成している。それゆえ、こうしたものは「詩妖」とも呼ばれる。

しかしこうした予言は、そのことばを吐いた者に災厄が及ぶのではない点で、潘岳や劉希夷のそれとは大きく異なっている。郭璞は卜占の術にすぐれていたから、その能力によって天意を察知して讖を作った。童男童女は天の意思を伝えると考えられていたから、童謡もまた、自然現象が政治変動の予兆となるのと同じく、予言として認められた。その作り手や歌い手は媒介者でしかない。讖はあくまで天のことばなのである。

もう一つ、国家にかかわる讖は、韻文であることが少なくはないものの、詩として感興を呼び起こすようなものではなく、あくまで口ずさみやすい誦句である点でも、詩人のそれとは違う。表面的には何のことかわからない句であることも多く、右に見たように文字の謎を含むこともしばしばである。

そのため、詩として作られたものが詩人の運命を左右してしまうような予言は、別して「詩讖」と呼ばれた。そして詩讖の最も早い例こそ、潘岳の「白首同所帰」であった。(1)

六朝の詩で讖とされたものには、皇帝自身によって詠まれたがゆえに、王朝の命運も予言してしまったというものもある。隋に滅ぼされた南朝最後の皇帝、陳の後主《こうしゅ》による「玉樹後庭花」の話はよく知られている。

禎明《ていめい》年間の初め、後主は新しい歌を作った。歌詞は哀怨たるもので、後宮の美人に習わせて歌わせた。そのことばに、「玉樹後庭花、花開不復久（玉樹後庭の花、花開きて復た久しからず）」と言う。世の人は歌讖とみなし、長くはもたないことの予兆だとした。

（『隋書《ずいしょ》』五行志）

禎明は陳の最後の年号。この記事からも窺えるように、後主陳叔宝《ちんしゆくほう》は歌舞音曲に耽って政治を顧みない典型的な暗君であった。果たして禎明三年正月に陳は隋に滅ぼされ、その悦楽も「花開不復久」となった。

国家の消長を予言する讖から変じて詩人の運命を左右する詩讖が生まれたのは、魏晋南北朝における詩の隆盛と、それにともなって個々の詩才が尊重されたことが背景にあろう。しかし、その詩才がどこから来るのかは、当の詩人にもよくわからない。斉から梁にかけて文才を発揮した江淹《こうえん》には、郭璞がその夢に現れて「五色の筆」を返すよう求め、江淹がそれに応じて以降、詩才が尽きてしまったという逸話がある（鍾嶸《しょうこう》『詩品《しひん》』巻中）。宋の謝霊運《しゃれいうん》は、詩想に苦しんでいたときに族弟の謝恵連《しゃけいれん》を夢に見て、「池塘に春草生ず」の句を得たと云う（同）。

詩のことばは、詩人のもののようでいて、詩人のものではない。謝霊運は、「池塘生春草」の句について「此の語には神助《しんじょ》有り、吾が語に非ざる也」と語っていた。名句に「神助」があるのなら、その見返りとして、詩人には制御できない運命が宿ることもある。ことばの奥義に近づいてやまない詩人だからこそ、ことばの力に翻弄される。詩讖は、名句と引き換えに生まれたとも言える。

潘岳は、死に臨んで自らの詩が讖と成ったことを悟った。陳叔宝はおそらく死ぬまでわからなかったに違いない。隋に捕えられた後も、何の愧色《かいしょく》もなく、隋帝楊広《ようこう》の宴席に侍ってたらふく飲み食いしていたというのだから。しかし劉希夷は、詩作のその場で不吉さを感じた。直接言及されるのは「白首」の句だが、これは「白頭翁を悲しむ」という主題に牽かれてのことかもしれない。「明年花開復誰在」という句に不安を覚えたということからすれば、むしろ陳叔宝の「花開不復久」のほうが近いようにも思える。いずれにしても、句を得たと感じた瞬間に、それが自らの運命を決しているのではという疑念が生じた。疑念を振り払おうとして「年年歳歳」の句を得たけれども、なお不安からは逃れられない。「死生に命有り、豈《あに》復た此に由《よ》らん」と振り切ったはよいが、むしろそれは詩の力に詩人が屈服したに等しかった。詩句が詩人からではなく神秘の力によってもたらされているのだとすれば、どうあがいても、ひとたび魅入られた詩人は不吉な句を生み出しつづけるより他はない。

宋之問に命を奪われた話は、劉希夷の死の原因が名句そのものにあることを示していて、これも六朝の詩讖の例とは異なっている。名句を奪った宋之問もまた、そのために非業の死を遂げた。詩句にはすでにデーモンが宿っていたのである。

さて、「年年歳歳」の句は孤立した名句というわけではない。劉希夷と時期の重なる張若虚《ちょうじゃくきょ》による、やはり歌行体の七言詩「春江花月夜」(『唐詩選』巻二)にはこんな句がある。

江天一色無纖塵　皎皎空中孤月輪
江畔何人初見月　江月何年初照人
人生代代無窮已　江月年年祇相似
不知江月待何人　但見長江送流水

江天一色　纖塵《せんじん》無し、皎皎《きょうきょう》たり空中の孤月輪《こげつりん》。江畔《こうはん》　何人《なんぴと》か初めて月を見る、江月　何《いず》れの年か初めて人を照す。人生代代　窮《きわま》り已《や》む無く、江月年年　祇《た》だ相《あい》似たり。知らず　江月何人をか待つ、但だ見る　長江の流水を送るを。

「江月年年祇相似」を「江月年年望相似」に作る伝本もあり、それならば「年年歳歳花相似」により近い。いずれが後先というよりも、当時はこうした句が頻繁に作られたのであろう。春の風物といい、七言歌行体といい、初唐の甘やかな詩風に異なるところはない。ただ、繁華の洛陽ではなく悠久の長江を背景にし、風に散る花ではなく空に懸かる月を詠うことで、感傷は遠い視線の先に消えていく。

もともとこの詩は陳叔宝の「春江花月夜」に倣って作られたとされるから、詩讖の系譜にごく近いところにいたとも言える。それでもなお、ついにデーモンの宿るところとならなかったのは、三好達治が劉希夷の歌行と較べて「綺麗妍麗《けんれい》の点では譲るだけ、事に即して切実の感の深い(2)」と評したこととかかわるだろうか。綺麗と引き換えに切実を得れば、ことばの隙はふさがれるかもしれない。それとも、篇中に「落花を夢む」の句を含みながら、先んじてその身を花ではなく月の光に委ねたためであろうか。

【注】

(1) 中国文学史における詩讖の位置づけについては、小著『漢文スタイル』(羽鳥書店、二〇一〇年)所収「詩讖——詩と予言」に大まかながら述べた。挙例や行論に本稿と重複する部分がある。

(2) 吉川幸次郎・三好達治『新唐詩選』(岩波新書、改版一九六五年)一八〇頁。

走馬看花

走馬看花という四字熟語を習ったのは、おそらく大学二回生のとき、西安での夏期語学研修でのことだったと記憶している。もちろん外国語の何をいつ習ったかなんてほとんど憶えてなどいない。ただ、毎日の中国語の授業に加えて、西安ならではの古跡をめぐるツアーも盛りだくさん、研修の前後には上海や洛陽、それに北京の観光も組み込まれた一ヶ月だったから、駆け足で見物をする、大ざっぱに理解するという意味のこの熟語がその日々とともに頭に住み着いたのだった。夏の教室で白い半袖シャツの先生が、ていねいに何度もツォウ・マァ・カン・フアと繰り返してくれた姿も鮮明に浮かぶ。

数えてみればもう三十年も前になる。[1] 中国文学に興味があって大学に進んだものの、フランス語と中国語とを選択したのは専攻を仏文か中文かでまだ少し迷っていたせいで、しかもフランス語はそれなりに面白く勉強できたのに、中国語ときたら発音は難しいし、そもそも字典と首っ引きでなければテキストの簡体字の発音すらわからないというありさま（当時はごく初歩の教科書でなければ一字一字にピンインなどついていなかった）、いよいよ迷いは深まっていた。高校までの漢文と異なって、大学では古典だろうと中国語として、つまり中国音で音読することが求められる。さすがにいささか前途多難の感に襲われていたのである。

当然のように中国語の授業も次第にさぼるようになり、四声もおぼつかないまま、簡体字には少しは慣れたものの、漢字だから見てわかるなどというものでないことは身にしみていたある日、寮の食堂で文学部の先輩から、「こんなんあるで」とチラシをもらった。その当時はまだ中国の対外開放政策が始まったばかり、個人ベースでの訪中は困難な状況にあったが、友好協会等の交流は活発で、語学研修もその枠で行われていた。中国語に不安を抱えていて、研修先が憧れのかつての長安で、何より、ありあまるほどの時間をもてあましながら夏休みに何の計画もない、となれば、チラシはまさにお釈迦様の垂らしてくれた蜘蛛の糸であった。すがるよりほかはない。

そうして初めて訪れた中国の印象は、掛け値なしにとてもよいものだった。ガラスのコップに入れて道端で売っていた酸梅湯《スアンメイタン》、大学の食堂で毎日のように出てきたトマトと卵の炒め物、月夜に宿舎をこっそり抜け出して眺めた大雁塔（後で絞られました）、発掘途中のように見えたのに自由に走り回れた大明宮跡（こちらはお咎めなし）、黄昏ではなかったけれども登った楽遊原。親切で熱心な先生たち、片言の中国語でも笑顔で応えてくれた街の人たち。所期の目的であるはずの中国語はともかく、中国のことを勉強するのはやっぱり楽しそうだなと思った。むろん、公的に保護されたツアーでの経験に過ぎないし、そのときはよいところばかりしか目に入らなかったのも事実で、後で個人旅行をしたり留学したりするうちに、そんな甘いものではないという体験は痛いほどするのではあるが、それでもあの夏の一ヶ月は今に至るまで大きな支えであり続けている。

駆け足で観光するという意味で憶えた走馬看花だが、やがて唐詩に典故があることを知った。孟郊《もうこう》の「登科後」(『孟東野詩集』巻三)である。

昔日齷齪不足誇　今朝放蕩思無涯
春風得意馬蹄疾　一日看尽長安花
昔日の齷齪《あくさく》 誇るに足らず、今朝の放蕩《ほうとう》 思い涯《はて》無し。春風 意を得て 馬蹄疾《はや》し、一日 看《み》尽くす 長安の花。

過去の苦労など何ほどか、今日のこの果てしない解放感。春風に念願かなって馬足速く、一日で長安の花を見尽くした。

字面も音調もくぐもった「齷齪」から、対照的に伸びやかな「放蕩」へ、そして春風と花。まさに馬が駆け抜けるように軽快な詩だが、それもそのはず、貞元十二年(七九六)、孟郊が何度めかの挑戦でようやく進士科に合格した時の作である。古典詩文で用いられる走馬看花はここに由来し、したがってその意味も、念願かなった喜びをこそ表すもので、現代中国語におけるそれとは意味が異なる。駆け足見物という意味では白話小説に「走馬観花」という句もあり、もともと違う由来のものがどこかで混同されたのかもしれない。

孟郊は、字《あざな》を東野といい、郷里は湖州《こしゅう》（浙江省）、天宝十載（七五一）に崑山《こんざん》（江蘇省）で生まれ、元和九年（八一四）に洛陽と長安の間で亡くなった。十七歳年下の韓愈《かんゆ》と地位や年齢を超えた忘形の契りを結んだことは広く知られ、韓愈の「与孟東野書[2]（孟東野に与うる書）」や「送孟東野序[3]（孟東野を送る序）」は名文として長く学ばれている。人づきあいを厭い、若いころは五岳の一つ嵩山《すうざん》（河南省）にこもっていたと伝にはあるが、それでも不惑を過ぎてから科挙に応じたのは、母の望みあってのことらしい。父は早くに亡くしていた。

しかし「登科後」に「昔日齷齪」とあるように、なかなか合格はかなわなかった。最初の不合格の時の作ともされる「夜感自遣」（『孟東野詩集』巻三）には、「夜学暁未休、苦吟神鬼愁（夜学んで暁《あかつき》なるも未だ休《や》めず、苦吟 神鬼も愁う）」とあり、また「死辱片時痛、生辱長年羞（死辱は片時の痛み、生辱は長年の羞《はじ》）」とまで言う。科挙に合格するための勉強の厳しさは鬼神をも憂えさせ、不合格の屈辱は死んだほうがましだとすら思わせる。果たしてこれが嵩山に隠棲した詩人のことばかと訝しく思われるほどだが、いったん科挙を受験するとなれば人生がかかる。なまなかな心構えではすまなかった。隠者を気取って脱俗ぶるには孟郊は自ら恃むところが大きすぎたとも言える。

その翌年の作か、「再下第」（同）、再び不合格という詩。

一夕九起嗟　夢短不到家

両度長安陌　空将涙見花

一夕《いつせき》九たび起きて嗟《なげ》く、夢は短く家に到らず。両《ふた》び度《わた》る長安の陌《まち》、空しく涙もて花を見る。

一晩のうちに九回も目が覚めて嘆くありさま、故郷に帰る夢すら続かない。長安の街も二回めなのに、花はむなしく涙の向こう。

唐代の科挙は、秋に試験が行われ、翌年の春に合格発表があった。サクラサクのように、うまくすれば花は合格を祝うかのように咲いてくれるが、そうでなければ咲き誇る花の姿はまことにむなしい。

その名を「落第」（同）と題した詩もある。貞元九年（七九三）、三度めの不合格の後の作とされる。

暁月難為光　愁人難為腸
誰言春物栄　豈見葉上霜
鵰鶚失勢病　鷦鷯仮翼翔
棄置復棄置　情如刀刃傷

暁月 光為《た》り難く、愁人 腸《こころ》為り難し。誰か言う 春物栄《さか》ゆと、豈《あ》に葉上の霜を見んや。鵰鶚《ちようがく》は勢を失いて病《くるし》み、鷦鷯《しようりよう》は翼を仮《かり》て翔《かけ》る。棄置せられ復た棄置せらる、情は刀刃に傷《やぶ》らるるが如し。

明け方の月は光を湛えられず、愁い人は心を保てない。春の花が咲いているなど誰が言う、葉の上には霜が降りているではないか。力のある鳥が勢いを失って苦しみ、ずる賢い鳥が権勢をかさに着る。用いられず、また用いられず、心は刃物で切り裂かれたようだ。

合格した人々は春の花、自らは葉上の霜、そうした不遇の思いが高じた末に、自らを鷲《わし》や鶚《みさご》のような猛禽に譬えたところで、合格した連中を鷦鷯《みそさざい》のような巧鳥に譬えたところで、切り裂かれた心が癒されるはずもない。ここまで来てしまうと、もう引き返すことすらかなわない。

こうして読みきたれば、「今朝放蕩思無涯」と詠われる「登科後」の解放感が、五年にわたる鬱屈の日々を背景にしたものであったことがよくわかる。しかし孟郊はひたすら孤立していたわけではない。受験のために来た長安で韓愈と知り合ったのはこの鬱屈の時期であった。韓愈が孟郊に贈った詩、「長安交遊者一首、贈孟郊」(『昌黎先生文集』巻一)は、その落第を慰めた作とされる。

長安交遊者　貧富各有徒
親朋相過時　亦各有以娯
陋室有文史　高門有笙竽
何能辨栄悴　且欲分賢愚

長安に交遊する者、貧富 各おの徒有り。親朋 相い過《よぎ》る時、亦た各おの以て娯しむ有り。陋室に文史有り、高門に笙竽《しょうう》有り。何ぞ能く栄悴《えいすい》を辨ぜん、且《まさ》に賢愚を分かたんと欲す。

長安で交わる者は、貧富それぞれ仲間がある。友人が行き来するのにも、やはりそれぞれ楽しみはある。粗末な部屋には学問があり、権門の家には音楽がある。栄達か不遇かではない、賢か愚かが大事なのだ。

不平に凝り固まろうとする年上の友人の気持ちを解きほぐそうと、彼を理解する仲間がいることを伝えておだやかである。実際に韓愈は孟郊を高く評価していた。同じころの作「孟生詩」(同巻五)の冒頭。

孟生江海士　古貌又古心
嘗読古人書　謂言古猶今

孟生は江海の士、古貌にして又た古心。嘗《つね》に古人の書を読む、謂言《おもえら》く古えは猶《な》お今のごとしと。

孟君は俗世に染まらぬ隠士、姿も心も古めかしい。いつも古人の書を読み、彼には古えも今と同じだ。

韓愈が進士科《しんしか》に合格したのは貞元八年、このとき孟郊はおそらく最初の受験に失敗、結果は明暗をわけたが、友情はむしろ育まれた。韓愈はさらに上を目指して博学宏詞科《はくがくこうしか》を受け、これには三たび落ちている。孟郊の気持ちがわからないではない。

唐代の科挙は、一般に国子監《こくしかん》管轄の学校を卒業もしくは地方試験を経て、中央試験の省試を受験する。どのようなルートであれ、最後は都に出てきて試験を受けねばならない。都には同じ志をもつ者たちが広い大陸の各地から集まってくる。情報を交換し、才気を競い、自然と交流も生まれる。花の都長安は、受験生の街でもあった。

詩文の試験が含まれる進士科は、経書を主とする明経科などの他の科に比べて競争が激しく、合格者も重んぜられた。孟郊のころは、合格率は数パーセント、二、三十人程度であった。言うまでもなく厳しい。貞元九年には柳宗元《りゆうそうげん》、貞元十六年には白居易《はくきよい》が進士科に合格している。俊英たちが集《つど》っていたのである。

試験に合格すると、曲江池《きよつこうち》のほとりの杏園《きようえん》で宴を賜るのが通例であった。孟郊にも「同年春宴」(『孟東野詩集』巻五)と題した三十二句にわたる長い詩があり、その様子が知られる。同年とは、同期の合格者のこと。冒頭の六句を掲げよう。

少年三十士　嘉会良在茲
高歌揺春風　酔舞擢花枝
意蕩晼晩景　喜凝芳菲時

少年　三十の士、嘉会　良《まこと》に茲《ここ》に在り。高歌　春風を揺らし、酔舞　花枝を擢《くだ》く。意《こころ》は晼晩《えんばん》の景《ひかり》に蕩《たゆた》い、喜びは芳菲《ほうひ》の時に凝《むす》ぶ。

同期の若き合格者は三十名、いまこそその祝宴。高らかに歌えば春風も動き、酔いて舞えば花の枝を折る。夕暮れの光にこころもゆったりとし、花香る季節に喜びもひとしお。

この詩には「鬱折忽已尽、親朋楽無涯（鬱折《うつせつ》忽《たちま》ち已《すで》に尽き、親朋《しんぽう》楽しみ涯《はて》無し）」の句も見えて、過去の苦労などきれいに忘れ、いささか面食らうほど屈託なく合格の喜びがうたわれる。いやしかし、この日くらいは、その喜びをひたすら満喫してよいはずだ。花咲く春に、希望に開けゆく人生を謳歌せずして何とする。身はすでに四十も半ばを過ぎていようと、心は前途洋々たる青年である。

鬱屈であれ喜びであれ、詩文は彼らにとって大事な表現手段であった。進士科に入るためにはすぐれた詩文を綴ることが求められ、彼らはいわば文章修業に日夜励んでいた。すぐれた表現を求めて苦吟し、新しいことばを求めて古い書物に没頭した。それは世に出るための梯子であり、同時に自己を示す手だてでもある。知識の量をただ競うというだけではない。文章には彼らのすべてが盛りこまれている。それを考えれば、とくに孟郊のような詩人にとって、科挙は、自己をかけた戦いであったと言えるだろうか。

孟郊は進士に挙げられはしたものの、上級官のための試験は受けず、これといった官にもしばらく就かなかった。五十になってようやく溧陽《りつよう》（江蘇省）の役人になったものの、満足できる地位ではなく、仕事もろくにせずに外出して詩を作るばかり、業を煮やした県知事が給料を半分にしてしまったという。五十四歳でその職を辞し、翌々年に洛陽で官に就き、六十四歳の年、洛陽から赴任先の興元《こうげん》

（陝西省）への旅の途中で亡くなった。進士に合格してから二十年足らずで世を去ったことになる。それでも、孟郊が官途を目指した理由の一つ、母への孝行が実現できたのは喜びであったに違いない。「遊子吟」（同巻二）と題された詩。

慈母手中線　遊子身上衣
臨行密密縫　意恐遅遅帰
誰言寸草心　報得三春暉

慈母 手中の線《いと》、遊子 身上の衣。行に臨んで密密に縫う、意は遅遅たる帰りを恐る。誰か言う 寸草の心、三春の暉《ひかり》に報《むく》い得んと。

母の手中の糸、旅行く子の衣。旅立ちにあたってしっかりと縫いながら、帰りがのびはしないかと母は恐れる。微力な私の心で、暖かな春の陽射しに報いられるだろうか。

故郷を離れて都に上る子の衣を縫う母の恩に報い、やがては孝養を尽くすこともまた、彼の望みであった。この詩は故郷の近くの溧陽に官を得て母を迎えたさいの作とされる。春の喜びは、母の恩に報いるものでもあり、また、きっと母の喜びでもあった。

十年も経たないうちに母は亡くなり、その五年後に孟郊も没する。春風に馬を走らせ一日で長安の花を見尽くしてしまったせいなのかどうか、あっけない人生のようにも思えるが、それはそれで思い残すことなどなかったのかもしれない。

【注】

（1）連載時のまま。成稿は二〇一二年三月。

（2）『昌黎先生文集』巻十五。『唐宋八家文読本』巻三。

（3）『昌黎先生文集』巻十九。『唐宋八家文読本』巻四。

悼亡

悼亡《とうぼう》は、字義のとおりに亡き人を悼むことであるが、詩文のジャンルとしては、おもに亡き妻を悼むものを指す。北宋の梅堯臣《ばいぎょうしん》による「悼亡詩」三首（『宛陵先生集』巻十）から其《その》一を掲げよう。

結髪為夫婦　於今十七年
相看猶不足　何況是長捐
我鬢已多白　此身寧久全
終当与同穴　未死涙漣漣

結髪《けつぱつ》して夫婦と為り、今に於て十七年。相い看るも猶お足らず、何ぞ況んや是《ここ》に長く捐《す》つるをや。我が鬢《びん》は已《すで》に白きもの多し、此の身寧《いずく》んぞ久しく全からん。終に当《まさ》に与《とも》に穴を同じくすべきも、未だ死せざれば涙漣漣《れんれん》たり。

十七年連れ添った夫婦、それでもなお見飽きたりないのに、永遠の別れとなったその悲しみ。私もすでに先は長くなく、いずれ一緒の墓に入る身ながら、生きている今はひたすら涙が流れるばかり。

二人の人生に突如として訪れた妻の死を述べる其一に対し、其二は、妻を失った孤独をひたすら綴る。

毎出身如夢　逢人強意多
帰来仍寂寞　欲語向誰何
窓冷孤蛍入　宵長一雁過
世間無最苦　精爽此銷磨

出ずる毎《ごと》に身は夢の如く、人に逢うも強《つと》めての意多し。帰り来れば仍《な》お寂寞、語らんと欲するも誰何《だれ》に向かわん。窓は冷たくして孤蛍《こけい》入り、宵《よる》は長くして一雁過ぐ。世間　最なる苦しみは無し、精爽《せいそう》此《ここ》に銷磨《しょうま》す。

外に出ても夢の中のよう、むりに人には会うものの。帰ってみてもつのる寂しさ、語る相手もすでにない。冷たい窓から蛍が一匹、長い夜を孤雁がわたる。世にこれほどの苦しみがあろうか、こころがすり減るばかり。「精爽」は、こころ、たましい。

そして其三は、なぜわが妻が死ななければならないのか、訴えてもどうにもならない訴えがそれでも繰り出される。

従来有倏短　豈敢問蒼天
見尽人間婦　無如美且賢
譬令愚者寿　何不仮其年
忍此連城宝　沈埋向九泉

従来　倏短《しゅうたん》有り、豈《あ》に敢えて蒼天に問わんや。人間《じんかん》の婦を見尽くせども、如《か》くも美にして且つ賢なるは無し。譬令《もし》愚者は寿なりとせば、何ぞ其の年を仮《か》さざる。此の連城の宝の、沈み埋《うず》もれて九泉に向かうを忍びんや。

寿命に長短あるのはむかしからのこと、いまさら天を責めはしない。ただ、この世の女性を見尽くしたとしても、わが妻ほど美しく聡明な人はいないのだ。愚か者は寿命が長いと言うのなら、なぜにその年をわが妻に貸してはくれないのか。このすばらしき宝が黄泉の国に沈み埋もれるのを耐えられようか。

梅堯臣が妻の謝氏を亡くしたのは、慶暦四年（一〇四四）、彼が四三歳の時、呉興《ごこう》（浙江省）の地方官の任を終えて、故郷の宣城《せんじょう》（安徽省）を経由して都の汴京《べんけい》（河南省）に向かう途中であった。宣城から汴京は、長江を経由して揚州《ようしゅう》（江蘇省）から大運河を北上することになる。転任にともなう長旅は中国士大夫の常とはいえ、梅堯臣は科挙にも及第せず、地方官を転々とし、官位も思うようにはいかなかった。都に戻っても、いずれ地方に出る身だったのである。妻の死の一年後の詩には、「東西十八年、相与同甘苦（東西十八年、相い与《とも》に甘苦を同じうす）」、東へ西へ十八年、楽しみも苦しみもともにした、と記す（「懐悲」同巻二四）。そんな旅路の途中、ちょうど大運河へと入ってほどない高郵《こうゆう》（江蘇省）のあたり、舟中で三七歳の妻は亡くなった。皮肉にも暦は七月七日。

このときの悲しみを、四年後に同じ場所を通った梅堯臣はこう記憶する（「五月二十四日過高郵三溝（五月二十四日 高郵の三溝を過《よぎ》る）」同巻二三）。

柎殭尚疑生　大呼声裂喉

殭《かばね》に柎《よ》りて尚《な》お生けるかと疑い、大いに呼びて声は喉を裂く。

なきがらに、生きているのではとなお取りすがり、喉が裂けるまで、声をかぎりに叫ぶ。妻の突然の死に取り乱す詩人の姿が髣髴としよう。先に引いた「懐悲」には、「尚念臨終時、拊我不能語（尚お念《おも》う 臨終の時、我を拊《ふ》して語る能わざるを）」、臨終のさい、私にすがって声もなかったあなたを今でも思う、と言う。さらにその三ヶ月後、また同じ場所を通ることになった彼は、七絶「八月二十二日廻過三溝（八月二十二日 三溝に廻《かえ》り過る）」（同）を記した。

不見沙上双飛鳥　莫取波中比目魚
重過三溝特惆悵　西風満眼是秋蕖

見ずや 沙上 双飛の鳥、取る莫《なか》れ 波中 比目の魚。重ねて三溝を過《よぎ》れば特《た》だ惆悵《ちゅうちょう》、西風 満眼 是れ秋蕖《しゅうきょ》。

見たまえ、沙岸のつがいの鳥を。捕えるな、波間を並んで泳ぐ魚を。またこの三溝を通れば悲しみにくれるばかり。秋風に吹かれて眼にいっぱいに広がるのは花の散った蓮の萼。

梅堯臣が亡妻を思う詩は多く、いくども繰り返される悲しみの切々たるを疑う者はいない。けれども、妻への愛情は、少なくとも詩文においては、生前に吐露されることはなかった。その死によってようやく思いが明らかにされたのである。そして悼亡とは、元来そうしたものであった。

悼亡詩は、梅堯臣を遡ること七百五十年、晋の潘岳に始まる。二十年連れ添った妻の楊氏を亡くした潘岳は、その哀しみを「哀永逝文（永逝《えいせい》を哀しむ文）」（『文選』巻五七）や「悼亡賦」（『藝文類聚』巻三四）によって表し、また「悼亡詩」三首（『文選』巻二三）を作った。梅堯臣の「悼亡詩」が三首で構成されるのも、また梅堯臣と並んで悼亡の絶唱として知られる唐の元稹《げんしん》の「三遣悲哀（三たび悲哀を遣《や》る）」が詩題のとおり三首から成るのも、潘岳「悼亡詩」が三首であるのを継承してのことである。

さらに言えば、潘岳以前は士大夫が妻の死を悼むために詩文を作ることはなかった。もとより男女の別れをうたう詩は『詩』以来の伝統ではあるが、固有の対象を名指しすることはない。出逢いの喜びをうたう恋の詩にしても同様である。男女間の愛情は、あくまで固有名をもたないもの、もしくは歴史上の人物に仮託されたものとして、うたわれるのが常であった。まして、士大夫にとっての妻は、内にあって家を支える者であり、恋愛感情の対象ではない。潘岳が妻の死を嘆き悲しむ詩文をいくつも作ったのは、その意味で破天荒なのである。爾来、少なくとも最愛の妻を亡くしたそのときだけは、士大夫は妻への愛情を詩にすることができるようになった。悼亡詩は、士大夫に唯一許された、妻への恋愛詩となった。

それにしても、潘岳の破天荒はいかにして可能となったのだろうか。妻への愛情がことのほか深かったということだろうか。

そもそも潘岳は、修辞を凝らした賦や詩が盛行した晋の文学を代表する文人であり、なかでも哀傷に巧みと言われ、人の死にさいして書いた詩文が多いことで知られる。『文選』には、人の死を悼んでその徳行を称える「誄《るい》」という文体が魏の曹植《そうしょく》から劉宋の謝荘《しゃそう》まで八篇収められるが、うち潘岳の作が四篇、つまり半ばを占める。特筆すべきことだろう。潘岳はみずから得意とする悲哀の修辞をもって妻の霊に捧げたと見ることもできる。その「悼亡詩」三首から其二の前半を挙げよう。

皎皎窓中月　照我室南端
清商応秋至　溽暑随節闌
凜凜涼風升　始覚夏衾単
豈曰無重纊　誰与同歳寒
歳寒無与同　朗月何朧朧
展転眄枕席　長簟竟牀空

牀空委清塵　室虚来悲風

皎皎たる窓中の月、我が室の南端を照す。清商 秋に応じて至り、溽暑《じょくしょ》 節に従いて闌《つ》く。凜凜《りんりん》として涼風升《のぼ》り、始めて夏衾《かきん》の単《ひとえ》なるを覚ゆ。豈に重纊《ちょうこう》無しと曰わんや、誰と与《とも》にか歳寒を同じくせん。歳寒 与に同じくする無きに、朗月 何ぞ朧朧《ろうろう》たる。展転として枕席《ちんせき》を眄《み》れば、長簟《ちょうたん》 牀《しょう》に竟《わた》りて空《むな》し。牀空しくして清塵に委ねられ、室虚しくして悲風来たる。

しらじらとした月明かりが部屋に入り、そして清商すなわち秋風もやってきて、暑さから寒さへと季節がうつろう。気づけば夜具もひとえ、厚い綿入れがないわけではないが、ともにすべき人はいない。ともにすべき人もいないのに、月は明るく輝くばかり、寝返りをうって寝床を見やれば、竹の敷物が広げられたまま、誰もいない寝床に塵が積もり、誰もいない部屋に冷たい風が吹く。

月明かりの下で憂愁を訴える「古詩十九首」其十九などの表現をふまえながら、夏から秋の季節のうつろいのなかで、遺された者の孤独を痛切にうたう。「豈曰無重纊　誰与同歳寒」までは「寒」韻、「歳寒無与同、朗月何朧朧」からは「東」韻のように、韻が踏み換えられているが、踏み換えの前後で「誰与同歳寒」と「歳寒無与同」のような繰り返しが行われていたり、「窓中月」と「清商」が再び「朗月」「悲風」として現れたりなど、哀しみが円環となって尽きないさまを浮かび上がらせる工夫がなされていよう。技巧派の面目躍如たるところがある。

自身の妻について詩文に述べることはないという暗黙の規範が破られたのは、愛情の深さによってというよりも、潘岳がこうした技巧を凝らす文人であったことによるのではないだろうか。史書に記される逸話を参照してよいのなら、後塵を拝すという成語を生んだように、潘岳は権力者に阿諛追従したことで知られ、誠実さが評価されたことはない。文才と美貌に恵まれ、街を行けば女性が取り囲んだほどであったけれども、自負心が強く、嫉みを買い、官途も浮き沈みを繰り返して、ついには政争に巻き込まれて刑死するという人生を送った。

そうした伝記的なあれこれから、妻への想いを詩文にするという逸脱を説明するのは苦しい。むしろ、自己の立場であるとか、社会的規範であるとか、そうしたものよりも表現の彫琢にひたすら関心が向けられたからこそ、妻を失った哀しみを公にすることができたし、周囲もまた、その修辞があればこそ、破天荒を許容し、称賛したのではないだろうか。

もう一つ、注目すべきことがある。

潘岳には、友人の任子咸《じんしかん》の死に際し、その妻の身になりかわってうたった「寡婦賦《かふのふ》」(『藝文類聚』巻三四)がある。もともと魏の曹丕《そうひ》が、のちに建安七子と称されたうちの一人阮瑀《げんう》の死を悼み、夫を失った妻になりかわって友人たちに「寡婦賦」を作らせたことに倣ったものだ。遠行の夫を想う妻の悲哀をうたうことは古代から詩の主要なモチーフであったから、永遠の旅に出てしまった夫を想い、遺されたわが身を嘆くことは、その極点として位置づけることができる。女性が公に筆を執ることの稀であった時代、その情を代辯して詩が詠まれることは珍しくなかった。建安詩壇では、賦だけでなく「寡婦詩」も競作されたと思しい。潘岳は、それをふまえて「寡婦賦」を作った。代作であり、擬作である。先行する「寡婦賦」との類似は著しく、建安文人たちとの時を超えた競作として見ることも可能だ。

仔細に検討すれば、「哀永逝文」や「悼亡賦」そして「悼亡詩」など一連の妻を悼む潘岳の詩文の修辞は、この「寡婦賦」の修辞を利用し、妻と夫という社会的位相を反転させて成立したものであることがわかる。固有名をもたない遠行の夫を想う妻の詩をベースにして、建安の文壇はその成員の死を哀しむ詩賦を作った。潘岳はさらに、男女の位置を転換させて、妻に先立たれた自身の哀しみを文学としたのである(1)。

翻ってみれば、士大夫の妻は家にいるものであって、遠く外へ出かけねばならないのは、常に夫であった。残される悲しみは女性のものであった。「閨怨」の系譜もそうである。唯一、その修辞を代作としてでなく、男性が自らの悲哀を述べることばとして用いる機会、それが妻の死だった。潘岳がその転換を成し遂げたのは、ことばに鋭敏で、修辞にのみ意を注げばこそ、哀しみの自他や男女の別に躊躇しなかったからだとも言えようか。

哀しみがことばになり、文字にしるされたとき、その哀しみは誰かのものであると同時に、誰かが受け継ぐことのできる可能性を手にする。潘岳は哀誄の職人としてそれを直感的に理解していたのかもしれない。潘岳の詩は、今日ではやや遠く感じられるかもしれないが、その系譜に生まれた梅堯臣の詩のことばは、そのままに受け止めることができよう。

そして潘岳も梅堯臣も、妻のみならずわが子も亡くしていたのであった。鑑中の鬼、鏡に映った亡霊と化した梅堯臣による「書哀」（『宛陵先生集』巻十）、哀しみを書す。

天既喪我妻　又復喪我子
両眼雖未枯　片心将欲死
雨落入地中　珠沈入海底
赴海可見珠　掘地可見水
唯人帰泉下　万古知已矣
拊膺当問誰　憔悴鑑中鬼

天既に我が妻を喪《ほろぼ》し、又た復た我が子を喪す。両眼未だ枯れずと雖も、片心将《まさ》に死せんと欲す。雨は落ちて地中に入り、珠《たま》は沈みて海底に入るも、海に赴《おもむ》けば珠を見るべし、地を掘れば水を見るべし。唯だ人は泉下に帰すれば、万古已矣《やみぬ》るを知る。膺《むね》を拊《う》ちて当《まさ》に誰にか問うべき、憔悴《しょうすい》せり鑑中《かんちゅう》の鬼《き》。

愛する者を失う哀しみはつらい。そして、あまりにも多くの哀しみがいちどきに蔽うさまを、いま、私たちは目の当たりにしている。(2) ことばは無力であると言う人もいる。それでもやはり、私たちはことばをよすがとし、文字をしるすことで、生きていく。

【注】

（1）小稿「潘岳「悼亡詩」論」（『中国文学報』第三九冊、一九八八年）参照。

（2）この回の稿を成したのは二〇一一年六月初め。東日本大震災からようやく三ヶ月が経とうとしていた。

夏

瓜の涙
斗酒なお辞せず
口福
帰省
スクナシジン
友をえらばば

瓜の涙

「浮瓜沈李」と言えば、夏の風物を象徴することばである。語は魏の文帝曹丕《そうひ》に遡る。

毎念昔日南皮之遊、誠不可忘。既妙思六経、逍遥百氏、弾碁間設、終以六博、高談娯心、哀箏順耳。馳騁北場、旅食南館、浮甘瓜於清泉、沈朱李於寒水。

昔日《せきじつ》南皮の遊を念《おも》う毎《ごと》に、誠に忘る可からず。既に六経を妙思し、百氏に逍遥し、弾碁《だんき》間《ま》設け、終《お》うるに六博《りくはく》を以てす。高談 心を娯《たのし》ましめ、哀箏《あいそう》 耳に順《したが》う。北場に馳騁《ちてい》し、南館に旅食し、甘瓜を清泉に浮かべ、朱李を寒水に沈む。

『文選』巻四二に収める「与朝歌令呉質書（朝歌令呉質に与うる書）」、呉質《ごしつ》はかつて曹丕の側にいたが、いまは地方に出て朝歌県の長官となっている臣僚。離れて思われるのは、仲間と連れ立って行った南皮の地での夏の遊び。経書を繙き、諸子百家を談じ、囲碁や双六を楽しみ、音楽も欠かさない。

北に馬を走らせ、南で舌鼓を打ち、甘い瓜を清らかな泉に浮かべ、紅い李《すもも》を冷たい水に沈める。

西瓜を水に浮かべて冷やすのは、しばらく前までどこにでも見られた夏の光景であった。この手紙が書かれたのは西暦で二一五年前後、西瓜はまだ中国には入らず、この瓜はおそらく真桑瓜の類《たぐい》であろうが、瓜であることに変わりはない。古今を問わず、瓜はやはり水に浮かべて冷やすもの。そして曹丕にとって、それは夏の行楽の象徴でもあった。四字句を連ねた中に、ふとあらわれる六字句。読み手もそこで瓜と李の姿を思い浮かべたことだろう。手紙の続きはこうなっている。

白日既匿、継以朗月、同乗並載、以遊後園、輿輪徐動、参従無声、清風夜起、悲笳微吟、楽往哀来、愴然傷懐。余顧而言、斯楽難常、足下之徒、咸以為然。今果分別、各在一方。元瑜長逝、化為異物、毎一念至、何時可言。

白日 既に匿《かく》れ、継ぐに朗月を以てす。同じく乗りて並びに載りて、以て後園に遊ぶ。輿《よ》輪《りん》は徐《おもむ》ろに動き、参従は声無し。清風は夜に起こりて、悲《ひ》笳《か》は微《び》吟《ぎん》す。楽しみ往《ゆ》き哀しみは来たり、愴《そう》然《ぜん》として懐いを傷ましむ。余は顧《かえりみ》て言う、斯《こ》の楽しみは常にはし難しと。足下の徒、咸《みな》以て然《しか》りと為す。今 果して分別し、各《おの》おの一方に在り。元《げん》瑜《ゆ》は長《ちょう》逝《せい》し、化して異物と為る。一《こ》の念《おもい》至る毎《ごと》に、何れの時か言う可き。

四字句に戻り、夜の宴が描かれる。日が暮れた後は月の光のもと、庭園を車で巡れば、清風が起こり、葦笛の音も哀しく、歓楽の後の悲哀が生じる。今日の楽しみはなかなか得られまい、と私が言えば、お前たちもそのとおりと応じた。果たして別れ別れになった今、元瑜（阮瑀《げんう》）は早くも亡くなってしまった。わき起こるこの思い、いつお前と語り合えるだろう。

瓜と李が水に濡れた鮮やかな姿は、曹丕にとって失われた幸福な時間の象徴であった。後に建安の七子と呼ばれた文人のうち、年かさの孔融《こうゆう》を除いた六人、王粲《おうさん》・劉楨《りゅうてい》・陳琳《ちんりん》・阮瑀・徐幹《じょかん》・応瑒《おうとう》らが曹丕の仲間であったが、すでに阮瑀は亡く、この手紙からわずか数年を経た二一七年、疫病が大流行し、残った仲間もみな亡くなってしまう。曹丕はその後も呉質に手紙を送り（「与呉質書（呉質に与うる書）」『文選』巻四二）、「追思昔遊、猶在心目（昔遊を追思すれば、猶お心目に在るがごとし）」と語っている。かつての行遊を思い出せば、いまもありありと目に浮かぶのだ、と。(1)

夏の瓜と言えば、泉鏡花に「瓜の涙」と題した短編がある。

場面は加賀の金石《かないわ》港へ二里あまりの松並木の傍にある巨石《おおいし》、安宅の関もほど近いあたり、石に名があって人待石《ひとまちいし》、遅れて歩く北の方を義経がそこで待ったという逸話が遺される。しかし今そこに憩うのは義経ならぬ身なりの貧しい学生、塗《ぬ》師職《ししょく》の家に生まれ、東京の工業学校に通っていたものの、生家の火事によって中退を余儀なくされ、父も病で亡くし、ただ借金ばかりが残って金策に歩く毎日。炎天のこの日も父が生前に工賃を貸していた器具商に勘定を乞いに向かう途中であった。

若者の名は松野謹三、彼が人待石で憩うのには理由があった。桜の季節にこの場所から金沢の街の方へと振り仰ぐと、ひとすじの紅の霞がかかっているのが見える。雲井桜の雅称で呼ばれて見物が出るほどだが、その咲く花の影のありかを確かめた人はいない。ところが彼は知っていた。

予期せぬ境遇に不安を抱えていたその年の春、ひたすら近在の寺々を巡礼して回るうちに、ある寺の墓地の生け垣の向こうに明るい色が見えた。どうやら隠れ里があるらしい。菜の花に交じる紫雲英《げんげ》、青麦の畑、菫《すみれ》、一株の桃。陽炎に誘われるまま山すそを歩み行けば、一面の桜に出会う。憑かれたように明くる日もその明くる日も通ったその三度めの日、美しい娘を眼にした。その姿が忘れられず、二日は憚ったものの三日めにはたぐり寄せられるかのようにまた忍びこみ、娘に声をかけられ、同時に男の声で「何か、用か」と見とがめられた。それ以来、その寺にすら足を踏み入れることはないが、娘の姿は心に宿ったのである。

娘の住む里こそ雲井桜のありかと思うにつけ、桜の季節はとうに過ぎていても、人待石から眺めて想いにふけりたかった。その石の傍の松にもたれ、空の彼方をじっと見る。とそこへ、これから船に乗るため港に向かう女郎たちと思しき一行が来て、少し離れた茶店に押しかける。年増も若いのも交じった六、七人の女に男が二人。蝶どころか蠅でもたかりそうな猥雑さ。面を背けていると、一行を抜けて巨石の向こう側にたたずむ娘がいる。彼女であった。

その時、天に届く煙の柱が立つのが見えた。謹三は「火事だ」と叫んだが、大きな龍巻であった。迫り来る龍巻の下、阿鼻叫喚の中、娘は彼にすがりつく。二人の運命はこれからどうなるのか、小説はただ「いかに成るべき人たちぞ……」と結ぶばかりである。

さて、この短編がなぜ「瓜の涙」と題されるのか、右のあらすじだけでは何とも承知されないだろう。もとより鏡花だから、ちゃんと仕掛けはある。たとえば、人待石に流れている湧き水の描写。

其処《そこ》に、青き苔の滑《なめら》かなる、石囲《いしがこい》の掘抜《ほりぬき》を噴出づる水は、音に聞えて、氷の如く冷やかに潔い。人の知つた名水で、並木の清水と言ふのであるが、此は路傍《みちばた》に自《おのず》から湧いて流るゝのでなく、人が囲つた持主があつて、清水茶屋と言ふ茶店が一軒、田畝《たんぼ》の土手上に廂《ひさし》を構へた、本家は別の、出茶屋《でぢやや》だけれども、一寸見霽《ちよつとみはらし》の座敷もある。あの低い松の枝の地紙形《じがみなり》に翳蔽《さしおほ》へる葉の裏に、葦簀《よしず》を掛けて、掘抜に繞《めぐ》らした中を、美しい清水は、松影に揺れ動いて、日盛《ひざかり》にも白銀《しろがね》の月影をこぼして溢《あふ》るゝのを、広い水槽でうけて、其の中に、真桑瓜《まくはうり》、西瓜《すゐくわ》、桃、李《すもゝ》の実を冷して売る。……

名代《なだい》である。(2)

まさしく「浮瓜沈李」。汗だくで歩いてきた女たちが茶店に駆け寄るのも無理はない。冷たい水に浮かんだ瑞々しい果物。そして瓜はこの地の名産でもあった。

また畠《はたけ》一帯、真桑瓜が名産で、この水あるがためか、巨石《おほいし》の瓜は銀色だと言ふ……瓜畠がずッと続いて、やがて蓮池《はすいけ》に成る……それからは皆青田《あをた》で。

畑《はた》のは知らない。実際、水槽に浸したのは、真蒼《まつさを》な西瓜も、黄なる瓜も、颯《さつ》と銀色の蓑《みの》を浴びる。あくどい李の紅《あか》いのさへ、淡くくる〳〵と浅葱《あさぎ》に舞ふ。水に迸る勢《ほとばしいきほひ》に、水槽を装上《もりあが》つて、そこから百条の簾《すだれ》を乱して、溝を走つて、路傍《みちばた》の草を、さら〳〵と鳴して行《ゆ》く。

水に濡れて美しい瓜。瓜はどうやらただの瓜ではなさそうだ。

雲井桜の娘に話が及ぶ前、謹三が茶店からやや遠い人待石にいる理由はこう語られていた。「見ても、薄桃色に、また青く透明《すきとほ》る、冷い、甘い露の垂りさうな瓜に対して、もの欲気《ほしげ》に思はれるのを恥ぢたのであらう」。薄桃色で透明、冷たくて甘い。瓜は若い娘の登場を暗示しているに違いない。果たして花の里で見た娘の最初の描写はこうである。

十六七の、瓜実顔《うりざねがほ》の色の白いのが、おさげとか言ふ、うしろへさげ髪にした濃い艶《つや》のある房《ふつさ》りした、其の黒髪の鬢《びん》が、故《わざ》と成らずふつくりして、優しい眉の、目の涼しい、引《ひき》しめた唇の、やや寂しいのが品がよく、鼻筋が忘れたやうに隆《たか》い。

瓜実顔はもとより、年が十六とくれば破瓜の語が浮かぶであろう。若者にとって娘は仙女にも比すべき存在だが、ここでは昔話の瓜子姫を思い起こしたほうがよいかもしれない。子どものいない老夫婦に川で拾われた瓜から生まれた姫が美しく成長し、機織りも上手になって嫁入りも間近というところ、天邪鬼にだまされて殺されそうになる（あるいは殺されてしまう）という話。

御伽草子などでは、瓜は川から流れてくるのではなく、夫婦が育てている瓜畑に現れたひときわ美しい瓜だということになっているけれども、「瓜の涙」には清水も瓜畑もあるからどちらでも不都合はない。瓜姫をかどわかす天邪鬼が「瓜の涙」では女郎屋に姿を変えていると思いきって考えれば、連れ去られようとしている瓜姫を助けるのは誰だろう。

そして、瓜が涙を流すのは、火事だと思った煙におびえ、娘が謹三にすがりついた時のことだった。

謹三の袖に、あゝ、娘が、引添ふ。……
あはれ、渠《かれ》の胸には、清水がそのまゝ、血に成つて湧《わ》いて、涙を絞つて流落《ながれお》ちた。
ばら〳〵ばら！
火の粉かと見ると、こはいかに、大粒な雨が、一粒づゝ、粗《あら》く、疎《まばら》に、巨石の面《おもて》にかゝつて、ぱッと鼓草《たんぽゝ》の花の散るやうに濡れたと思ふと、松の梢《こずえ》を虚空から、ひら〳〵と降つて、胸を掠《かす》めて、ひらりと金色《こんじき》に飜つて落ちたのは鮒《ふな》である。

龍巻は地の水を汲み上げて天に昇らせ、地に降らせる。龍の化身であるから水とは縁が深い。そして、瓜と龍巻も、あながち無縁のものではない。

網野善彦・大西廣・佐竹昭広の編にかかる『いまは昔むかしは今』（福音館書店）という全五巻のシリーズがある。大判で図像をふんだんに用い、あちこちに謎解きも配して、説話の世界を子どもにも楽しめるよう工夫しつつ専門家が読んでもヒントに溢れた名著だが、その第一巻が『瓜と龍蛇』[3]、はじめに紹介されるのは「天稚彦《あめわかひこ》の草紙」である。

大蛇から三人の娘をよこせと言われて窮した長者は、かわいがっていた末娘が自ら申し出てくれたのに甘えて蛇に差し出す。池のほとりの屋敷に置き去りにされた娘の前に、夜になって大蛇が現れた。生きた心地もしない娘に向かい、大蛇は自分の頭を切れと言う。言われるままにすると、中から出てきたのは貴人の若者、すなわち天稚彦であった。二人は仲睦まじく暮らしていたが、ある日、夫が妻に打ち明けた。じつは自分は海龍王で、近々天に昇らねばならない。期限が過ぎても帰ってこなかったら、西の京の女に一夜《いちや》杓《ひさご》を譲りうけ、天まで来なさい。くれぐれもここにある唐櫃《からびつ》を開けないように。私が帰れなくなってしまうから、と。

ところが妹の幸せを羨んで天稚彦の留守にやってきた姉たちに唐櫃は開けられてしまい、夫はいつまでも帰ってこない。娘は一夜杓を手に入れて天に昇り、どうにか夫には会えたものの、その父は何と鬼であって、もし見つかったらひどい目に遭わされる。天稚彦はうまくごまかしていたが、結局さらわれてしまう。娘は鬼に無理難題をもちかけられ、そのたびに天稚彦から授かった袖のおかげで事無きを得る。もてあました鬼は、とうとう二人が月に一度会うことを許すが、娘の聞き間違いで年に一度になってしまう。鬼が手にもっていた瓜を投げると大水が出て天の川となり、二人を隔てた。七夕の由来である。

瓜を割ると洪水が起こる話は『瓜と龍蛇』にもさまざま紹介されている。七夕と瓜の縁の深さについても同様である。そうしたモチーフの編みこまれかたについては該書をごらんいただくこととして、ひとまず「瓜の涙」に引き戻して言えば、貧しい謹三に天稚彦の生まれ変わりを担わせるのはいささか気の毒、だが龍の化身たる龍巻の力を借りれば、鬼から娘を救う海龍王になることはできるかもしれない。何にせよ龍巻のおかげで娘は彼にすがったのだ。炎天の日が八月なら旧暦七夕も遠くない。牽牛織女としてであっても、二人は結ばれることを望むだろう。

とはいえ龍巻は両義的だ。娘が瓜なら、その涙が龍巻と呼応して洪水をもたらし、永遠に二人をわかつ天の川となりかねない。瓜には災厄をもたらす力もある。伝えられる話では、縦に切ればよいが横に切れば洪水になるというように、下手に割れば災いとなる。謹三はいかにすべきか。龍巻は目前、事態は切迫している。瓜の扱いには注意が必要だ。二人の運命は予断を許さない。

こうしてみると、「いかに成るべき人たちぞ……」とは、さすがにうまい結びなのであった。鏡花の小説は、しばしば説話的連想を呼ぶ。文献として直接に拠ったかどうかよりも、培われた想像力が説話の世界と共有されたのだと理解したい。「浮瓜沈李」の鮮やかさは伝えつつ、そこに重ね合わされた物語は一つではない。(4)

現代の都市生活では瓜を水に冷やすこともない。丸ごとの西瓜となれば、風呂桶やら大きなバケツやら、冷やす工夫もしてみたくなるが、カット西瓜ですませるなら冷蔵庫で十分。メロンだって冷蔵庫のほうがよく冷える。でもそれでは瓜の魔力はきっと減じてしまうに違いない。流れる水に濡れて「颯と銀色の蓑を浴び」てこそ、夏の瓜なのだ。

【注】

（1）曹丕の手紙については小著『漢文スタイル』（羽鳥書店、二〇一〇年）所収「天朗気清」にも述べた。

（2）初出は『国粋』創刊号（一九二〇年一〇月）。本文は『鏡花全集』巻二十（岩波書店、第一刷一九三一年、第二刷一九七五年）に拠る。ただし振り仮名は適宜省略した。以下同。

（3）網野善彦・大西廣・佐竹昭広編『いまは昔むかしは今』福音館書店、一九八九年。

（4）鏡花の後作「河伯令嬢」（『婦人倶楽部』一九二七年四月号・五月号。『昭和新集』改造社、一九二九年。『鏡花全集』巻二三、岩波書店、第一刷一九三二年、第二刷一九七五年）は、「瓜の涙」から舞台とモチーフを取りこみ、さらに物語を繰り広げるが、ここでは述べない。ちなみに、寺山修司は二つを合わせて「瓜の涙」と題したラジオドラマを一九八〇年に作っている。

斗酒なお辞せず

銀杏並木の緑も日ごとに濃くなり、夕暮れの長さに少し得をしたような気分になる初夏、日の高いのに乗じて喉を潤すのも悪くはあるまい。そんな浮かれた算段にのっけから水を差すような文章を、何の因果か書棚の文庫本から見つけてしまった。柳田國男「酒の飲みようの変遷」。

酒を飲む風習は日本固有、すなわちいつの頃とも知れぬほどの昔から、続いているものに相違ないが、その風習の内容に至っては、昔と今との間に大きな変遷がある。これだけは是非とも日本人として、はっきりと知っていなければならぬ。この古今の移り替りを一通り承知した上でないと、各人はまだ自由に、酒を飲んでよろしいか悪いかを、判断することができないのである。(1)

古今の移り変わりを承知していないと酒を飲んでよいか悪いかを判断できない！　初夏の風とともも

に楽しいひとときを過ごそうとしているのに、その前に知るべきことがあるとは難儀なことだ。碩学の言う「一通り承知」は、たぶんそう簡単にすむような話ではない。

それにしてもどうしてこのような物言いになるのだろうと訝りつつ、文庫本の解説に記された初出を見て多少は腑に落ちた。この文章が「民俗と酒」と題されて雑誌『改造』上に発表されたのは一九三九年、すでに日本軍は中国大陸における武力行使を重ね、国内でも国家総動員法が施行されていた。時局である。果たして最後の段落では「今度の大事変が起こってから、不思議に日本人の研究心と、発明力とは大飛躍をした」と始めて、こう結ぶ。

［…］我々は酒を飲む習慣の利弊に関しても、是非とも今と昔との事情の変化を知って、現在の状態が果して国の福祉と合致するか否かを、明らかに認識し得るようにしなければならぬ。それを各人が自由に判断するだけの歴史知識が、現在はまだ具《そな》わっておらぬとすれば、少なくとも求めたら得られる程度に、歴史の学問を推し進めなければならぬ。いつも民間の論議に揺蕩《ようとう》せられつつ、何らの自信も無く、可否を明辨することすらもできないのは、権能ある指導者の恥辱だと思う。(2)

時局の情勢に学者の使命を位置づけようとしてかえって理路が粗雑に流れてしまっていることは否めない。ただ、人々が社会的な判断をするときに歴史知識が決定的に重要であり、その材料を提供する責務が学者にはあるということならば、それはなお有効な態度である。事柄は飲酒にとどまらない。

いささか居ずまいを正しつつ、とはいえせっかくの浮かれ気分、いまは話を酒に戻そう。柳田の文章で気になったのは、むしろ次の一文だった。

［…］いわゆる斗酒なお辞せずという類の酒豪の逸話は、次第に昔話の領域に入って行こうとしている。［…］(3)

斗酒なお辞せず。たしかにこのフレーズは、大酒飲みの形容としてよく目にする。いや、目にした、と言うべきかもしれない。古めの偉人伝や回想録では常套句だが、最近はあまり使われない。いかにも中国の豪傑のイメージなのだけれども、さて原文は何だろう。「斗酒尚不辞」だろうか。試みに『日本国語大辞典』を引いてみると、「斗酒なお辞せず」がちゃんと立項されていて「一斗の酒も辞退しないで飲む。大酒を飲む」と説明がある。けれども用例は、尾崎紅葉の『二人女房《ににんにょうぼう》』が早い例、明治二五年（一八九二）初出の箇所が掲出される。(4)手もとに『紅葉全集』があったので確認してみると、次のような具合だった。

城井《しろゐ》は軍人で、軍人といへば多く、杯を呼び妓を聘し、一酔王公を軽んずる的の気象の者であるが、城井は其例《そのれい》で無い、斗酒も敢て辞せずの豪飲はやるが、頗る愚痴上口《じゃうご》で、尤も平素《ふだん》から量の小さな、世帯臭《しょたい》い、戦場に臨むだら、敵の首よりは分捕《ぶんどり》を専一に働きさうな性《たち》であるから、[…]」(5)

この城井なる軍人、あまり酒席を共にしたくはないが、斗酒云々がすでに定型句として用いられていること、「なお辞せず」以外にバリエーションがあったことはわかる。先行例もあるはずだが、それは辞典には見えない。

辞書に頼ってばかりは憚られるが、だがもし古今彼我に広く使われているのなら、『日本国語大辞典』が見落とすこともないだろう。たとえば「鶏口」を引けば「鶏口となるも牛後となるなかれ」があって、原拠となる『史記』蘇秦《そしん》伝と近世の寺門静軒《てらかどせいけん》『江戸繁昌記』の用例が載っているのだから。となるとこのフレーズは近代になって目につきだしたものか。

そもそも「斗酒なお辞せず」が気になったのは、「斗酒」の解釈についてあれこれ考えていたからであった。『日本国語大辞典』をはじめ、各種の国語辞典は「斗酒」を「大量の酒」とする。だが、漢詩文においては、必ずしもそうではない。少量の酒とする解釈すらある。「斗酒」の古い例として、二世紀ごろに作られたと思われる詩句にそれを見よう。

人生天地間　忽如遠行客

斗酒相娯楽　聊厚不為薄
人の天地の間《かんい》に生くるや、忽《こつ》として遠行《えんこう》の客の如し。斗酒もて相い娯《あ》楽し、聊《いささ》か厚しとして薄しと為さざらん。

『文選』に収められる「古詩十九首」其《その》三の句。前二句は、人が天地の間に生を享けているのはほんの一時、故郷から遠く離れた旅人のようだということ。検討すべきは後二句で、吉川幸次郎「推移の悲哀」は次のように解釈する。

［…］斗酒が微量の酒であることは、おなじく漢人の用例として、楊惲の「孫会宗に報《こと》うる書」に、農夫としての生活をのべ、「斗酒もて自ずから労《ねぎろ》う」というのによって明らかである。しからば作者は貧寒の士である。［…］句全体の意味を、五臣注の劉良は、「人は且つ相い厚くするを以て本と為す、軽薄を為さざる者也」といい、つまり人生の態度としての厚薄とするが、近ごろ朱自清氏は酒の厚《おお》さ薄さと見、わずかの酒も薄きものとはすまい、の意とする。(6)

前漢の楊惲《ようらん》は司馬遷《しばせん》の娘の子、官は九卿《きゅうけい》の一つである光禄勲《こうろくくん》に至ったが、言動に他を顧みないところがあったがゆえに讒言に遭って庶人に落とされた。「報孫会宗書（孫会宗《そんかいそう》に報ずる書）」は、彼の身を心配して書簡を寄せた孫会宗への返書で、結局この手紙に天子を蔑ろにする語があったとされて彼は腰斬の刑に処せられるのだが、原文には「田家作苦、歳時伏臘、亨羊炰羔、斗酒自労（田家 苦を作《な》せども、歳時の伏臘《ふくろう》には、羊を亨《に》て羔《こひつじ》を炰《あぶ》り、斗酒もて自ら労う）」（『漢書』楊惲伝）とある。「伏臘」は夏冬の祭り。

たしかにこの書き振りでは大酒ではなさそうだが、ただちに微量ということにもなるまい。日常の酒ではなく、祭事にかかわるものであることも気になる。やや後、建安七年（二〇二）に曹操《そうそう》が橋玄《きょうげん》を祭った文には、無名の曹操を見いだした橋玄への感謝に続いて、橋玄が曹操にかけたことばが引かれる（『後漢書』橋玄伝）[7]。

又承従容約誓之言、殂没之後、路有経由、不以斗酒隻鶏過相沃酹、車過三歩、腹痛勿怨。雖臨時戯笑之言、非至親之篤好、胡肯為此辞哉。

又た従容《しょうよう》の約誓《やくせい》の言を承けたるに、「殂没《そぼつ》の後、路《みち》に経由する有りて、斗酒隻鶏《せきけい》を以て過《よぎ》りて相い沃酹《よくらい》せざれば、車過《す》ぎること三歩にして、腹痛むとも怨む勿《なか》れ」と。時に臨んでの戯笑の言と雖も、至親の篤好に非ずんば、胡《なん》ぞ肯えて此の辞を為さん哉。

くつろぎながらの約束のことばを承りましたが、「わしの死後、君が近くを通りかかることがあって、それなのにもし酒と鶏を墓前に注ぎ供えてくれないようなことがあれば、車が三歩過ぎないうちに腹痛を起こしても怨むなよ」とのことでした。その場の冗談ではございましょうが、厚情の極みでなければ、どうしてこのようなことばが発せられましょう。

「斗酒隻鶏」は、一般には一斗の酒と一羽の鶏と解される。このころの一斗はだいたい二リットル。いまなら一升瓶提げてというところかもしれないが、当時の酒は度数が低く、普通の酒は十度未満だったと推測されることからすれば、大量の酒というほどではない。とはいえ微量ではない。墓に供えるのにはちょうどよいかもしれない。

だが、そもそも量が問題なのだろうか。さきの「斗酒相娯楽」にしても「斗酒自労」にしても、多いとか少ないとか、具体的に何リットルぐらいということではなく、ただ飲んで楽しむだけの酒を指しているのではないか。「隻鶏」の「隻」も、厳密に一羽と言いたいのではなく、含意としては、いささかの、ということではないだろうか。友との宴、自らへのねぎらい、知己への弔い。いずれも気持ちよく酔えればよいだけの酒だ。たとえば次の詩に見える「斗酒」もそのようなものだろう。

人生無根蔕　飄如陌上塵
分散逐風転　此已非常身
落地為兄弟　何必骨肉親
得歓当作楽　斗酒聚比隣
盛年不重来　一日難再晨
及時当勉励　歳月不待人

人生　根蔕《こんてい》無く、飄《ひょう》として陌《はく》上の塵の如し。分散して風を逐《お》うて転ずれば、此れ已《すで》に常の身に非ず。地に落ちて兄弟と為る、何ぞ必ずしも骨肉の親のみならんや。歓を得ては当《まさ》に楽しみを作《な》すべし、斗酒もて比隣を聚《あつ》めん。盛年重ねては来《きた》らず、一日再び晨《あした》なり難し。時に及んで当に勉励すべし、歳月は人を待たず。

陶淵明「雑詩十二首」其《その》一（『箋註陶淵明集』巻四）。人がこの世に生まれては、根も蔕《へた》もなく、路上の塵と同じようなもの。風に吹かれ散り散りになり、いつも変わらぬ身ではない。生まれ落ちればみな兄弟、血のつながりだけではない。何か愉快なことがあれば楽しむのがよい、酒を用意して近所の人を集めよう。若い盛りは再び来ない、一日二度の朝はない。時を逃さずしっかり楽しもう、歳月は人を待ってはくれない。

つまり「斗酒」とは、何かのため、多くは人との楽しみのために用意される酒だ。「斗」は、酒を酌むひしゃくであり、酒を量る単位である。それがいわば親しみを示す接頭辞のようにかぶせられているのである。二音節の安定が指向されているということもあろう。「斗」の意味は限定的なものではあるまい。

では「斗酒なお辞せず」はどこから来たのだろうか。このままの形では漢籍には見えないが、もとづくところと思われる話柄はある。あまりにも有名な鴻門《こうもん》の会の場面、項羽《こうう》の従弟項荘《こうそう》が宴の最中に劉邦《りゅうほう》を殺そうとしていると知らされた樊噲《はんかい》が宴席に押し入るところから引こう（『史記』項羽本紀）。

噲遂入、披帷西向立、瞋目視項王。頭髪上指、目眥尽裂。項王按剣而跽曰、客何為者。張良曰、沛公之参乗、樊噲者也。項王曰、壮士、賜之卮酒。則与斗卮酒。噲拝謝起、立而飲之。項王曰、賜之彘肩。則与一生彘肩。樊噲覆其盾於地、加彘肩上、抜剣、切而啗之。項王曰、壮士、能復飲乎。樊噲曰、臣死且不避、卮酒安足辞。

噲 遂《つい》に入り、帷《とばり》を披《ひら》きて西向して立ち、目を瞋《いか》らして項王を視る。頭髪上指《じょうし》し、目眥《もくし》尽《ことごと》く裂く。項王 剣を按じ跽《き》して曰く「客何為《なんす》る者ぞ」と。張良曰く「沛公《はいこう》の参乗《さんじょう》、樊噲なる者なり」と。項王曰く「壮士なり、之《これ》に卮《し》酒《しゅ》を賜え」と。則ち斗卮酒を与う。噲 拝謝して起ち、立ちながらにして之を飲む。項王曰く「之に彘肩《ていけん》を賜え」と。則ち一の生《せい》彘肩を与う。樊噲其の盾を地に覆《ふ》せ、彘肩を上に加え、剣を抜き、切りて之を啗《くら》う。項王曰く「壮士なり、能く復た飲むか」と。樊噲曰く「臣 死すら且つ避けず、卮酒 安《いず》くんぞ辞するに足らんや」と。

項羽が樊噲を「壮士」と認めて「斗卮酒」と「一生彘肩」、すなわち一斗の卮《さかずき》の酒と一塊の生の豚肉を与え、樊噲がそれをぐびぐびむしゃむしゃやったのを見て、項羽がもう一杯飲むかと言うと、樊噲が、私は死すら恐れません、卮酒など遠慮するはずがありましょうか、と答えたという話である。

ここはたしかに一斗の酒がなみなみ注がれた大きな杯が樊噲に渡されたと解したほうが雰囲気は出る。「卮」が器なので「斗」には量の意味が働く。どこかでこの「斗卮酒」が大酒としての「斗酒」に転換したことは間違いなさそうだ。もっとも、これは酒を飲むかという問いに対して酒どころか死も遠慮しませんと決死の覚悟を示したのが眼目なのだから、樊噲が大酒飲みであったことが重要というわけではない。その点でまだずれはある。

「斗酒」が明らかに大量の酒を意味するのは、唐代に入ってからと思われる。初唐の王績《おうせき》は酒好きで知られ、仕官と退隠を繰り返した人物で、唐の武徳年間に門下省で待詔の官にあった時、待詔の職はよい酒が支給されるから就いているのだとのたまった。その人材を貴重に思っていた侍中が聞いて、規定の三升（十升が一斗）の酒を一斗に増やし、世に「斗酒学士」と称された。五斗飲んでも乱れず、竹林の七賢の一人劉伶《りゅうれい》が作った「酒徳頌」にならって「酔郷記」を書き、陶淵明の「五柳先生伝」をもじって「五斗先生伝」をものした。

こうして、例の「李白一斗詩百篇」（杜甫「飲中八仙歌」）に典型的なように、大酒の単位としての「斗」が次第に定着し、一斗の酒としての「斗酒」のイメージもできあがっていった。それが「斗酒なお辞せず」には投影されている。もちろん、友と酌み交わす酒としての「斗酒」も使われ続けたこと、李白に「斗酒勿為薄、寸心貴不忘（斗酒 薄しと為す勿《なか》れ、寸心 貴くして忘れず）」(8)の句があるごとくである。

さて、かく述べつつも「斗酒なお辞せず」が明治以降の日本で目につくようになった発端そのものは、はっきりしない。ただ、江戸から明治にかけて漢文脈で語られた壮士や志士の社会的イメージもしくは類型の形成が背景にあることは推定してよいだろう。人口に膾炙した樊噲の話柄や酒仙李白などの逸話によって、酒を飲み剣を振るい詩を吟じる壮士像が構成され、「斗酒なお辞せず」がそれを象徴する決まり文句となった。書かれたものを通じて広まったとするよりも、宴席などの場において発せられ好まれたと考えるべきかもしれない。

もちろんこれではまだまだ勉強不足、酒を飲む資格などないと泉下の碩学に叱られそうだけれども、課題レポートを何とか制限枚数まで書き上げたということにして、ひとまず親しき斗酒の集いに急ぐこととしよう。歳月ハ人ヲ待タズ。

【注】

(1)『木綿以前の事』(岩波文庫、改版二〇〇九年)一六一頁。

(2)同書、一七五頁。字体を改めた箇所がある。

(3)同書、一六二頁。

(4)『日本国語大辞典〔第2版〕』9(小学館、二〇〇一年)。二〇二一年四月現在、ジャパンナレッジ版も同じ。

(5)『紅葉全集』第三巻(岩波書店、一九九三年)三四八頁。紅葉は一般に段落冒頭の字下げを行わないという校訂に従った。

(6)『吉川幸次郎全集』第六巻(筑摩書房、一九六八年)三一四頁。

(7)『三国志』魏書「武帝紀」裴松之注にほぼ同文が見える。

(8)「南陽送客(南陽に客を送る)」、宋蜀本『李太白文集』巻十四、王琦注『李太白文集』巻十六。

口福

蘇東坡《そとうば》の詩を会読する授業で、蓴菜《じゅんさい》が出てきたときのこと。辞書の説明をそのまま発表資料に転記しているので、「食べたことない?」と訊くと、「ないです」。「みんな、食べたことないの?」と他の参加者に振ってみても、ぴんと来ない様子。細かく説明しても、「お吸い物とかに入っているあれですか?」と気づいてくれるのは例外で、ほとんどがぽかんとしている。食感が独特でおいしいんだけどなあ、京都では深泥池《みどろがいけ》というのがあってね、でも今は秋田が名産地かな、と詩はそっちのけで教師は熱心に説明するのだが、あまり伝わらない様子。ホワイトボードに絵まで描いたが、下手な絵ではかえって混乱を招くばかりで、すぐに消した。無念。

その場にいたのは二十代の学生だから、蓴菜なんかよりもおいしいものがたくさんあるはずだし、蓴菜は三杯酢がやっぱりいいですね、いやいや天ぷらもおつなもので、などという会話が教室で繰り広げられなどしたら、それはそれで微妙な気分になるに違いない。蓴菜なんか食べたことないです、というくらいでいい。要するにこちらが年をくっただけである。

とはいえ蓴菜は、美味というばかりではなく、漢籍ではちょっと特別な意味をもつ食べものだ。中でも呉の張翰《ちょうかん》の故事はよく知られている。

その文才と放逸から江南の阮籍《げんせき》と称された張翰は、呉が晋に滅ぼされて後、永寧元年（三〇一）に斉王司馬冏《しばけい》に召し出されて大司馬東曹掾《とうそうえん》となった。司馬冏は武帝司馬炎《えん》の甥、この当時、武帝の子で暗愚な恵帝司馬衷《ちゅう》に代わって権勢の絶頂にあった。ちょうど八王の乱のさなかである。張翰はいったんは出仕したものの、天下の情勢が穏やかでないのを見て取り、早々に江南に帰った。『晋書』張翰伝には、「張翰は秋風が立つのを見ると、呉中の菰菜《こさい》・蓴羹《じゅんこう》・鱸魚《ろぎょ》の膾《なます》を思い出し、「人生は心に満足が得られることこそ大事、故郷を数千里も離れて仕官して名位を求めるなどできるものか（人生貴得適志、何能羈宦数千里以要名爵乎）」と言い、旅支度をして帰ってしまった」とある。やがて司馬冏は長沙《ちょうさ》王司馬乂《がい》らに殺された。

時機を見る目があったと称賛されるこの話は、『世説新語』識鑒《しきかん》篇にも取られている。ただ、「菰菜蓴羹鱸魚膾」ではなく「菰菜羹鱸魚膾」となっていて、「蓴」の字が無い。これだと「菰菜の羹」と「鱸魚の膾」を思い出して帰ったということになる。菰菜はマコモタケ、すなわち水辺に生えるマコモの若い茎が肥大したもの、白くてしゃくしゃくしておいしい。蓴菜とは食感が対極だ。それをスープに仕立てるのも、きっと美味であろう。けれども、どちらも水郷江南にふさわしい名物なのだから、『世説新語』のように蓴菜を省いてしまうよりは、菰菜をさっと湯がいて先付に、お椀はもちろん蓴菜、お造りは鱸魚を細く切って、というふうに献立を組んでしまうのが、やはりごちそうである。ちなみにここで言う鱸魚はスズキではなくカジカの仲間の魚だとされる。いずれにしても白身で旨みも乗っているはずだ。

餘計な校異を加えれば、宋代の類書『太平御覧』巻二五に引く『世説新語』では「蓴菜羹鱸魚膾」、巻八六二に引くそれでは『晋書』と同じく「菰菜蓴羹鱸魚膾」となっている。もしかしたら『世説新語』でももとは蓴菜が入っていたのかもしれない。菰菜羹と鱸魚膾は対になっているから文章としてはそのほうが整っているように見えるが、「菰菜／蓴羹／鱸魚膾」というのもちゃんと二・二・三のリズムの七言句、口調はとてもいい。やはり蓴菜が入るとつるりとする。

実際のところ、成語としても「蓴羹鱸膾」が一般的で、「菰羹鱸膾」と言わないではないが、例は少ない。「蓴鱸」という熟語は習見と言ってよいけれども、「菰鱸」はマイナーである。マコモタケのために辯護すれば、菰菜と蓴菜との味に優劣があるからではなく、蓴菜にかかわる他のエピソードもこれにはからんでいる。『世説新語』言語篇にはこんな話がある。

張翰と同じく呉の出身の陸機《りくき》が晋の貴族王済《おうさい》を訪問したおりのこと。王済は数斛《こく》の羊酪をどんと前に置いて言った。「君の故郷の江南でこれに比べられるものはあるかね」。陸機が答えるに、「千里湖の蓴羹がありますよ。味付けはまだですがね」。

羊酪は羊乳のヨーグルト。当時の一斛は約二〇リットル。ずいぶんと大きな器になみなみとヨーグルトを盛ったものだ。あるいは甕ごと出したのだろうか。王済は武帝司馬炎の女婿、才気に溢れ胆力も優れていたが、人を人とも思わないところが恨みを買って、朝政から退けられることとなった人物。鬱憤もあってか、私宅では奢侈の限りを尽くしたと言う。何十リットルものヨーグルトを食卓に置くのも、王済にとっては軽い贅沢に過ぎまい。かつて武帝が彼の家に行幸したさいは、人乳を飲ませて育てた豚を蒸してもてなし、普通ではないこってりとしたその味の由来を聞いた武帝を不快にさせたという話すら伝わる(1)。

対する陸機は、動じることなく故郷呉の蓴菜を挙げた。「有千里蓴羹、但未下塩豉耳」。千里は湖の名とされる。塩豉《えんし》は豆味噌、たぶん浜納豆のようなものだろう。つまり、数斛どころではない、蓴菜の浮かんだ湖全体が天然のスープ、それだけでもヨーグルトに匹敵するが、これも呉の名産の塩豉を投じれば、さらに美味なること羊酪の比ではない、というわけだ。千里という名も、当然ながらその広さを示しているだろうから、たんなる湖名以上の効果がある。陸機は呉の名族の意地にかけて、見事にやり返したのであった。

蓴羹は、呉の人々にとって故郷の味である。しかし、これらのエピソードから見られるように、それはただ懐かしき故郷の味たるにとどまらない。政治的軍事的敗北を受け入れて洛陽に赴いた呉の士大夫が、それでも自らの拠りどころを見失わないためのシンボルとしても機能した。それはまた、世の権勢から距離を取るための方便ともなった。だが方便としてすませるには、味覚の記憶は奥深い。

張翰が思い出した料理は、美味ではあるにせよ、王済のように贅をきわめたものではなく、緑豊かな江南の風土に根ざしたものであった。陸機は、料理ばかりでなく、自然の風物そのものを名菜に見立てて応じた。味覚は風土とともにある。呉は晋に滅ぼされはしたが、北のかた洛陽の都でこうして呉地の豊かさが辯じられたことで、江南というトポスそのものの輪郭はむしろくっきり浮かび上がることになったのである。

もともと黄河流域と長江流域とでは、風土も文化も大きく違う。だからその違いをただ述べ立てても、それほど意味はない。当たり前のことだからだ。注目すべきは対比の枠組みだろう。張翰は、政治の紛擾から遠ざかる契機として郷里の名菜を挙げたが、別のエピソードではこんなことも言っている。「死後に名声を得るくらいなら、いま一杯の酒があるほうがいい（使我有身後名、不如即時一杯酒）[2]」。その気ままな生き方に、少しは死後の名声を考えないのかねと問うた人への答えである。歴史に名を刻むことは士大夫の宿願、張翰はそれをあっさり斥けて、今生の自由こそ大事とした。蓴鱸の逸話と構図は同じである。

そうした文脈で見るならば、権謀術数渦巻く洛陽を離れた空間として江南の自然が効果的に設定されたことがよくわかる。それは人に厳しく迫る自然ではない。不老長生を求めてこもる仙山でもない。温暖で生産力に富む土地としての自然である。田園、と言い換えてもよいだろう。都会とは別の価値に支えられた世界の発見である。

張翰から百年後の陶淵明は、「帰去来兮、田園将蕪、胡不帰（帰りなんいざ、田園将《まさ》に蕪《あ》れなんとす、胡《なん》ぞ帰らざる)」と詠じた。そうした田園のイメージは、江南の豊かな自然を背景に配置されている。それを準備したのが、洛陽における呉の人士であった。誤解のないように急いで言い添えれば、陶淵明の詩文に蓴菜は出てこない。彼の故郷である潯陽柴桑《じんようさいそう》は呉と楚の境、長江をだいぶ遡ったところにある。蘇州の張翰や華亭（今の上海市松江区）の陸機からすれば、だいぶ奥まった土地だ。けれどもそれはちょうど洛陽に対しての蘇州がそうであるのと同じ関係とも言える。中心と周縁。確立された価値と発見された価値。東晋が都を置いた建康（今の南京市）に対して柴桑はたしかに帰るべき田園の資格を有していたのであり、だから陶淵明は「帰去来兮《かえりなんいざ》」と詠うことができた。江南の自然の発見とは、つまり構図の発見だったのである。

ところで、授業で取り上げた蘇軾の詩では、蓴菜はこんなふうに出てくる。

我生渉世本為口
一官久已軽蓴鱸
人間何者非夢幻
南来万里真良図

我が生 世を渉るは本《も》と口の為《ため》なり、一官久し已(3) 蓴鱸を軽んず。人間《じんかん》何者か夢幻に非ざらん、南来万里
真に良図《りょうと》。

紹聖二年（一〇九五）、流謫の身で広東の恵州に在った時の七言古詩全二十句のうち、右は結びの二聯。わが生涯の世渡りはもともと生活のため、官途に馴染めば故郷の味に恋々としていられない。この世はどれとして夢幻でないものはないが、南のかた万里の果てにあるここ恵州にやってきたのは、まことに優れたはかりごとであった。

東坡は蜀の出身だから、蓴鱸はもちろん思郷のクリシェとして使われている。事実、二十二歳で進士科に及第した彼は、父母の死に際してはそれぞれ故郷で喪に服したものの、熙寧《きねい》元年（一〇六八）、父蘇洵《そじゅん》の喪が明けて京師に赴いてのちは、ついに家郷に帰ることはなかった。まさに羈宦のうちに一生を終えたのである。蓴鱸を思わないはずはないが、(4) それを敢えて軽んじなければ臣下の務めは果たせない。

ここで蓴鱸が持ち出される露払いとして「口の為」つまり食いぶちのためというフレーズが持ち出されているのは、蘇軾ならではの修辞である。食えることが大事で何を食べるかなんて二の次という諧謔。十五年前に長江中流の黄州に流された時も、「自笑平生為口忙（自ら笑う 平生口の為に忙しきを）」（「初到黄州」(5)）と言い、生活のために苦労することと書いた詩が災いして流罪になったことをかけて笑っていた。加えて、「長江繞郭知魚美、好竹連山覚筍香（長江 郭を繞《めぐ》りて魚の美なるを知り、好竹山に連なりて筍の香ばしきを覚ゆ）」と土地の名産を味わうに忙しいさまを続け、口の歓びをもかねさせていたのである。口福なる熟語はすでに宋代に見られるが、まさに口災を口福に転じたのが黄州での東坡であった。

そしてまた、再び朝政誹謗の罪で今度は黄州よりもずっと僻遠の南海の地に流されたことを良図と言って詩を結ぶのも、じつは口福によってであった。この詩の題は「四月十一日初食茘支」、つまりその年初めて茘枝《れいし》（茘支）を食べた日の詩である。(6)

茘枝は福建や広東など南方の果物、古くから皇帝に献上されていた。なかでも有名なのは楊貴妃がことのほか好んでいた話、広東から毎年七日七夜の早馬で届けさせたという。蓴鱸とは対照的なポジションにある食べものと言ってよい。

東坡は流謫の地で、たわわに実る茘枝に出会った。そして多くの人がそうであるように、その味覚に舌鼓を打った。味ばかりではない。紅い果皮を剥くと乳白の瑞々しい果肉が現れるさまもすばらしい。この詩には茘枝を称してこう言う。

海山仙人絳羅襦
紅紗中単白玉膚
海山の仙人 絳羅《こうら》の襦《じゅ》、紅紗《こうさ》の中単 白玉の膚《ふ》。

茘枝のあの赤い皮とその下の薄皮を絳羅の襦と紅紗の中単、つまり深紅の絹の上衣と紅い薄絹の肌着に、白い果肉を仙女の肌に譬えている。白居易は「茘枝図序」（那波本『白氏文集』巻二八）という文章において「殻は紅繒《こうそう》の如く、膜は紫綃《ししょう》の如く、瓤肉《じょうにく》の瑩白《えいはく》なること雪の如く、漿液《しょうえき》の甘酸なることと醴酪《れいらく》の如し」と言った。この聯はそれを受けてさらに艶めかしい。同時に、蘇軾はその果肉を海産の珍味にも譬えている。

似開江鰩斫玉柱
更洗河豚烹腹腴

江鰩《こうよう》を開きて玉柱を斫《き》り、更に河豚《かとん》を洗いて腹腴《ふくゆ》を烹《に》るが似《ごと》し。

「江鰩」はイタヤガイ。それを開いて大きな貝柱を切ったようだと言い、河豚《ふぐ》を洗って腹の肥肉を煮たもののようだとも言う。そこに添えられるのは「桂醑《けいしょ》」すなわち肉桂《にっけい》を加えた酒。(7)「先生洗盞酌桂醑(先生　盞《さん》を洗いて桂醑《しょ》を酌《く》む)」。東坡先生みずからさかずきを洗って桂の美酒を酌むというわけだ。

美味を満喫するその姿は、まるで嶺南への流謫が自適の帰田であるかのような錯覚さえ覚える。ちょうどこの年の三月、蘇軾は陶淵明の「園田の居に帰る」詩六首の韻字を用いて唱和する詩を書いている。(8)温泉に遊んでの帰途、茘枝が小さな実をつけているのに出会い、食べごろになったら酒をさげていらっしゃいと土地の老人に誘われ、嬉しくなって家に帰りひと眠りすれば、息子が「帰園田居」詩を朗読する声が聞こえる。そこで興に乗って作られた次韻詩だ。

それからひと月。熟した茘枝を味わい、南に来たのは真に良図と詠うのは、どこかに強がりがありそうで、でも心の底からそう受け止めて楽しむところもあるのだ。これだから人生は面白い、と。

蕁菜と茘枝と、それぞれに口福はある。だがどちらの口福も、客寓を餘儀なくされる人々が、かつて生まれ育ったあの土地の記憶やいま住み慣れようとしているこの土地の風景の中で初めて味わうことができるのであって、地位や財力に任せて遠方から取り寄せられるようなものではない。

【注】

(1)『世説新語』汰侈《たいし》篇。『晋書』王済伝では「人乳で蒸した(以人乳蒸之)」とする。

(2)『晋書』張翰伝、『世説新語』任誕《じんたん》篇。

(3)ここの「已」は「矣」に通じて言い切りや詠嘆を示す。

(4)「元修菜」(王文誥輯註『蘇文忠公詩編註集成』巻二二)と題する詩があり、豆の若芽と思われるものを懐かしんでいる。青木正児「蘇東坡の味覚」(『酒中趣』筑摩書房、一九六二年、『青木正児全集』第九巻、春秋社、一九七〇年)参照。

(5)『蘇文忠公詩編註集成』巻二十。

(6)同巻三九。

(7)青木正児「蘇東坡と酒」(前掲『青木正児全集』第九巻、『酒中趣』)参照。また前掲の文章もこの詩に言及する。

(8)「和陶帰園田居六首」(『蘇文忠公詩編註集成』巻三八)。

帰省

夏休みをいかに過ごすかは、じつに重大な問題である。少年総合雑誌のさきがけとなった『少年園』が明治二二年（一八八九）五月三日発行の第十三号から募集を開始した第二回懸賞文の課題もまた、その第一は「如何にして暑中休暇を経過すべきや」であった。甲賞は「銀製賞牌」、乙賞は「スマイルス自助論（原書）」といかにも明治の少年向けらしく、二ヶ月後、七月三日の第十七号（『少年園』は月二回発行であった）に掲載された甲賞は、福島県尋常中学校の菅野準君作、「春光九旬、流星の如く去て、初夏新緑、飛丸の如くに来候せり。南風其れ暖、雨湿其れ雰、未だ炎暑の実を見るに至らずと雖《ママ》とも、情緒の感ずる所、稍《やや》意気の一変せるを覚ゆ(1)」と駢儷文さながらの対句を駆使して流麗に書き出される。

読者としてはとにかく夏休みをどう過ごせばよいのかが気にかかるのだが、菅野君は論陣を固めるのが先とばかり、こう続ける。

〔…〕思ふに一の現象は他の現象を誘起し、一の単情は他の複情を媒起す、人事の趨勢、其状態の多端なる、若《も》し玻璃鏡《はりきょう》ありて細に之が衷情を写し出さば、吾人をして殆ど眩倒せしむるに足るものあらん。吾人は実に此《この》煩雑現象中に浮沈するものにして、此現象に対し、或《あるい》は抵抗し、或は服従し、或は中立、或は揺撼《ようかん》せらるるものなり。〔…〕

約《つづ》めて言えば、世の中はいろいろとたいへん、吾人もたいへん、もう何がなんだか、と茶化すと怒られそうだが、明治の少年が時代の急激な変化の中で、立身出世に煽られ、不安と疲弊を抱えながら勉学に励んでいたことは確かで、菅野君が続けて「嗚呼《ああ》方今の青年学生、茲《ここ》に無形の精神を労するの辛難、余深く之を知れり」と慨嘆するのも無理はない。とはいえ、ただ嘆くばかりでは甲賞は取れない。「異日生存競争の場裏に出没して、頻煩複雑なる社会の現象に抗触すべき現時の少年輩は、須《すべか》らく学理深暢して百般の真理を網羅すると同時に、身体の強壮と英気の豁如《かつじょ》たるとを講究せざる可からざるなり」、将来、多端きわまる社会の生存競争に巻きこまれざるをえない少年だからこそ、勉学はむろん心身の健全にも意を用いなければならない、と主張は始まり、つまりここからが本論である。

〔…〕而して現時暑中休業又将《まさ》に全く余輩が掌中に落つる近からんとす。是れ此暑中五旬の公休日は、余輩果して如何なる挙動を為して経過すべきや、将《は》た如何なる行為を以て之を充たすべきやを論ずるは、是れ実に無用無功の言に非ざることを信ずるなり。〔…〕

明治十八年、初代文部大臣に就いた森有礼は、近代国家にふさわしい教育制度の確立を図り、その一環として明治十九年に中学校令を公布、高等中学校（のちの高等学校）を全国に五校、尋常中学校（のちの中学校）を原則として各府県に一校ずつ設置することを定めた。明治十九年十月二十日官報所載「東京府令第三十九号」によれば、尋常中学校の学年は九月一日から七月十五日まで、「夏季休業」は学年の間、すなわち七月十六日から八月三一日までと定められている。[2] 夏休みは一ヶ月半、五十日にはやや満たないが、それでも「五旬」と称して差し支えはなかろう。

お気づきのように、中学校も最初は大学と同じように九月入学だった。明治二十年に高等師範学校が四月入学に移行すると、二十年代半ばからは小中学校も府県の裁量で入学時期を四月に改める趨勢となり、三三年には小学校、三四年には中学校の四月入学が法制化された。明治二十二年の菅野君の夏休みはおそらくまだ九月入学の時代で、一学年が終わった解放感とともにあったと推測される。

手もとの『東京帝国大学五十年史』を調べると、明治四年十月に制定された南校の規定では、「暑中休」を「土用入日」（新暦で七月二十日前後）から三十日間、[3] 明治六年の開成学校の規定では「暑中休業」を七月十六日から八月三一日までとする[4]（菅野君の夏休みと同じだ）。ちょうどこの中間の明治五年に旧暦から新暦への改暦があったわけで、そう考えると南校の夏休みがいかにも旧暦らしい土用を基準とするのは、中国の春節休暇がなお旧暦に依拠しているのを想起させて興味深い。

なお、明治九年になって開成学校は学年の開始を九月十一日、終了を七月十日に改め、そのぶん夏休みも二ヶ月間に拡大した。[5] 翌年設立された東京大学もそれを受け継ぎ、[6] 明治十九年に帝国大学となってからもやはり夏休みは七月十一日から九月十日であった。(7) 大学の夏休みが小中学校よりも長めになったのはこのあたりに由来しているようだ。

それはともかく聞きたいのは菅野君の高論だ。夏休みには何をすべきか。五十日は短い、いっそう勉励すべし、か。避暑に出かけ、小説稗史《はいし》を友とすべし、か。温泉に行くべきか、田園で耕作すべきか。さまざま例を挙げながら、いずれをも退け、彼は言う。

［…］抑《そもそも》暑中五旬の休業は、実に吾輩に賜ひて爰に積鬱無聊の思を慰めしむべき分子を含める公休日にして、平素の衰耗疲弊を振救鼓舞するの一事にありとす。而して其方法手段は唯之が胸襟を開き、精神を壮ならしむべき雄快の運動を試み、山を跋し江に泛《うか》び、以て胸中嶔崎《きんき》磊落《らいらく》の英気を養成するにあるのみ。［…］

勉強ばかりしていると疲れはたまる、さらにその疲れを表現しようとして「積鬱無聊」「衰耗疲弊」とは文字面だけでも辛そうだ。さすがに気の毒になってきて、ぜひぜひ「胸中嶔崎磊落の英気を養成」してほしいなどと思いつつ先を読めば、具体的な計画、すなわち仙台、塩釜、松島と北上して、さらに海路を南下して原釜、松川浦へと戻り、そこから陸路中村（いまの相馬市）を経て、霊山《りようぜん》へ登るという旅程が示される。ただ旅程が示されるだけではない。そこで何をするか、どんな情景が待っているか、「望限りなき宮城の漠野に歩し」、「日に短艇を傭《やと》ひ、自ら櫓棹《ろとう》を執り」、「明月皓《こう》として銀光を流し」のように述べられて、まるでもう行って帰ってきたかのようである。松川浦では海水浴をし、友人と「豪談雲騰」、「浴楼に酌むも可なり」（明治の中学生は「可」なのだろう）、中村では「演舌会」を開き、「学理に教育に以て吾輩が毎に学び得たる意識思想を吐露」し、結局のところ、「嗚呼夫れ余輩が今日の意尚如何は他日の挙動となり、他日の挙動は実に国家の盛衰消長に関する大責任を有する者なり」、すなわち、いまの心がけが将来の行動となり、将来の行動は国家の盛衰にかかわる、そういう「大責任」へとこの夏休みは連続する。

時代の風気というものはあるし、今から見れば大仰な修辞も当時にあってはさほどではなかっただろう。漢文脈が得意とする立志と慷慨の組み合わせに、新時代の事物が大量の漢語で加われば、明治の少年が書くべき作文の方向はおのずと定まる。けれども、すでに明治も二十年を閲していれば、学問による立身出世が誰にでもかなう夢ではないこと、そこにはいくつもの陥穽《おとしあな》があることに、人々は気づき始める。ちょうど『少年園』第十二号（明治二二年四月十八日）・第十四号（五月十八日）・第十五号（六月三日）に、「愛郷学人、末兼八百吉」の署名で連載された「壮士、青年、少年」は、立身出世の道にいったんは進みながらそこから外れた「壮士」や「青年」の末路を描き、年若い「少年」に忠告するという趣旨の文章である。

「壮士」は、学業を棄てて運動に身を投じた政治青年の謂である。明治十四年の政変以降、自由民権運動が急進化して加波山事件などのいわゆる激化事件が立て続けに起こり、壮士はそれを煽動する無頼の輩として世間の非難を浴びていた。「嗚呼壮士は自ら社会の先覚者と称せるも、遂に社会の無縁者に外ならず。学校に在ては科業に縁なく、世間に在ては家族に縁なく」（第十二号）と愛郷学人もまた非難する。「青年」はと言えば、「斯《この》青年に二種あり、甲者は名誉に急ぎ、乙者は事業に急げり、其の厭ふべきに於ては一なり」（第十四号）、後者の事業に急ぐ者とは、「青年会」や「青年倶楽部」を作って何らかの活動をしようとする者たちのことで、その行く末は「壮士」だろうと予言される。前者の名誉に急ぐ者とは、たとえば官吏としての出世を目指す者というわけではなく、小説家や著述家、「青年文学の徒」である。

［…］君が文章の称讃批評、諂諛に遇はゞ心せよ。青年の脳中より有《も》てるもの出さしめ無きものを出さしむるは、是等の甘言に外ならざるなり。今日に於て、名誉の為に書き初めて、糊口の為に書き了《おわ》るもの、一春毎に殖へ焉《つつ》あるなり。(8)

たしかに、明治の少年が急いで自分の名を揚げようとするなら、文章を雑誌に投稿するのが早道だった。若き著述家として名を成せば、名誉欲は満足させられる。近代になって初めて登場した全国雑誌は、それまでは想像もできないような範囲と速度で個人の名前を宣伝する恰好の媒体となった。出版や新聞にかかわる市場が急速に拡大したことは、たんに新たな産業としての意味があっただけではない。また、近代国家を形成する「想像の共同体」としての意味があっただけではない。それは同時に、個人が名誉を求めて参入することのできる全国市場が現れたことを意味していたのである。愛郷学人の関知するところではなかっただろうが、彼の警告と同じ号の『少年園』にも、かの懸賞文の募集は掲げられていた。

さて、「壮士」と「青年」とを厳しく批判したあとで、愛郷学人は「少年」を論じる（第十五号）。前提となるのは、少年とは学校に通う者である、ということで、その形態には「通学」と「遊学」があるとする。「通学」は父母のもとから通うこと、そして少年の意義は、父母や周囲の人に喜びを与えるところにあると言い、例証としてロングフェローの訳詩を掲げる。

来れ童子《わらべ》傍はらに、汝が遊ぶ様見れば、
我等が多年苦しみて、猶ほ解けざりし疑は、
忽ち解けて露ほさの、曇りも胸に止まらず。
［…］
人の賞する詩や歌は、世に数多くあるなれど、
完全無虧《むき》の汝等に、及ぶべき者あらずかし、
汝は生ける詩歌なり、他は皆死にし言葉のみ。

明治十五年に刊行された『新体詩抄』に「尚今居士」すなわち矢田部良吉訳「ロングフェロー氏児

童の詩」として載せられた詩である。[9] 読者には馴染みの詩であったであろうし、無垢の少年という観念の導入としても興味深い。

一方、「遊学」[10] は故郷を離れて学校に通うこと。ここでは自作の七言古詩が掲げられる。その始めの八句を示せば――

我有村南百畝田　祭祀未嘗虧豆籩
繞門泉石繞家竹　自然管籥詩可編
況又堂上人半百　恬々奉歓楽意足
唯為聖賢事不終　瓢然身為遠征客

我に村南百畝の田有り、祭祀 未だ嘗て豆籩《とうへん》を虧《か》かさず。門を繞《めぐ》れば泉石 家竹を繞り、自然の管籥《かんしょう》 詩 編む可し。況んや又た堂上 人半百、恬々《てんてん》として歓を奉じ 楽意 足る。唯だ聖賢の事の終わらざるが為に、瓢然《ひょうぜん》として身は遠征の客と為る。

故郷を出て上京した時の作。生家には田畑があり、先祖へのお供えも欠かさず、水の流れに竹のさやき、父は歳五十、家族で幸せな生活をしているところ、勉学のために遠く故郷を離れることになった――というところだろうか。愛郷学人なる雅号にふさわしく、彼の故郷への愛は深い。そして都会で勉学に勤しむ彼の励みとなるのは、やはり故郷の山河であり父母であり親戚友人であり、またそれは思い出としてだけではなく、休暇を利用して帰郷すれば、よりいっそう励みとして感じられるのであった。

〔…〕善き年の冬夏期の休業に帰省すれば、弟妹は村閭《そんりょ》に迎へ、両親は門に待ち、旧友は君の為に宴会を開き、親戚は君を招きて饗応し、別けて君の慈愛の母は幾領《いくりょう》となき新衣を出し、其《それ》を着て喜ぶ君を見て一生一度の満足をなすなり。父は君が試験の成績と朋友の良否を問ひ、弟妹は君が学校に於ける種々《くさぐさ》を尋ね、朋友は君が智識を聞かんとし、親戚は京城の繁華を語らしめんとし、凡《すべ》て君を繞《めぐ》れる世界が言毎《ごと》に驚嘆する時に、君の恬快《てんかい》は如何ぞや。

冬の休みは正月を挟んで十二月二五日から一月七日が通例、となると故郷でゆっくりできるのは、やはり夏休みということになろうか。右の一節には陶淵明の「帰去来辞」や「桃花源記」の響きもあり、はたまた故郷に錦を飾るというおなじみの枠組みに試験やら智識やら繁華やらの新時代の風気も流れこんで、いかにもこの時代の理想的な帰省といった観はあるが、帰省した少年が満足しているのは、自分が周囲を喜ばせる存在であるということであって、その意味ではさきの童子の詩と変わらない。愛郷学人にとって、少年は立身出世をことさらに目指す存在ではないのである。「且つ夫れ諸君の心緒の淡泊、無邪気にして、少しも浮世の情慾に意なきものは、余輩をして真に諸君を敬愛せしむるものなるなり」と彼は言う。いやしかし、そのような少年はどこにいるのか。「看よ諸君は敢て黒田伯、大隈伯の富貴を羡望せざるなり。後藤伯、板垣伯の名誉に眩惑せざるなり。谷伯、西郷翁の功業に心酔せざるなり」。そうあれかしと願うのであって、多くの少年がそうではないことくらい、彼もわかっているのではないか。

然らは則斯少年《すなわちこの》は世の花なり、家族に於ける快楽の天使、社会に於ける道徳の人形なり。沙漠と荊棘《けいきょく》との旅行に似たる此の人世生活の苦を和ぐるものは、翩々《へんぺん》たる斯少年の挙動、無邪気なる子女の虚心の外に何かある、故に曰く斯少年は愛すべしと。

世に疲れた大人の身勝手な幻想だと片づけてもよいのだが、少年は、理想化された過去の彼のすがたでもある。「此《この》愛すべき境遇も何時までか諸君を留めん否《や》」。少年は必ず少年ではなくなる。その苦しさを彼は味わっている。「今は唯脳中の幻影、過去の記臆となりて過ぎ往くなり」。

愛郷学人こと末兼八百吉《すえかねやおきち》とは、詩人、小説家として知られる宮崎湖処子《みやざきこしょし》、末兼は明治十七年七月から二三年四月まで一時的に養子となった姓である。幕末の元治元年（一八六四）、筑前の三奈木村に三男八百吉として生れた湖処子は、明治十七年に上京して東京専門学校（早稲田大学）に入学、明治十九年に卒業後、著述や家庭教師で糊口をしのいでいたところ、徳富蘇峰に認められて民友社同人となった。湖処子の名はこのころに始まるが、文名が一躍高まったのは、「壮士、青年、少年」の一年後、明治二三年六月民友社から出版した小説『帰省』によってであった。

明治二一年八月に父の訃報を受けた湖処子は、その時は帰省かなわず、一周忌を迎える翌二二年八月に、六年ぶりに故郷に帰った。その帰郷に取材して小説としたところ、たちまち版を重ね、大ベストセラーとなった。

「帰省」は小説ともつかず、感想文ともつかない、新旧の中間になる文学であるが、大変大勢の人に愛読され、われわれもその熱心な読者であった。［…］
帰省という思想は、あの時代のごくありふれた、若い者の誰もがもっている感覚で、もっていないものはないといってよいくらいであった。そのころの読者はみな学生で、しかも遠く遊学している者が多いので、みなこの「帰省」を読んで共感したのである。（柳田國男『故郷七十年』(11)）

『帰省』は言文一致体ではなく美文調の文語体で書かれ、漢詩や新体詩の挿入が多く、現代の読者にとって読みやすいものではない。湖処子の信仰を反映してキリスト教にかかわる故事や観念がしばしば現れるのも特徴で、しかしそういった諸々が当時の青年にとってはなはだ魅力であったことは容易に想像できる。そしてその中心に「帰省という思想」がある。
それは、故郷に錦を飾るのとも、帰りなんいざと田園に戻るのとも、根本的に異なった思想である。なるほど主人公の話を郷里の人は仰ぎ聴く。陶淵明の詩が多く引用され、山水の描写に柳宗元を学んだ跡を指摘するのは難しくない。しかしそこは隠逸の地でも流謫の地でもない。湖処子は、故郷の淳朴な生活を讃えつつ、こう言う。

［…］如何なれば我此郷を出で、、再ひ帰る能はざる乎。吾舟は如何なれは逆櫓《さかろ》なる乎。悲しき哉我既に智慧の果を食ひぬ。今は唯此郷の、埃田ならで埃田に近きが如く、我も亦屢故郷に遊ひて、幼なき我そ追懐せんのみ。[12]

「第三　吾郷」の結び。「埃田」はエデン。エデンではないがエデンに近いそこは、かつての自分を追懐する場としての故郷であり、帰省は、戻れない過去への旅なのであった。先に見た「少年」への忠告は、自らが出た故郷に対して、「脳中の幻影、過去の記憶」をそのままにしておいてほしいとの懇願でもある。「帰省という思想」とはそういうことではないか。[13]

もうすぐ学校は夏休みに入り、八月のお盆の前後は、帰省ラッシュのニュースが毎日流れるだろう。帰省の「省」はもとより父母をうかがうことだが、世のあれこれに揉まれて年を重ねれば、省みるのはただ父母のみではないことがわかる。避暑地で英気を養うのも魅力的な夏の過ごしかたではあるけれど、年中行事としてであれ帰省という習慣がのこされているのは、それも一つの智慧なのかもしれない。

【注】

（1）振り仮名は引用者が補った。以下同。

（2）東京府学務課編『学令類纂』（博聞社、一八八六年）。

（3）『東京帝国大学五十年史』上（東京帝国大学、一九三二年）一九七頁。

（4）同書、二七三頁。

（5）同書、二七八頁、二八三頁。

（6）同書、五五二頁。

（7）同書、一〇〇四頁。

（8）引用にあたっては、圏点を省略し、振り仮名を右に補った。もとの振り仮名は左に付されているため、そのままとした。濁点の有無は原文に従った。以下同。

（9）もと九章五十四句を三十句に節略している。また、漢字をやや多くし、句読点を加えるなど、表記にも変更がある。

（10）返り点を省略し、訓読文を付した。

（11）『柳田國男全集』第二巻（筑摩書房、一九九七年）一三四頁。

（12）濁点の有無も含め、本文は明治二三年九月二一日発行第六版による。字体は改め、傍線は省略した。なお、同年六月二七日発行初版では、最後の一文を「今は唯此郷の埃田ならで埃田に近きが如く、我も亦屢故郷に親しむべきのみ、《ママ》」とし、同年七月二六日再版より「今は唯此郷の、埃田ならで埃田に近きが如く、我も亦屢故郷に遊ひて、幼なき我そ追懐せんのみ。」とする。なお、明治二七年五月二三日発行第十二版では、末尾が「幼き我を追懐せんのみ。」と改まっているが、第七版から十一版については未見のため、どの版からの改変かは確認できていない。

(13) ただし柳田自身は帰省よりも「「故郷」という概念」に力点があり、『故郷七十年』の引用で中略した部分で「この中にいう「故郷」が、今私が「故郷七十年」の中でいっている「故郷」という概念に似ているような気がするのである。せんじつめると、どこが故郷のいいところか、故郷とはどこまでいいものか判らないけれども、帰ってみれば村の人はみな知っていて、お互の気持が口に出さなくとも通じるとか、中には子供で別れたのがもう大人になり、細君になっているといったセンチメンタリズムもあるが、宮崎君はそれを忠実に書いたのである」と述べるものの、幼き自分の追懐にはあまり注意しない。前田愛「明治二三年の桃源郷《ユートピア》——柳田国男と宮崎湖処子の『帰省』」(『近代日本の文学空間　歴史・ことば・状況』平凡社ライブラリー、二〇〇四年、初出『へるめす』一九八五年六月号)参照。なお、『少年園』第十八号(明治二二年七月十八日)には「暑中に帰省する少年諸子を送る。」(無署名)なる一文が巻頭に掲載され、「西に帰るの人、北に帰るの人、南に東に親を省するの人、其幾百千人なるを知らず」と始められる。

スクナシジン

夏の土用の丑の日に鰻《うなぎ》を食べるという習慣については、平賀源内《ひらがげんない》（一七二八—七九）の宣伝に始まるとも大田南畝《おおたなんぽ》（一七四九—一八二三）の狂歌が発端だとも言われるが、実際は、どちらも文献に徴証はない。ただ、源内や南畝の生きた十八世紀から十九世紀にかけての江戸ではすでに鰻の蒲焼きが好まれていたことは確かで、

あなうなぎいづくの山のいもとせをさかれて後に身をこがすとは

などは南畝の有名な狂歌であるし、源内も『吉原細見里のをだ巻評』[1]（一七七四）で深川黒門町の鰻を名物に挙げている。よく知られた次のような小咄も、そうしたなかから生まれたものに違いない。

たいそうケチな人が、鰻屋の隣に引っ越した、こういう人はケチですから、ご飯のお菜《かず》を買いません。食事どきになると、隣で焼く鰻の匂いをお菜にご飯を食べるという徹底したケチでして、すると、ある日、隣の鰻屋がやって来た。

「ええ、ごめんください」

「だれだい？」

「ええ、隣の鰻屋で……」

「隣の鰻屋？　なんの用だい？」

「ええ、お勘定をいただきにまいりました」

「なに？　鰻の勘定？　おい、おかしなことを言うなよ。おれんとこじゃあ鰻なんか食ったおぼえはねえぞ」

「いいえ、めしあがった代金ではございません。鰻の匂いのかぎ賃をいただきに……」

「ええっ？　かぎ賃ッ……うーん、やりゃあがったな。……うん、よし、よし。いま払ってやるから待ってろよ」

と、懐中から金を出して、ちゃぶ台の上へチャリン、

「さあ、かぎ賃だから、音だけ聞いて帰れ」

（「しわい屋」(2)）

武藤禎夫編『江戸小咄辞典』（東京堂出版、一九六五年）の「鰻屋」の項では、類話の早い例として

安永二年（一七七三）刊の『軽口大黒柱』巻三に載せられた「独りべんとう」を示すが、本文にあたってみると、こんな具合である。

あるしわきもの、四条かわらの納涼《すゞみ》にゆきけるが、弁当《べんとう》にめしばかり入てこしにつけ、かわらを方〳〵とあるきて、うなぎやのとなりの水ちや屋に腰《こし》をかけ、弁当《べんとう》をいだし、めしを一口くふては、うなぎの臭《にをい》をかぎ、又一口くふてハにほいをかぎける。うなぎやの親仁《おやじ》、是《これ》を見て、是〳〵、其やうにしてハ、こちのにおいがへるといゝける。かのもの、ぬからぬ顔《かほ》で、これ〳〵、骨《ほね》ハぬすまぬといふて、銭《ぜに》百文とりだし、うなぎやの鼻《はな》のしたをなでた。（3）

こちらの舞台は京都の夏。鼻の下を銭で撫でて匂いをかがせるところなど、これはこれでおもしろい。

源内や南畝が鰻に舌鼓を打っていた時代は、こうした小咄本がさかんに出版された時期でもあった。和文だけでなく、漢文で書かれた笑話本も出版された。なかには、中国の笑話をそのまま用いたものもあれば、もともと日本で親しまれていた話を漢文に直したものもある。鰻のかぎ賃にも、漢文バージョンがあった。

東隣有鰻鱺店、毎炙鰻鱺、西家主人輙喫飯。人異問之、云、余性酷嗜此物。然無貲可估、故日聞

其気以充下飯。猶勝於食他鮮豪。

東隣に鰻鱺店《ウナギヤ》有り、鰻鱺を炙《や》く毎《ごと》に、西家の主人輒《すなわ》ち喫飯《メシヲクフ》す。人之を異問《アヤシミトヘバ》すれば、云わく、余《わ》れ性酷《はなは》だ此の物を嗜《この》む。然れども貲《ゼニ》の估《か》うべき無し、故に日に其の気《ニホヒ》を聞《か》ぎて以て下飯《サイ》に充《あ》つ。猶お他の鮮豪を食うに勝れり。

原文には句読点はないものの返り点や振り仮名また送り仮名が付されてそのまま読めるのだが、ここでは見やすさを考えて漢文を句読点のみとし、別に訓読文を添えた。もとの文の送り仮名や振り仮名を反映せずに書き下したところもあるが、左訓、すなわち左に添えられた俗語の訓はすべて示した。こうした左訓は小説の和刻本などにしばしば見られるもので、わかりやすさだけでなく、漢字と俗語との距離に諧謔味を醸し出す効果もある。

さて、出だしから東西を設定するあたりですでに漢文風で、「人異問之」なる問答体もよくある形、「猶勝於―」などは漢文教科書の句型欄にでもありそうな定型、しかしそれが「食他鮮豪」となるところが遊びである。なお「下飯」はごはんのおかず、「鮮豪」はごちそうの意だが、「鮮膏」と書くほうが通じるかもしれない。

鰻屋の主人がどう出たかと言えば――

東隣本訟師也。改業近開店於斯。聞西家言故態復発、心生一計、至歳除、写一通貫書、投西家。西家披看之、討聞焼鰻香銭日一百文、積一歳三十六貫也。

東隣は本《も》と訟師《クジシ》なり。業を改めて近ごろ店を斯《ここ》に開く。西家の言を聞きて故態《フルイクセ》復《ま》た発し、心に一計を生じ、歳除に至りて、一通の貰書《カキダシ》を写し、西家に投ず。西家披《ひら》いて之を看れば、鰻を焼く香《ニホヒ》を聞ぐ銭日に一百文、一歳を積んで三十六貫を討《もと》むるなり。

クジシとあるのは公事師。民事にかかわる訴訟の代理を行った者で、怪しげな振るまいも多かったことから、幕府の取り締まりの対象となっていた。中国近世の訟師というのも似たような存在で、訴訟にかかわって金銭を得ることをなりわいとし、合法的な存在ではなかった。鰻屋の前身が公事師であったとは意表をつかれるが、もちろん話を作るためであって、その手始めが念の入った請求書である。

東隣の鰻屋の蒲焼きがいくらだったかは書いていない。近世後期の風俗を知るための史料としてよく用いられる『守貞謾稿《もりさだまんこう》』には蒲焼一皿が二百文だったとある（巻五「鰻屋」）。となるとかぎ賃は半額。いささか高額請求であるようにも思える。ちなみに当時の一文が現在の貨幣価値でいくらになるか正確に換算することはできないけれども、かりに十円から二十円の間と考えれば、この請求金額は三十六万円から七十二万円の間ということになる。一回ならともかく、まとまればいかにも高い。

もともとお金がなくて西家の主人はこんなことをしているわけで、当然、払わない。鰻屋はいくたびか請求したのち、もとが公事師なものだから、訴訟となった。中国で流行した公案小説、つまり裁判物を明らかに意識して、ただのけちん坊の小咄をかなり念入りに漢文小説に組み立てなおそうという気合い——というのも変だが、ともかく力は入っている。
話はお白洲に移る。

府君乃両造並聴、謂西家云、汝已聞彼鰻鱺香、宜償其価。西家叫屈曰、焼鰻気四隣皆聞、不独小人。小人於家聞之、於彼不少一臠。小人省下飯費、於彼何管。然強索債。神明聴彼、豈不甚冤乎。

府君《ヲブギヤウ》乃ち両造《サウハウ》並びに聴《ヨビヨセ》き、西家に謂いて云わく、汝已《すで》に彼の鰻鱺の香を聞ぐ、宜しく其の価を償《ツクノウ》すべし。西家屈《ゴムリ》と叫んで曰く、鰻を焼く気《ニホヒ》は四隣皆な聞ぐ、独り小人のみならず。小人 家において之を聞ぐ、彼において一臠《ヒトキレ》を少《か》かず。小人 下飯の費《つい》えを省く、彼において何ぞ管《かかわ》らん。然るに強《ムリニ》て債《カケ》を索《もと》む。神明 彼を聴く、豈に甚だ冤《ムシツ》ならずや。

府君の裁きは、西家の主人にとっては意外なものだった。それはご無理と訴えるも、裁きは変わらない。かえって、わしの裁きが間違いだと申すか、みだりに無実を訴え判決にそむくようでは、きっと後悔することになろう、と脅されてしまう。
西家の主人は泣き泣き代金をもって「庁廷《シラス》」まで戻り、鰻屋は大喜び。そこで——

府君謂東隣云、汝看西家償銭乎。曰、敬看焉。云、数不錯乎。曰、不錯。曰、然則銷帳罷。西家宜収銭帰。

府君東隣に謂いて云わく、汝 西家の償銭《ハラヒノゼニ》を看るや。曰く、敬んで焉《これ》を看る。云く、数《カズ》錯《あやま》らずや。曰く、錯らず。曰く、然らば則ち銷帳罷《スンデシマフタ》む。西家宜しく銭を収めて帰れ。

西家の主人がもってきたお金を数えさせ、ではこれで「銷帳」つまり借金の支払いは終わった、金は持って帰れと府君は西家の主人に言う。今度は鰻屋が驚き、一銭ももらっていないのにこれで帳消しとはどういうことで、と訴える。書かずもがなの落ちは――

府君笑曰、西家不食魚、以聞気清債。東隣不収銭、徒看形銷帳。不亦両両相均乎。

府君笑いて曰く、西家は魚を食わず、気を聞ぐを以て債《カケ》を清《きよ》くす。東隣は銭を収めず、徒《ただ》形を看て帳を銷《ケス》す。亦た両 両 相 均《サウハウイヒブンアルマイ》ならんや。

公案小説では名裁きが行われてめでたしめでたしとなることが多く、この笑話も小さいながらもその形式を真似て、かぎ賃の話を漢文小説の世界に作り替えている。それにしてもだいぶ凝った仕事、著者は誰かと言えば、名だたる儒学者の山本北山《やまもとほくざん》、著は『笑堂福聚《しょうどうふくじゅう》』である[4]。

山本北山は、宝暦二年（一七五二）、江戸に生まれ、文化九年（一八一二）に没した。南畝よりも生まれたのは遅く、亡くなったのは早い。荻生徂《おぎゅうそ》徠《らい》（一六六六―一七二八）に始まるいわゆる「古文辞派」の詩文を攻撃したことで知られ、寛政の異学の禁では、幕府の施策に反対して他の儒者とともに五鬼と呼ばれた。硬骨漢と呼ぶにふさわしい人物で、自ら「儒裏の俠《きょう》（儒の中の俠）」と称した。私塾の奚疑《けいぎ》塾を開いて門人も多く、梁川星巌《やながわせいがん》や大窪詩仏《おおくぼしぶつ》など、次代の詩人を育てたことでも評価される。

『笑堂福聚』は、佐羽淡斎《さばたんさい》の跋によれば、もともと公刊を目的として書かれたのではなく、たまたま淡斎が北山を訪問したおりに目にし、三たび乞うて享和四年（一八〇四）に上梓したものである。内題次行の著者名に「奚疑塾主人戯著」とあるように、あくまでたわむれで書いたとするけれども、右の鰻のかぎ賃にみられるように、多少はひねって作られたものや、学術にかかわる題材も見られ、他の漢文笑話とはやや異なった色彩がある。もちろん、ただの軽い話も多い。こうした笑話を読んだり書いたりすることがそれだけ広まっていたということであるし、漢文の読み書きの裾野の拡がりを示してもいる。

そのことをよく示す一条を挙げてみよう。

館先生夜坐読書、聞偸児穴壁声、潜起伺穴口、及壁既穿、偸児先進手探内。先生急擒住其両腕、教誨曰、余不忍拿汝送于官、応宥而還。然人之作生、捆履売菜、猶可糊数口。奈暗中白搶人貲財無黒報乎。天道明明、莫可畏焉。余今以一点仁心与汝明日糧料。乃置百文銭於偸児掌中。偸児緊握之曰、鮮矣仁。

館先生夜《ヨル》坐して書を読み、偸児《ヌスビト》の壁に穴する声を聞き、潜《ひそか》《ヒソカニ》に起き穴口を伺うに、壁既に穿つに及び、偸児先づ手を進め内を探る。先生急に其の両腕を擒住《トドム》し、教誨して曰く、余《わ》れ汝を拿《とらえ》て官に送るに忍びず、応《まさ》に宥《ゆる》して還すべし。然れども人の生《スギワイ》を作《な》すや、履を掴《たた》き菜を売って、猶お数口を糊すべし。奈《な》んぞ暗中《クラヤミ》に人の貲財《タカラ》を白搶《タヾトツテ》して黒報無《ワルキムクヒ》からんや。天道明明、焉《これ》より畏るべきは莫《な》し。余れ今一点の仁心を以て汝に明日の糧料を与えん。乃ち百文銭を偸児の掌中に置く。偸児之を緊握《カタクニギル》して曰く、鮮《すくな》し仁。

館先生は、北山の友人であった亀田鵬斎《かめだぼうさい》（一七五二―一八二六）の門人で詩人として名をなした館柳湾《たちりゅうわん》（一七六二―一八四四）とされるが、(5) 何か意があったかどうかはわからない。内容はごく軽いもので、館先生が盗人を捕まえて説教をし、百文銭を与えたところ、相手が儒者だけに盗人も「スクナシジン」と返したという話。『論語』学而篇の第三則、つまり『論語』を読み始めたらすぐに出てくる「子曰、巧言令色、鮮矣仁」が効果的に使われているところが妙味、のみならず、「巧言令色」が裏に隠されていることで、館先生のお説教とご慈悲を「巧言令色」としてからかっているという仕掛けにもなっている。百文がちょうど鰻のかぎ賃一日分なのは、やはり手ごろな金額ということか。

こういう遊びは、もちろん『論語』が読まれていなければ始まらない。盗人もそのくらいは知っているということでもあるが、盗人が儒者をそんなふうにやりこめるというおもしろさもある。素養などと言うまでもない共有されたことばのやりとりが笑いを誘う。先行する類話もある。

一壊衲(6)振錫誦仏経、而募化於儒家門外。主人罵之曰、爾胡為立中華文教之門、誦夷狄虚誕之言。宜速去。僧完爾而忽止誦仏経而誦論語学而之聖語。主人知其不可去、与一掬米曰、爾実所謂巧言令色之徒歟。僧受米拝曰、鮮矣仁。

一壊衲《ヤブレゴロモ》[7] 錫を振り仏経を誦して、儒家の門外に募化す。主人之を罵りて曰く、爾《なんじ》 胡為《なんすれ》ぞ中華文教の門に立ちて、夷狄虚誕の言を誦する。宜しく速やかに去るべし。僧 完爾として忽ち仏経を誦するを止めて論語学而の聖語を誦す。主人 其の去らしむべからざるを知り、一掬米《ヒトスクイノコメ》を与えて曰く、爾 実《まこと》に所謂巧言令色の徒か。僧 米を受けて拝して曰く、鮮し仁。

宝暦五年（一七五五）刊の『笑話出思録《しょうわしゅつしろく》』に「捷対」として載せられる話。「壊衲」は貧乏な僧侶を破れ衣で喩えたもの、「募化」は布施を乞うこと。『笑話出思録』は、艸喬先生と称する者の門人が漢作文の練習のために作った短文を集めたものと序にある。[8] 近代の英語学習でイソップ童話が学ばれたのと同じように、笑話が漢文の教材となり、それを真似て漢作文も行われたのであった。全部で四二話が収められ、おおむね一人一話を提供し、この話は葭洲谷村氏の作と記される。

こちらは館先生の話より行文は単純で、何かと居丈高な儒者に対して融通無碍な仏僧という対比がくっきりとしている。この話を北山が「翻した」とする指摘もあり、[9] たしかに「鮮矣仁」の使い方は同じなのだけれども、なるほど北山はこれを参考にしたのかとすませてしまうのではなく、類話がどこからでも生まれる土壌があったのだと見ておきたい。

蛇足を添えれば、儒者が振り回す『論語』の文句で儒者自身を返り討ちにするという構図は、笑話の発想としてはよくあるもので、気位は高いが貧乏だというのも一般的なイメージであったかに思われる。さらに言えば、「巧言令色、鮮矣仁」という句を学ばされ唱えさせられた時点で、転用への欲望は働く。川柳で「素麵冷食、涼しいかな縁」ともじるようなものだ。あるいは、何かが足りないときに「スクナシジン」と言えば、ことばをやりとりする楽しさが出てくる。

ちなみに、林羅山《はやしらざん》による江戸初期の訓読では「言を巧《よ》くし色を令《よ》くするは、鮮いかな仁」と読まれ、後藤芝山《ごとうしざん》による江戸中期の訓読では「巧言令色、鮮し仁」と読まれるように、時期が降るほど読み方は簡略になる傾向があるが、「コーゲンレーショク」を七拍で読み（撥音を前と合わせて一拍とし）、「スクナシジン」を五拍で読むなら、ちょうど七五調にはなる。原文も四字と三字の組み合わせで、七言句として定型のリズムだ。もともと口調が整えられているのである。

そういえば、学生時代、賑やかに飲んで食べている時に、誰かが「ボーインボーショク　スクナイカナジン」と言ったことがあった。今なら絶滅危惧種の鰻を前にして出そうな地口だが、蒲焼同様、江戸以来の由緒はたしかにあるのだった。

【注】

（1）『江戸吉原叢刊』第五巻（八木書店、二〇一一年）。

（2）麻生芳伸編『落語百選　夏』（ちくま文庫、一九九九年）。

(3) 国文学研究資料館「噺本大系本文データベース」を参照し、武藤禎夫編『噺本大系』第九巻(東京堂、一九七九年)四九頁所載の翻刻(「独《ひとり》べんとう」)を用いた。

(4) 『笑堂福聚』については、石崎又造『近世日本に於ける支那俗語文学史』(弘文堂書房、一九四〇年)、武藤禎夫「漢文体小咄本について」(『漢文体笑話ほん六種』近世風俗研究会、一九七二年)、佐藤浩一「山本北山『笑堂福聚』について」(『日本漢文小説の世界』白帝社、二〇〇五年)を参照。

(5) 前掲佐藤「山本北山『笑堂福聚』について」。

(6) 原文は「納」とするが、改めた。

(7) 原文では右に振られるが、左訓と見なした。

(8) 『笑話出思録』については、前掲石崎書、武藤禎夫『未翻刻江戸小咄本八集』(近世風俗研究会、一九六九年)を参照。

(9) 前掲石崎書、三三四頁。

友をえらばば

昨今の大学では、ラーニング・コモンズ、つまり自習やディスカッションのための学習支援スペースが重視され、それぞれに工夫が加えられている。新図書館計画が進んでいる東京大学でも、総合図書館別館に「ライブラリープラザ」がこの七月に開設される。(1) 噴水のある図書館前広場の地下に設けられた円形のスペースは、天井の中央がアクリル板になっていて、真上にある池の水を通して日の光が注ぐという、明るくて居心地のよさそうな作りだ。

図書館に隣接する文学部にも、それほど凝ったものではないが、すでにそうしたスペースはある。ただしこちらは、コモンズとかプラザとかいう当世風の名称ではない。「三友館」である。看板も書家の横田閑雲先生に揮毫していただいたものだ。文学部らしくて、かえって新鮮にも思える。

三友館という名を発案したのは、同僚のO先生だとうかがった。出典は由緒正しく『論語』季氏篇の益者三友。

孔子曰、益者三友、損者三友。友直、友諒、友多聞、益矣。友便辟、友善柔、友便佞、損矣。

孔子曰く、益者三友《えきしゃさんゆう》、損者《そんしゃ》三友。直《ちょく》を友とし、諒《りょう》を友とし、多聞《たぶん》を友とするは、益なり。便辟《べんべき》を友とし、善柔《ぜんじゅう》を友とし、便佞《べんねい》を友とするは、損なり。

「直」はまっすぐ、「諒」は誠実、「多聞」は博識。「便辟」は、体裁だけ整えること、もしくは調子を合わせること、「善柔」は人当たりがよいだけのこと、「便佞」は口先の巧みなこと。益の三つはよいとして、損の三つは、それぞれそういう性格の人間がいるというよりも、多少なりとも地位のある者は、体裁をつくろい（調子を合わせ）、耳に快いことだけ言い、おもねるような態度を周囲の者から取られがちなので気をつけよということではないかとも思える。

三友と言うと、これとは別の組み合わせも頭に浮かぶ。たとえば、松竹梅の歳寒三友。文献では宋代以降に見られるもので、梅ではなく菊とする組み合わせなどもある。画題としても広まり、日本ではおそらく近世以降に上中下の等級を示すものとして使われたのは、梅にとっては気の毒なことだった。言うまでもなく、これを三友と称するのは、『論語』の益者三友をふまえている。

さらに、今では松竹梅ほど日常的に使われているわけではないが、それよりも早く三友の名が与えられた例もある。琴と詩と酒。松竹梅がいつのころからか広まった三友であるのに対し、こちらは出典がはっきりしている。

五歳優遊同過日　一朝消散似浮雲
琴詩酒伴皆抛我　雪月花時最憶君
幾度聴雞歌白日　亦曽騎馬詠紅裙
呉娘暮雨蕭蕭曲　自別江南更不聞

五歳優遊して同《とも》に日を過ごす、一朝消散すること浮雲に似たり。琴詩酒の伴《とも》皆な我を抛《なげう》つ、雪月花の時最も君を憶う。幾度《いくたび》か雞《けい》を聴き白日を歌う、亦た曽《かつ》て馬に騎《の》り紅裙《こうくん》を詠ず。呉娘《ごじょう》の暮雨 蕭蕭《しょうしょう》たる曲、江南に別れてより更に聞かず。

白居易の七言律詩「寄殷協律（殷協律《いんきょうりつ》に寄す）」（那波本『白氏文集』巻五五）。太和二年（八二八）、五十七歳のときに洛陽にて江南を懐かしんだ詩。「協律」は音楽を司る官。殷尭藩《いんぎょうはん》のことだとすれば、白居易が若いころからの仲であるが、別人だとする説も根強い。

五年もの間、ともにのどかに日を過ごしたのに、ある日浮雲のように離れ離れになってしまった。琴と詩と酒の友はみな私を捨て去り、雪と月と花の時はことに君を思う。「雪月花」もここから広まった三字だが、ここで「伴《とも》」とされるのは「琴詩酒」の三つ。ただ、「琴詩酒」それ自体が友なのか、あるいは「琴詩酒」の楽しみをわけあう友なのか、解釈はわかれる。

頸聯の「聴雞」「歌白日」「騎馬」「詠紅裙」は、白居易が杭州で作った詩をふまえたもの。尾聯の「呉娘」は、杭州の妓女呉二娘《ごじじょう》。その歌に「暮雨蕭蕭郎不帰（暮雨蕭蕭として郎《あなた》は帰らず）」とある。い

ずれも白居易が自ら注して示している。(2)

さて、この詩では「琴詩酒伴」とされるのみで、「三友」とまでは言わないのだが、六年後の太和八年に書かれた詩は、「北窓三友」（同巻六二）と題して三十四句を連ねて琴と酒と詩を詠じる。まずその最初の十二句を見よう。

今日北窓下　自問何所為
欣然得三友　三友者為誰
琴罷輒挙酒　酒罷輒吟詩
三友遞相引　循環無已時
一弾愜中心　一詠暢四支
猶恐中有間　以酒弥縫之

今日 北窓の下《もと》、自ら問う 何の為す所ぞ。欣然《きんぜん》として三友を得たり、三友なる者は誰とか為す。琴罷《や》めば輒《すなわ》ち酒を挙げ、酒罷めば輒ち詩を吟ず。三友 遞《たが》いに相い引《まね》き、循環して已《や》む時無し。一弾すれば中心に愜《かな》い、一詠すれば四支（肢）を暢《の》ぶ。猶お中《なか》に間《かん》有るを恐れ、酒を以て之を弥縫《びほう》す。

「北窓」は、陶淵明が「与子儼等疏（子の儼等《げんら》に与うる疏《そ》）」（『箋註陶淵明集』巻八）で次のように言うのを意識して選ばれた場所だ。

少学琴書、偶愛閑静。開巻有得、便欣然忘食。見樹木交蔭、時鳥変声、亦復歓然有喜。常言五六月中、北窓下臥、遇涼風暫至、自謂是羲皇上人。

少《わか》くして琴と書を学び、偶《たま》たま閑静を愛す。巻を開きて得ること有れば、便《すなわ》ち欣然として食を忘る。樹木の蔭《かげ》を交え、時《じ》鳥《ちょう》の声を変ずるを見れば、亦た復た歓然として喜び有り。常《かつ》て言えらく五六月中、北窓の下に臥し、涼風の暫《しばら》く至るに遇えば、自ら謂《おも》う是れ羲《こ》皇《ぎ》上《こうじょう》の人と。

「羲皇」は古えの帝王伏羲《ふつき》。その時代の人のことを「羲皇上人」と呼んでいる。夏の盛り（「五六月」はいまの暦では七、八月ごろ）、北側の窓辺でごろんと横になって、涼しい風が吹いてくれば、古えの伏羲の時代の人のような気分になる。そんな現世を超えた境地が北窓の下にはある。そして手もとにあるのは琴と書。息子たちに宛てた書簡だからか、ここには酒は出てこないが、陶淵明が酒を好んだことは周知であろう。

白居易は、明らかにこの世界に自らも入ろうとしている。いま北の窓の下で、さて何をしたものやら。嬉しくも三友がある。その三友とは誰のことか。琴を弾いては酒杯を挙げ、酒を飲んでは詩を吟じる。三友が引きあい、いつまでも止むことはない。琴を奏でれば心にかない、詩を詠じれば手足ものびやかになる。それでも興が途切れないように、酒で隙間を補う。

続きも見ておこう。

豈独吾拙好　古人多若斯

嗜詩有淵明　嗜琴有啓期
嗜酒有伯倫　三人皆吾師
或乏儋石儲　或穿帯索衣
弦歌復觴詠　楽道知所帰
三師去已遠　高風不可追
三友游甚熟　無日不相随
左擲白玉巵　右払黄金徽
興酣不畳紙　走筆操狂詞
誰能持此詞　為我謝親知
縦未以為是　豈以我為非

豈《あ》に独り吾が拙の好《よ》しとするのみならん、古人多く斯《か》くの若《ごと》し。詩を嗜むは淵明有り、琴を嗜むに啓期《けいき》有り。酒を嗜むに伯倫《はくりん》有り、三人皆な吾が師。或いは儋石《たんせき》の儲《ちょ》に乏しく、或いは帯索《たいさく》の衣を穿《うが》つ。弦歌して復た觴詠《しょうえい》し、道を楽しみて帰する所を知る。三師 去りて已《すで》に遠く、高風 追う可《べ》からず。三友 游 甚だ熟し、日として相い随わざるは無し。左に白玉の巵《はくぎょくさかずき》を擲《なげう》ち、右に黄金の徽《き》を払う。興酣《たけな》わにして紙を畳まず、筆を走らせて狂詞を操る。誰か能《よ》く此の詞を持し、我が為に親知に謝せん。縦《たと》い未だ以て是《ぜ》と為さざるも、豈に我を以て非と為さんや。

私のような者が好しとするだけではない、古人も多くこのようであった。詩を嗜んだのは陶淵明、琴を嗜んだのは栄啓期《えいけいき》、酒を嗜んだのは劉伶《りゅうれい》（伯倫）、三人ともわが師である。わずかな蓄えもなかったり、縄の帯を締めたりであったが、弾じて歌い、また酒を飲みつつ詩を詠じ、道を楽しみ帰すべきところを心得ていた。三人の師は遠く世を去り、その高尚さを追うべくもない。そして私は琴と酒と詩の三友とますます親しく、ともにしない日はない。左手に白玉の盃を投げ、右手に黄金の琴柱《ことじ》を払う。興に乗って紙にしるしもつけずに、筆を走らせて思いのまま書きつける。誰かこのことばを親しき者たちに伝えてくれないか。是とはしないまでも、非とすることはあるまい。

『論語』においては自己の向上に資する者であった三友を、白居易は、自適の楽しみを支える友とした。「寄殷協律」と比べれば、こちらはひとりの楽しみをこの三者が与えてくれるというところに重きが置かれており、となると、前詩の「琴詩酒伴」はむしろ三つの楽しみをわかちあう友人たちということになるかもしれない。二つの詩の間の時期に作られた「吾土（吾が土）」（同巻二八）は、こう詠う。

身心安処為吾土　豈限長安与洛陽
水竹花前謀活計　琴詩酒裏到家郷
栄先生老何妨楽　楚接輿歌未必狂
不用将金買荘宅　城東無主是春光

身心 安んずる処 吾が土為《た》り、豈に長安と洛陽に限らんや。水竹花前に活計を謀り、琴詩酒裏に家郷に到る。栄《えい》先生は老いたるも何ぞ楽しみを妨げん、楚の接輿《せつよ》は歌うも未だ必ずしも狂ならず。金を将《もっ》て荘宅を買うを用いず、城東 主無きは是れ春光。

「吾土」は、かつて王粲《おうさん》が荊州に在ったときに「雖信美而非吾土兮（信《まこと》に美なりと雖も吾が土に非ず）」（「登楼賦」）と嘆いた句を用いている。「活計」は生計、「栄先生」は栄啓期、「楚接輿」は楚の隠士、孔子に向かって政治の危うさを歌い、「狂接輿」と呼ばれた。「荘宅」は荘園の屋敷。「春光」は「風光」とするテキストもある。

この詩のように、琴詩酒は常に白居易とともにあった。知事として在任していた江南でそうであったように、それを知友と享受することもあれば、ひとりで楽しむこともある。その時は琴と詩と酒とが友だ。ちなみに、開成三年（八三八）に書かれた「酔吟先生伝」（同巻六一）には、自画像として「性嗜酒、耽琴、淫詩。凡酒徒琴侶詩客、多与之游（性 酒を嗜み、琴に耽り、詩に淫す。凡そ酒徒・琴侶《きんりょ》・詩客、多く之と游ぶ）」とある。賑やかなほうの例であろう。

琴と詩と酒を友とした白居易にあこがれながら、そのうちの一つとしか友になれなかった者がいた。菅原道真である。「北窓三友」が書かれてから六十七年後の昌泰四年（九〇一）、太宰府の地で道真は「読楽天北窓三友詩（楽天の北窓三友詩を読む）」（『菅家後集』）を作った。五十六句に及ぶ長篇は、次のように始められる。

白氏洛中集十巻　中有北窓三友詩
一友弾琴一友酒　酒之与琴吾不知

白氏が洛中集十巻、中に北窓三友の詩あり。一友は弾琴 一友は酒、酒と琴と吾れ知らず。

白居易の三友をふまえつつ、道真は言う、酒と琴は、私は付き合いがない、と。琴詩酒はいわば文人のアイテムでもあったのだからもう少し言いようがあるのではと思いたくなるほど、きっぱりとした句である。

たしかに、道真は酒が得意ではなかったようだ。讃岐守の任にあった時期の七言律詩「冬夜閑思」(3)頸聯。

性無嗜酒愁難散　心在吟詩政不専

性 酒を嗜む無ければ愁は散じ難く、心 詩を吟ずるに在れば政は専らならず。

現代の会話で酒をたしなむと言えば酒量はほどほどという印象を与えそうだが、「酔吟先生伝」にも「嗜酒、耽琴、淫詩」とあったように、「嗜」はむしろ耽溺に近い。「北窓三友」で「嗜詩」は陶淵明、「嗜琴」は栄啓期、「嗜酒」は劉伶と列挙したときの「嗜」も、やはり並の水準ではないこと、常識的ではないことを示している。道真も、酒は飲まないわけではなかったようだが、しかし酒にふけるたちではなかった。坂本太郎「菅公と酒」は、当時の文人たちが酒に耽溺したことが背景にあるとし、「彼は酒に酔って愁いを忘れるには、あまりにも理性的だったのである」[4]と言う。

琴については、「読楽天北窓三友詩」[5]を遡ること三十年ほど前、「停習弾琴（琴を弾くを習うを停む）」なる七言律詩を著している。その前半。

遍信琴書学者資　三餘窓下七条糸
専心不利徒尋譜　用手多迷数問師

遍《ひと》えに信ず　琴と書は学者の資なるを、三餘の窓下　七条の糸。心を専らにすれども利あらず　徒らに譜を尋ぬ、手を用いれば迷い多く　数《しば》しば師に問う。

陶淵明や白居易の琴とは入り口からしてもう違っているとしか言いようがない。若い道真は勉強として琴を習っている。しかも、「三餘」つまり冬と夜と雨という休みの時間を費やしてレッスンに励むのに、ちっとも上達しない。これはつらい。

結びの聯は次のとおり。

知音皆道空消日　豈若家風便詠詩

知音は皆な道《い》う　空しく日を消すは、豈に家風の詩を詠ずるに便りあるに若《し》かめやと

琴友たちはみな言うのだ、無駄に日を過ごすより、君には詩を詠じるに利のある菅家の伝統があるではないか、と。

詩ならば、と結ぶ心はわかる。だが、詩を詠じるにしても「家風」が顔を出してしまうところに、古人とは異なる生真面目さが窺えてしまう。

「読楽天北窓三友詩」に戻れば、琴と酒とを友としない代わりに、詩についてはこう述べる。

詩友独留真死友　父祖子孫久要期

詩友 独り留まるは真《まこと》の死友、父祖子孫 久要を期す。(6)

「死友」は死ぬまでの友、「久要」は古い交わり。詩は菅家の父祖以来、そして子々孫々まで永遠の友。若いころと変わらず、詩を語るとなれば家の伝統がどうしても出てきてしまうのが道真であった。そしてこの長い詩はこう結ばれる。

山河邈矣随行隔　風景黯然在路移
平致謫所誰与食　生及秋風定無衣
古之三友一生楽　今之三友一生悲
古不同今今異古　一悲一楽志所之

山河邈矣《ばくい》として行《こう》に随いて隔たり、風景黯然《あんぜん》として路《みち》に在りて移る。平らかに謫所《たくしょ》に致るも誰と与《とも》にか食《は》まん、生きて秋風に及ぶも定めて衣《ころも》無からん。古の三友 一生の楽しみ、今の三友 一生の悲しみ。古えは今に同じからず今は古えに異なり、一は悲しみ一は楽しむ 志《こころ》の之《ゆ》く所なり。(7)

白詩を好んで吟じた道真なればこそ、人としても、境遇としても、彼我の違いを強く意識する。友のありかたすらも、異なる。孔子は「三友」を「益」と「損」で語った。白居易はそれを「楽」の世界に移し替えた。道真は「楽」ではなく「悲」だと言う。しかも「三友」と記しつつ、友はただ詩のみ。家とともにあり、死をともにする。詩をこのように友とすることは、資質と境遇のもたらすところと受け止めればよいのかもしれないが、ここに現れた特異さには、詩を読み書くという行為が何を生んだのか、あるいは生み得るのかまでを問う切迫さがある。(8)

翻れば、誰かを友とすることは、誰かの友となるということである。見るべきは、詩にとって道真はいかなる友であったのか、詩は道真によって何を得たのか、でもあった。詩が白居易を友とするのとは異なる世界を、海波を隔てた地で生み得たのは、それが道真の苦しみと引き換えであるにせよ、やはり道真を友としたからだとせねばなるまい。

【注】

(1) 連載時の成稿は二〇一七年六月。
(2) 『白氏文集』(紹興本) 巻二五。那波本は自注を削除している。
(3) 仁和四年 (八八八) 十一月末ごろの作。『菅家文草』巻四。

（4）坂本太郎『歴史随想 菅公と酒』（東京大学出版会、一九六四年）九頁。

（5）貞観十二年（八七〇）ごろの作とされる。道真は二十六歳。『菅家文草』巻一。

（6）「期久要」の倒置と解した。『宋書』巻四七檀祇伝に「深期久要、未之或爽」とある。「爽」は、たがう。

（7）「毛詩序」の「詩者、志之所之也」をふまえる。つまり「志所之」の三字は「詩」の言い換えでもある。

（8）菅原道真にとって詩がどのようなものであったかについては、藤原克己『菅原道真と平安朝漢文学』（東京大学出版会、二〇〇一年）、滝川幸司『菅原道真論』（塙書房、二〇一四年）を参照。また、「読楽天北窓三友詩」については、興膳宏『古代漢詩選』（日本漢詩人選集別巻、研文出版、二〇〇五年）に評釈がある。

秋

満目黄雲
蟬の声
菊花の精
隠者の琴
読書の秋
起承転結

満目黄雲

夏の終わりにソウルを訪れた。自由時間のほとんどない日程の中で、学会の会場校であった高麗大学校の先生方の手配による最終日の研修旅行は、午前中に昌徳宮《チャンドックン》、午後に国立古宮博物館、さらに郊外に出て西五陵という日帰りツアー、つまりは李王朝の住居・文物・陵墓を専門家の解説つきでめぐるという贅沢なもので、炎天下ではあったのだけれども、しばらく忘れていた夏休みらしい実りに充たされた一日だった。

とりわけ昌徳宮の庭園である後苑は、数年前の晩秋に来訪したときにすっかり気に入って、別の季節にぜひまた来たいと思っていただけに、心躍らせながら谷すじの道を上った。科挙の試験場として用いられた暎花堂《ヨンファダン》や学問所であった宙合楼《チユハムヌ》などは大きな見どころで、それもまたよかったのだが、今回ことに目を引いたのは、そのさらに奥の玉流川《オクリユチヨン》にあった小さな稲田である。青々とよく育ち、すでに穂は垂れ始め、秋の収穫が待たれる様子だった。

稲田の中には、藁で葺かれた八角形の屋根を載せた小さな亭《あずまや》があった。屋根からは瓢箪が下がっている。清漪亭《チヨンウィジョン》という名も似つかわしく、入って一涼みできればさぞかしと思いながら、何枚か写真を撮って記念とするにとどめた。

亭のまわりの稲田はごく小さいものだったが、かつてはそこで国王が田植えをし、また稲刈りをした。いまは一般の人も決められた期間に田植えと稲刈りに参加できるという話だ。大統領も来るのかどうかは聞きそびれた。

もとは稲田だけではなく、桑畑もあったと言う。もちろん蚕を育てるためで、こちらは王妃が担当した。男耕女織、すなわち男性は農耕にいそしみ、女性は養蚕から機織や裁縫まで衣服にかかわる仕事を担うという観念は、前近代の東アジアに広く見られる。現代でも、本邦の皇室は五月に田植えと給桑の行事を欠かさない。遡れば七夕の牽牛と織女もその典型である。もしかすると、お爺さんが山に芝刈り、お婆さんが川に洗濯に行くのも、どこかで重なるところがあるのかもしれない。

耕織《こうしょく》と言えば、南宋の楼璹《ろうしゅく》が描いた「耕織図」も思い浮かぶ。それまでにも耕織を題材にした絵画はあったが、楼璹のように耕は二一図、織は二四図を費やし、それぞれの段階に作業を分解して描いたものはなかった。場面ごとに自身の詩も付されている。当時、楼は杭州の西に位置する於潜《おせん》県（今の臨安市）の知事であり、こうした図画の作成には地方官としての意識も背景にあった。やがて治績が認められ、高宗《こうそう》の謁見を賜り、この図も献上されて宮中の所蔵となる。楼が手もとにのこした副本は後に板刻され、覆刊を重ねた明版が日本にも伝わり、江戸前期の狩野永納《かのうえいのう》によって模刻された。

さらに清の康熙帝《こうき》は、焦秉貞《しょうへいてい》に再画を命じて『御製耕織図《ぎょせいこうしょくず》』（『佩文斎《はいぶんさい》耕織図』）を作成させ、自ら詩を製した。焦の画法は、イエズス会士によって将来された西洋絵画の遠近法を学んだもので、開明的な康熙帝の好みによく合った。この耕織図も東アジア全域に広く伝わり、日本では桜井絢《さくらいじゅん》による模刻が流布している。

中国や朝鮮では、耕織図は農事奨励を第一の作成動機とするもので、広義の農政に含めうるものであった。県令である楼璹が図を献上したり、康熙帝が御製を作ったりなどは、そのことを如実に示している。一方、日本に伝わった耕織図は、とくに農耕を描いた部分が狩野派の絵師たちによって「四季耕作図」として障壁画や屏風絵の題材となり、装飾に重宝された(1)。ただ、農耕にともなう政治性がすべての面で脱色されたとはおそらく言えず、美的感興を旨としたとしても、日々の耕作の営みを描く以上、人跡稀な山水を題材とするのとは異なる含意がそこにはあっただろう。

中国の長江流域で始まったと考えられる水田耕作は、苗床から田植えへと進む手順や水利の管理など、通常の畑作以上の統御が必要である。同時に、田に水を湛えて稲を栽培する方法は、地力の維持や収量の増大などに利点があり、大きな社会集団を支えることができ、それが水田の持続を可能にする。湿潤で温暖な地域に水田が広がるさまは、産業革命以前の世界に住む人々にとって、天の恵みであるとともに、まぎれもなく豊かな文明の象徴であった。

一方で、政治性が強いと言われる中国の耕織図や耕織詩であっても、画や詩として価値が低いというわけではない。そもそも中国の古典詩文は世を治める行為と切り離せるものではない。その意味では、耕織図に添えられた詩などはむしろ本義をまっとうするものだとすら言える。
前置きがずいぶん長くなった。次に掲げるのは『御製耕織図』の第十五「収刈《しゅうがい》」の詩。

満目黄雲暁露晞　腰鎌穫稲喜晴暉
児童処処収遺穂　村舎家家荷担帰

満目の黄雲　暁露晞《かわ》き、腰鎌《ようれん》稲を穫りて晴暉《せいき》を喜ぶ。児童は処処に遺穂《いすい》を収め、村舎は家家に荷担して帰る。

一面に広がる黄金の雲は明け方の露も乾き、腰にぶらさげた鎌で稲を刈れば日の光が喜ばしい。子供たちはそちこちで落ち穂を拾い、農家は家ごとに荷物をかついで帰る。

とりたてて注釈を加えずとも詩意は明らかだろう。秋の田の刈り入れの光景が、詩の文字のままに浮かぶ。なかでも詠《うた》い起こしの「満目黄雲」は、実った稲穂が一面に広がる様子を見たことのある人なら、たしかにあれは黄金の雲だと思うに違いない。目も心も、やがては口腹も満たされる情景であり、表現である。
だが、おや、と立ち止まる読者もいるかもしれない。ことに唐詩の世界にしばしば足を踏み入れていれば、「黄雲」のイメージを切り替えるのに、一呼吸、必要かもしれない。その典型はこんなふうだからだ。

十里黄雲白日曛　北風吹雁雪紛紛
莫愁前路無知己　天下誰人不識君
十里の黄雲 白日曛《くら》く、北風 雁を吹きて雪紛紛。愁うる莫《なか》れ 前路に知己無きを、天下 誰人《たれひと》か君を識らざらん。

『唐詩選』にも載せる高適《こうせき》「別董大[2]（董大《とうだい》に別る）」。十里もおおう黄色い雲に太陽はかすみ、北風は雁を吹いて雪は舞う。この先に知己はいないと憂えずともよい、天下で君を知らぬ者などいるはずがない。

この「黄雲」は、もちろん稲穂ではない。砂塵を捲き上げて黄色く染まった雲、もしくは空中に捲き上げられて漂う砂塵を指す。「十里」を「千里」とするテキストもある。

類似の「黄雲」は、同じ高適の詩にもある。

策馬自沙漠　長駆登塞垣
辺城何蕭条　白日黄雲昏
馬に策《むち》うちて沙漠自《よ》りし、長駆して塞垣《さいえん》に登る。辺城 何ぞ蕭条《しょうじょう》、白日 黄雲に昏《くら》し。

「薊中作（薊中《けいちゅう》にて作る）」（『高常侍集』巻一）全十句のうち、始めの四句。馬に鞭打ち沙漠をぬけて、はるばる長城までやってきた。辺境のとりでは何とさびしいことか、太陽が黄色い雲にかすんでいる。
詩題に中国北方の「薊中」とあり、「沙漠」「塞垣」「辺城」と連ねられるように、まさしく塞外の光景を詠じた詩であり、「黄雲」もやはりその風物として示される。「別董大」は、辺塞ではなく睢陽《すいよう》（河南省）での作と推定されているが、黄河流域の冬の寒々しい乾燥と別離の愁いを思えば、辺塞に類する詩語が置かれるのはかえって効果的だろう。[3]
『唐詩選』からさらに一首引いてみよう。王維の五言律詩「送平淡然判官[4]（平淡然判官《へいたんぜん》を送る）」から前半の四句。

不識陽関路　新従定遠侯
黄雲断春色　画角起辺愁

識らず 陽関の路、新たに定遠侯《ていえんこう》に従う。黄雲 春色を断ち、画角 辺愁に起こる。

陽関への道も知らなかった君が、新たに定遠侯に従って辺地に行くことになった。黄色い雲が春の光を消し、角笛が愁いをもたらす辺境へ。「陽関」は西域の関所、「定遠侯」は後漢の将軍班超《はんちょう》のことだが、ここでは平淡然が従う節度使を指す。「画角」は装飾の施された角笛。
こうした「黄雲」は、唐代になって現れたわけではない。『文選』を繙けば、謝霊運《しゃれいうん》「擬魏太子鄴中集詩（魏の太子の鄴中集《ぎょうちゅうしゅう》の詩に擬す）八首」（巻三十）のうち「阮瑀《げんう》」に擬した詩に、「河洲多沙塵、風悲黄雲起（河洲沙塵多く、風悲しみて黄雲起こる）」の句があり、江淹《こうえん》の「雑体詩三十首」（巻三一）の其《その》一「古離別」は、全十四句を次のように始める。

遠与君別者　乃至雁門関
黄雲蔽千里　遊子何時還

遠く君と別るる者は、乃ち雁門関《がんもんかん》に至る。黄雲 千里を蔽《おお》い、遊子 何れの時にか還らん。

これは『文選』所載「古詩十九首」（巻二九）其《その》一「行行重行行」の「浮雲蔽白日、遊子不顧反（浮雲《ふうん》 白日を蔽《おお》い、遊子 顧反《こはん》せず）」に擬したもので、もとの詩にはない「雁門関」という具体的な地名を加え、「浮雲」を北方の辺塞に似つかわしい「黄雲」に換えることで、具象性をもたせようとしたとみなせる。そういう脈絡で考えれば、「黄雲」は詩人が西域の沙漠に赴く以前から、表現としては準備されていたのであった。謝霊運も江淹も、西域を訪れたことなどない南朝の人だが、実景のごとき「十里黄雲白日曛」と模擬の作である「黄雲蔽千里」は意外に近い。

その延長に、やはり『唐詩選』に収められる李白「烏夜啼《うやてい》」[5]を置くこともできる。

黄雲城辺烏欲棲　帰飛啞啞枝上啼
機中織錦秦川女　碧紗如煙隔窓語
停梭悵然憶遠人　独宿孤房涙如雨

黄雲 城辺 烏《からす》 棲まんと欲し、帰り飛びて啞啞《ああ》と枝上に啼《な》く。機中 錦を織る秦川《しんせん》の女、碧紗《へきさ》 煙《もや》の如く窓を隔てて語る。梭《ひ》を停めて悵然《ちょうぜん》として遠人《えんじん》を憶う、独り孤房に宿して涙雨の如し。

黄色い雲が城壁にたなびいて烏はねぐらを求め、帰り飛び枝にとまってカアと鳴く。機《はた》に向かって錦を織るのは秦川の娘、もやのような青い薄絹ごしに窓辺に語る。梭を止めて愁いにみちて遠くの人を思い、独りの閨《ねや》に今宵も過ごして雨のような涙。

「秦川」は長安のあたりを指す地名だが、主人公を織女に重ねれば河漢すなわち天の川も連想させる。「黄雲」は、通行の注釈書では夕暮れの雲、あるいは夕もやと解されているが、江淹の「古離別」が影を響かせているとすれば、辺境の黄色い雲のイメージがあってもおかしくはない。少なくともこの「黄雲」は夕日を浴びて輝く雲ではなく、日の光をさえぎり、見通しを悪くするような雲であるはずだ。

さて、管見のかぎり、唐代までの詩文に見える「黄雲」は、瑞兆の運気を除けばおおむね右に挙げた系譜に属するもので、一面の稲穂に喩えるようなものはない。それはいつ始まったのだろう。よく知られる早い例は、北宋の神宗治政下で改革派の宰相として名を馳せた王安石《おうあんせき》である。ただ早いだけではなく、類似の句を繰り返し使っている点でも特徴的だ。まず、五言律詩「自白土村入北寺（白土村自《よ》り北寺に入る）二首」（『臨川先生文集』巻十五）其一《その》の前半。

木杪田家出　城陰野逕分

溜渠行碧玉　畦稼臥黄雲

木の杪《こずえ》より田家出で、城の陰に野逕《やけい》分る。溜渠《りゅうきょ》は碧玉を行《や》り、畦稼《けいか》は黄雲を臥す。

木の梢から農村の家が顔をのぞかせ、城壁の陰で野道がわかれる。流れる水路には碧玉のごとき水が流れ、田の穀物は黄雲のごとき穂を横たえる。「臥黄雲」という句は七言絶句「東陂二首」（同巻二八）其一にも「東陂風雨臥黄雲、塍水翻溝隔壠分（東陂の風雨は黄雲を臥し、塍《あぜ》の水は溝を翻し壠《うね》を隔てて分る）」と見える。

また、七言絶句「木末」（同巻二七）。

木末北山煙冉冉　草根南澗水冷冷
繰成白雪桑重緑　割尽黄雲稲正青

木末 北山 煙《もや》は冉冉《ぜんぜん》、草根 南澗 水は冷冷。白雪を繰《く》り成せば桑は重ねて緑、黄雲を割《か》り尽くせば稲は正に青。

北の山の木の梢にもやがゆらゆら、南の澗《たに》の草の根に水はさらさら。白い雪を紡げば桑はまた緑に、黄色い雲を刈り尽くせば稲がちょうど青々。「白雪」は蚕の白い繭、「黄雲」は、「稲正青」とあるからには、稲ではなく麦の実った穂。先に見た「自白土村入北寺」は、他の句から季節は夏から秋と考えられるので稲穂とみてもよさそうだが、「東陂」詩はここと同じく麦穂であろう。

さらに七言絶句「壬戌五月与和叔同遊斉安（壬戌《じんじゅつ》五月和叔《かしゅく》と同に斉安《せいあん》に遊ぶ）」（同巻二九）は、前半を「木末」の後半と同じく「繰成白雪桑重緑、割尽黄雲稲正青」とし、後半を「他日玉堂揮翰手、芳時同此賦林坰（他日玉堂に翰《ふで》を揮《ふる》う手もて、芳時同《とも》に此《ここ》に林坰《けい》に賦さん）」とする。「木末」詩とどちらが先の作かはわからない。ちなみに壬戌は一〇八二年、王安石はすでに六二歳、和叔すなわち陳繹《ちんえき》も王安石と同年、「斉安」は寺の名。「他日」は往日の意、「玉堂」は翰林院のこと、王安石は一〇六七年に翰林学士に抜擢された。かつて朝廷の文書をつかさどったこの手で、このかぐわしき季節に郊外の寺でともに詩を賦そうというのが後半の意であろう。

同じ表現を繰り返し用いていることから、一面に実った穂を「黄雲」としたのを自らの創意と考えていたと推測するのは、あるいは飛躍に過ぎようか。ともあれ王安石の詩作には、伝統的な「黄雲」も用いられ、というよりもそちらのほうが数は多い。それゆえ、田園の黄雲がきわだつ。

実った麦畑の印象が強い「黄雲」だが、王安石より五十年後に生まれた恵洪《えこう》のいくつかの詩においては稲田をはっきりと指す例がある。興味深いことに、恵洪はその著『冷斎夜話《れいさいやわ》』において王安石を「作古今不経人道語（古今に人の道《い》うを経ざるの語を作《な》す）」（巻五）と評し、その例として「木末」詩を挙げた[6]。恵洪の詩には「黄雲」と「割尽」を組み合わせた句もある。王安石の表現を襲用したとしてよい。

南宋に入れば、その数は一気に増える。麦もあるが稲も目につく。范成大《はんせいだい》、楊万里《ようばんり》、陸游《りくゆう》など、詩人たちは、愉悦も苦労も含め、田園の生活を実に即して詩に表そうとした。農業の歴史から見れば、南宋は江南の水田開発が活況を呈した時期である。「黄雲」はそれを背景に詩語としてしばしば用いられ、「稲雲」なる語も現れた。そしてそれらの語は、江戸漢詩にも行き渡り、風土の表現となる。菅茶山《かんちゃざん》「秋日雑詠」(『黄葉夕陽村舎詩』後編巻七)に見える「黄雲百頃擁人家(黄雲百頃《けい》人家を擁す)」などは、その好例だろう。

近世の東アジアには、水田が大きく広がった。それに応じた詩語も、新たに生まれていた。心のみならず、生活の豊かさを求めることばもまた、詩を豊かにし、為政者を為政者たらしめる。実りの秋はさまざまで、新米のみが待たれるわけではないとはいえ、いささかなりとも来し方があると知れば、常にもまして炊き立ての香りが慕わしい。

【注】

(1) 渡部武「中国農書「耕織図」の流伝とその影響について」(『東海大学紀要 文学部』第四六輯、一九八六年)参照。

(2) 『高常侍集』(四部叢刊本、以下同)巻八、『唐詩選』巻七。

(3) 唐詩の黄雲については、水谷誠「十里黄雲白日曛——「黄雲」ノート」(『中京大学教養論叢』第二六巻第一号、一九八五年六月)に考察がある。

（4）趙殿成『王右丞集箋注』巻八、『唐詩選』巻三。

（5）宋蜀本『李太白文集』巻三、『唐詩選』巻二。

（6）矢田博士「白い雪と黄色い雲」（『語研ニュース』第二六号、愛知大学名古屋語学教育研究室、二〇一一年十二月）参照。

蟬の声

イソップ寓話の蟻ときりぎりすの話がもとは蟻と蟬だったことは、ご存じの方も多いと思う。

冬の一日、蟻は夏の間に溜めこんだ穀物を穴倉から引っぱり出して、乾かしていた。腹をすかせた蟬が来て、露命をつなぐため、自分にも食物を少し恵んでくれ、と頼みこんだ。

「夏の間、一体何をしていたのかね」と尋ねると、

「怠けていたわけではない。忙しく歌っておりました」と蟬は答える。蟻は笑って、小麦をしまいこみながら言うには、

「夏に笛を吹いていたのなら、冬には踊るがいい」

（中務哲郎訳『イソップ寓話集』(1)）

寓話が編まれた地中海沿岸では蟬はなじみの昆虫だが、ヨーロッパ大陸の北部となると蟬を見ない

地域も多い。そのため、鳴かずに働く蟻と対照的な虫として、蟬がきりぎりすに変身したとされるのだが、蟻の最後の一言が、もしも夏の終わりに木から落ちたままブブブと羽と足を震わせながら起き上がれないでいる蟬の最期のことを思い浮かべてのことだとしたら、やはり蟬でなくてはこの残酷さは伝わるまい。

しかしファーブルは、もともとの寓話もまた蟬についてはでたらめだと非難する。蟬をよく知っているはずのギリシャで生まれた話ではないだろうとさえ言う。

まず、蟬は冬には姿を消しているはず。次に、蟬は麦など欲しない。そもそも、蟬と蟻との関係は反対だと彼は指摘する。

> 〔…〕蟬は生活のために決して他人の助けを必要としない。はじめに求めて来るのは蟻である。食べられるものなら何でもその物置の中にしまい込む、貪欲な搾取者の蟻である。どんな時にも蟬は蟻の巣の入口に来て空腹を訴え、利息も元金もちゃんと返すから、などと型通りの約束なんかすることはない。全く反対に、蟻こそ食糧が欠乏して困ったあげく、この歌姫に哀願するのである。いや、哀願するなどと言えようか！　物を借りて返すということは、この掠奪者の習性にはない。蟻は蟬からしぼり取り、図々しくも盗み取る。〔…〕
>
> 山田吉彦・林達夫訳『完訳ファーブル昆虫記（五）[2]』

いったい蟻はどうやって蟬から搾取しているというのか。ファーブルの観察は、蟬が樹液を吸っているところに蟻がやってきて、蟬がその吻管で開けた孔から漏れた樹液を横取りし、あまつさえ集団で蟬を追い出しているというものだ。言われてみればたしかにそうで、蟻と蟬では蟬の辯護に回りたくなる身としては、大いに勇気づけられるところである。そもそも蟻の最後の一言はどう考えても人情にそむく。断るならただ断ればよいのに（それは蟻の事情だからやむをえない）、嘲笑して「踊るがいい」とは。

しかしながら、歌姫と称しつつもファーブルは蟬の鳴き声には辟易していたようで、こんなふうに嘆いてもいる。

［…］夏ごとに、彼らは大きな二本のプラタナスの青葉に惹きつけられて、戸口の前に幾百となくやってくる。そしてそこで、日の出から日の入りまで、あのかん高い交響楽で私の頭の中をがんがん叩きのめす。この騒々しい合奏があっては、思索も何もあったものではない。考えはぐるぐるまわりして、めまいを起し、固定することができない。早朝の時間を利用しなければ、その日一日が無駄になる。

夏休みの宿題が仕上がらなかったいいわけのようにも聞こえるが、実際、蟬の鳴き声の凄まじさは私たちもよく知っている。関東ではアブラゼミ、関西ではクマゼミがうるさい蟬の筆頭だろう。ミンミンゼミは抑揚があるせいかまだましで、ニイニイゼミはそれほど声が大きくない。ツクツクボウシはそのご機嫌ぶりが微笑ましくもある。だが、もし歌姫と称するなら、やはりヒグラシを第一とすべきではないだろうか。夕暮れにカナカナカナと鳴く声を聴けば、どこかしみじみとした気分になる。東アジアに分布するヒグラシの声をもしファーブルが聴いたなら、蟬への愛着はさらに増したのではないか。

中国における蟬のイメージは、ファーブルをさらに喜ばせるものだ。「蟬は飲みて食らわず」（『淮南子』墜形訓）とあるように、蟬は清き露のみを飲むとされ、高官の冠に蟬の羽をかたどった飾りを付けることについても、「其の清高にして露を飲みて食らわざるに取る」（晋・徐広『車服雑注』）と言う。穀物を摂取せずに露を飲む点で仙人にもなぞらえられて、高潔な人士のシンボルともなる。魏の曹植《そうしょく》による「蟬賦」(3)は、そうした清らかな蟬のイメージをよく示している。

唯夫蟬之清素兮　潜厥類于太陰
在炎陽之仲夏兮　始遊豫乎芳林

唯だ夫れ蟬の清素なる、厥《そ》の類を太陰に潜む。炎陽の仲夏に在りて、始めて芳林に遊豫《ゆうよ》す。

蟬の清らかなこと、この虫たちは太陰（地中）に潜み、暑い夏になって、ようやく林に遊ぶ。古代にあっては、何年も地中にいるとは思われていなかったようだが、地上に這い出て樹木に上り、羽化することはもちろん観察されていた。

実淡泊而寡欲兮　独怡楽而長吟
声嗷嗷而弥厲兮　似貞士之介心

実《まこと》に淡泊にして欲寡《すくな》く、独り怡《よろこ》び楽しみて長吟す。声は嗷嗷《きようきよう》として弥《いよい》よ厲《はげ》しく、貞士の介心に似たり。

まことに淡泊で欲も少なく、ひとり楽しんでいつまでも鳴いている。その声は高らかで次第に激しくなり、貞潔の士の堅い心のようだ。

内含和而弗食兮　与衆物而無求
棲喬枝而仰首兮　漱朝露之清流

内に和を含みて食せず、衆物と求むる無し。喬枝に棲みて首《こうべ》を仰《あ》げ、朝露の清流に漱《くちすす》ぐ。

心のうちは穏やかで何も食べず、万物に求めるところもない。高い枝に住んで首を挙げ、朝の露の清らかな水をすすっている。ここまでは、蟬の高潔な姿を讃える導入部となっていて、以下、そんな蟬が災難に巻きこまれるさまが描かれる。かいつまんで引用しよう。

隠柔桑之稠葉兮　快啁号以遁暑
苦黄雀之作害兮　患螗蜋之勁斧

柔桑の稠葉に隠れ、啁号《ちゅうごう》を快くして以て暑を遁る。黄雀の害を作《な》すに苦しみ、螗蜋《とうろう》の勁斧《けいふ》を患う。

柔らかい桑の茂った葉の中に隠れ、気持ちよく鳴いて暑さを避けていたというのに、雀が危害を加えるのに苦しめられ、かまきりの強い斧に悩まされる。さらに賦は、高く飛んではクモの巣にかかるし、地上に降りると草虫の餌食になると訴えて、だから蟬はこの宮中に集まってきた、と続ける。しかし宮中も蟬の安住の地ではない。

依名果之茂陰兮　托修幹以静処
有翩翩之狡童兮　歩容与于園圃

名果の茂陰に依り、修幹の以て静処なるに托す。翩翩《へんぺん》たる狡童《こうどう》有り、容与《ようよ》として園圃に歩む。

すばらしい果樹の蔭に入って、高い幹に身を寄せて静かに暮らそうとした。そこにすばしこい悪童がやってきて、庭園をふらふら歩いている。そしてこの悪童は、目も利いて猿のように敏捷で、と不安をかきたてながら、賦はクライマックスにいたる。

持柔竿之冉冉兮　運微黏而我纏
欲翻飛而逾滞兮　知性命之長捐

柔竿の冉冉《ぜんぜん》たるを持し、微黏《びねん》を運《めぐ》らして我を纏《てん》す。翻飛せんと欲すれども逾《いよい》よ滞り　性命の長く捐《す》つるを知る。

そいつはしなやかな竿を持ってゆっくりと近づいてきて、小さな黐《もち》を操って私にくっつけた。飛び立とうとしても動けず、この命の終わりを知った。今なら虫取り網で捕まえるのだろうが、かつては日本でもとりもちはよく使われた。注意すべきはいきなり「我」と出てくるところで、捕まえられた臨場感がよく表れていると同時に、高潔な人物が不遇の目に遭うという裏側の主題が一気に浮上する。

さて、悪童に捕まえられた蟬の運命はと言うと——

委厥体于膳夫　帰炎炭而就燔

厥《そ》の体を膳夫《ぜんふ》に委ね、炎炭に帰して燔《や》かるるに就く。

その身は料理人に委ねられ、ついに燃えさかる炭で焼かれた。そう、何と、食べられてしまったのである。たしかに蟬は古くから食用にされ、蟬食（と言うのかどうか）は日本も含めて世界に広く分布する。この賦でも、何かそれが特別のことであるようには示されていない。美味かどうかはともかく、貴重な蛋白源であることは間違いない。薬としても摂取されていた。

賦の最後は定型によって四字句が連ねられ、「帝臣是戴、尚其潔兮（帝臣の是れ戴くは、其の潔らかなるを尚《たっと》ぶ）」、皇帝の臣下が蟬を冠に戴くのは、その高潔さを尊んでである、と結ばれる。日本の奈良朝の鐙冠《つぼこうぶり》は、背に蟬の形をした薄絹が張ってあった。韓国の歴史ドラマがお好きな方なら、王のかぶる黒い冠のてっぺんに耳のようなものがついているのをごらんになったことがあるかもしれないが、翼蟬冠《よくぜんかん》（翼善冠）と称して、これもまた蟬の羽に由来する意匠の一つである。つまり、蟬の高潔さは、その生態としては露を吸って雑食しないこと（正しくは樹液を吸うわけだが）にあるが、形態としては、その薄くて透明な羽が注意を引いたのだと思う。となるとアブラゼミはここでも落選ということになろうか。

唐土で蟬が詩に詠まれる場合、その多くは秋の訪れを示す。中唐の耿湋《こうい》による「聴早蟬歌(4)（早蟬を聴く歌）」は、始めの四句をこう起こす。

蟬鳴兮夕曛　声和兮夏雲
白日兮将短　秋意兮已満
蟬は夕曛《せきくん》に鳴き、声は夏雲に和す。白日将《まさ》に短からんとし、秋意已《すで》に満つ。

蟬が夕暮れに鳴き、声は夏雲に和す。日は短くなりつつあり、秋の気配はもう満ちている。日のたそがれと季節のかげりが組み合わさって、空にはまだ夏雲があるのに季節はもう秋だと感じられる。耿湋が聴いた蟬が何であったかは知る由もないが、ヒグラシであれば最も情景に適いそうには思う。

ヒグラシは漢字で書けば蜩だが、蟬と書いてヒグラシが含まれないわけではない。白居易の「翰林院中感秋懐王質夫（翰林院中 秋を感じ王質夫《おうしつふ》を懐う）」（那波本『白氏文集』巻九）も、秋の訪れを蟬で感じている。やはり始めの四句。

何処感時節　新蟬禁中聞
宮槐有秋意　風夕花紛紛

何処《いずく》にか時節を感ずる、新蟬 禁中に聞く。宮槐《きゅうかい》 秋意有り 風夕《ふうせき》 花紛紛。

この宮中のどこで季節を感じるだろうか、それはふと聞こえた鳴き始めの蟬。禁苑の槐《えんじゅ》も秋の気配、風吹く夕べに花が舞い散る。この詩は長安西郊の仙遊寺にいる友人の王質夫に宛てたもの、自らは皇城にいながら心は彼と脱俗の清景をともにしたいというのが全体の趣旨だから、君のいる山中ほどではないが、それでも君と同じように私も秋を感じているのだとここは含意されている。

そして新蟬と言うからには、それまで鳴いていたはずのニイニイゼミなどとは違う鳴き声でなくてはならず、やはり寒蟬や秋蟬と書かれるツクツクボウシ（もしくはヒグラシ）だと思われる。むろん、必ずしも季節がすでに秋になっていなくてもよい。むしろ、風の音にぞということであって、季節を先取りしてこそ詩だとも言える。「早蟬」（同巻十）と題された同じく白居易の詩も、そうしたものであろう。全篇を引こう。

六月初七日　江頭蟬始鳴
石楠深葉裏　薄暮両三声
一催衰鬢色　再動故園情
西風殊未起　秋思先秋生
憶昔在東掖　宮槐花下聴
今朝無限思　雲樹繞湓城

六月初七日、江頭 蟬 始めて鳴く。石楠《じゃくなん》 深葉の裏《うち》、薄暮 両三声。一たび衰鬢《すいびん》の色を催し、再び故園の情を動かす。西風 殊に未だ起こらざるに、秋思 秋に先だって生ず。憶う 昔 東掖《とうえき》に在って、宮槐 花下に聴く。今朝 無限の思い、雲樹 湓城《ぼんじょう》を繞《めぐ》る。

結句の「湓城」は潯陽《じんよう》（江西省）の古名で、そのことからもこの詩が白居易の江州左遷時代のものだとわかる。先に引いた長安での官吏のころの詩が八〇九年ごろ、この詩はその八年後か。

六月七日、川辺では蟬が鳴き始めた。石楠（オオカナメモチ）の葉の茂る中、夕暮れに二声三声。ひとたび聴けば老いを感じ、ふたたび聴けば故郷を思う。秋の風はまだ吹いていないのに、秋の思いが季節より先に生じてしまった。おもえば東掖（門下省）にいたころ、槐の花のもと、蟬の声を聴いたものだ。今日、この果てもない思い、雲ほど高い木がこの湓城を囲んでいる。

六月七日が八一七年のことだとすると太陽暦では七月二四日、ヒグラシの鳴き始めとしては遅いぐ

らいで、現在の江西省における蟬の分布からしても、ツクツクボウシが優勢のようではある。(5)

いずれにせよニイニイゼミを聴いてツクツクボウシを思い出す人はたぶんあまり多くない。そもそもヒグラシもツクツクボウシもじつは夏から鳴いていて、ただ他のうるさい蟬の声にかき消されているだけだと言うから、ふと耳にとまったそれらの秋めいた声を早蟬として聴いたということではないか。ともかくもここで聴いた蟬の声は、宮中で秋を感じたあの蟬の声と同じだったはずで、だからこそ左遷された失意の地から、出世の展望も開けていたころを思うのである。

同時に、蟬の声が歎老と望郷とを呼び起こすものであることも、詩文の伝統として指摘しておかねばなるまい。いったいに、秋という季節は、老いを感じ、故郷を思うのが詩の約束である。秋の風物としての蟬の声も例外ではない。もちろん、中国でも夏に蟬がいないわけではなく、夏の蟬をうたった詩もある。白居易と友人であった元稹には「春蟬」(『元氏長慶集』巻二)と題した詩があり、「蜩螗沸如羹(蜩螗《ちようとう》沸くこと羹《あつもの》の如し)」、蜩螗があつもののように沸き立っていると描写しているが、この表現はもともと『詩』大雅「蕩《とう》」に「如蜩如螗、如沸如羹(蜩の如く螗の如く、沸の如く羹の如し)」とあるのをそのまま用いたもので、それもまた一つの伝統をふまえている。また、ここで使われる蜩は、必ずしもヒグラシとは限らない。もちろんヒグラシも集団となればやかましいが、そうなるともうヒグラシの情緒はない。要は、詩人の耳が何を聴き取るかということだ。

芭蕉が山寺で詠んだ句の蟬について、かつて斎藤茂吉はアブラゼミだと主張し、小宮豊隆はニイニイゼミだと反論し、茂吉が実地に調査をして結局ニイニイゼミだということになった。(6)実際はどうであれ、それぞれにそれぞれのおもむきはあろうから、読んでたのしむ側から言えば、アブラゼミだとこんな感じ、ニイニイゼミだとこんな感じかなと思い浮かべられるほどに蟬の鳴き声がさまざまであるのが幸福だと思う。

明治三四年に博文館から「少女文庫」の一冊として出された下田歌子『お伽噺教草』という教訓本には、人に愛でられるヒグラシを羨ましがったアブラゼミに対して、ヒグラシが「一体、人は総べて口喧《やか》ましいことが嫌いです」、「マア、貴下《あなた》ちつとは静かに成さいましよ」と説教する話が収められていて、いかにも華族女学校の先生らしい作り話に、日ごろはアブラゼミを疎ましく思わないでもないのが、そこまでヒグラシが言うこともなかろうとややむっとしつつ、でもこんな話がひねり出されるのも、蟬の声にもいろいろあるからこそだと思えば、それはそれで秋になっても蟬時雨のやまない土地に住んでいるのも悪くないのである。

【注】

(1) 中務哲郎訳『イソップ寓話集』(岩波文庫、一九九九年)三七三「蟬と蟻」二七六頁。

(2) 山田吉彦・林達夫訳『完訳ファーブル昆虫記』5(岩波文庫、一九九三年)十三「蟬と蟻との寓話」二四五頁。

(3)『曹子建集』(四部叢刊本)巻四、『曹子建文集』(続古逸叢書本)巻一。本文は『藝文類聚』巻九七「虫豸部蟬」および『初学記』巻三十「虫部蟬」所録を参照した。

(4)『耿湋集』巻上(明銅活字本『唐五十家詩集』)、『全唐詩』巻二六八。

(5)詹進偉ほか「江西省蟬科昆虫考察記述」(『江西植保』第三十巻第四期、二〇〇七年)参照。

(6)斎藤茂吉「立石寺の蟬」(『斎藤茂吉全集』第六巻、岩波書店、一九七四年)。

菊花の精

菊を采る東《と》籬《うり》の下《もと》、悠然として南山を見る。よく知られた陶淵明の句は、漱石に言わせれば「只それぎりの裏《うち》に暑苦しい世の中を丸で忘れた光景が出てくる。垣の向ふに隣りの娘が覗《のぞ》いてる訳でもなければ、南山に親友が奉職して居る次第でもない。超然と出世間的に利害損得の汗を流し去つた心持ちになれる」(1)句だ。その詩は、陶淵明の集では「飲酒二十首」其五、『文選』(巻三十)には「雑詩二首」其一として収められるが、いま陶淵明の集から示せば(2)——

結廬在人境　而無車馬喧
問君何能爾　心遠地自偏
采菊東籬下　悠然見南山
山気日夕佳　飛鳥相与還

此中有真意　欲辯已忘言

廬《いおり》を結んで人境に在り、而《しか》も車馬の喧《かまびす》しき無し。君に問う 何ぞ能《よ》く爾《しか》るやと、心遠ければ地も自ずから偏なり。菊を采る 東籬の下《もと》、悠然として南山を見る。山気 日夕に佳《よ》く、飛鳥 相与《あいとも》に還《かえ》る。此の中《うち》に真意有り、辯ぜんと欲して已《すで》に言を忘る。

蘇軾は「采菊」の二句について、菊を採ろうとして南山が見え、境と意とが会したところがよいのだ、近ごろの俗本はみな「南山を望む」としているが、それではこの詩の「神気」が失われてしまうと断じた（「題淵明飲酒詩後」(3)）。たしかに、意識的に視線を向ける「望」よりは、自然と目に入ったという「見」の方がよいという意見は腑に落ちやすく、以来、「見南山」とするのが通例となっている。

ただ、『文選』や『藝文類聚』など、古いテキストを伝える書物ではすべて「望南山」としていることもまた事実で、蘇軾も「見南山」とするテキストがあると明示しているわけでもなく、逆に、今の本はどれも「望南山」にしているとも言っているくらいだから（「書諸集改字」(4)）、陶淵明が詠んだ原詩ではやはり「望」であり、「見」としたのは彼の創意ではないかとも思える。東坡は何しろ淵明を信奉すること古今第一で、ほとんど乗り移ったかのような意識で「望」は「見」の誤りだと決めつけた。人々も、淵明ならそう詠むはずだ、と賛同した。そういうことではないか。

これには「悠然」の意味の変化もかかわっている。蘇軾の生きた宋代では、すでに現在と同様、心がゆったりしているさまとして、この語は用いられていた。ゆったりとした心持ちで、となれば、遠くに何かを見つけようとするような「望」よりも、ふと目に入った「見」がふさわしいかもしれない。けれども六朝期までの用例を見ていくと、「悠然」は必ずしもそうした意味で用いられてはいない。

もともと「悠」は、遠いさま、もしくは久しいさまを示す語であった。時間的空間的な隔たりを示していたのである。心の状態を示す場合は、いつまでも続く憂いのさまとして用いられた。「悠悠我思（悠悠たる我が思い）」（『詩』邶風《はいふう》「雄雉《ゆうち》」）とは、ゆったりと思いをめぐらせているのではなく、憂いに沈むさまを言う。後漢の字書『説文解字』でも、「悠」の字義を「憂也」と記す。

ところが、六朝期になると、それとはやや異なった用法が目につくようになる。たとえば『世説新語』言語篇には、「悠然遠想、有高世之志」であった謝安に対し、王羲之が、治世に力を尽くすべき困難な時勢なのに「虚談」や「浮文」にうつつを抜かすべきではないと批判し、謝が、秦は商鞅《しょうおう》を重用して富国強兵となったが二世で滅んだ、「清言」が災いを為すわけではないよと切り返したという逸話がある。この場合、「悠然」は憂いのさままではない。かといって単純に、ゆったりしたさま、というのとも違う。「悠然として遠く想い、高世の志有り」とは、世俗を超越したはるかな想いを抱いていることであり、つまり「悠然」は想いの遠さを形容している。

王羲之の「蘭亭詩」（『法書要録』巻十）に「遠想千載外（遠く千載の外を想う）」とあるように、東晋期には、時空を超えて想いを馳せることが尊ばれた。王羲之より三十年ほど年長で陶淵明より九十年ほど前の郭璞《かくはく》も「悠然心永懐、眇爾自遐想（悠然として心永く懐《おも》い、眇爾《びょうじ》として自ら遐《とお》く想う）」（「遊仙詩」[5]）と詠い、想いが永くまた遠いことの形容として「悠然」と「眇爾」を用いている。果てのなさや止めどのなさは、古代においては不安をかき立てるものだったが、脱俗に熱心であった六朝の知識人にとっては、むしろ世の羈絆《きはん》から放たれた自由を志向するものへと価値が転換し、いつまでも続く憂いの形容とは別の語義を生んだのである。

六朝期における「悠然」の語は、のんびりやゆったりのような穏やかな感じであるよりも、向こう側へと突き抜けた心の遠さや果てしなさを示すと受け取っておいたほうがよい。そうであれば、「見」でなく「望」であっても精神の解放は表せるし、むしろ遠さを含意する「望」がすぐれているとも言える。それは「心遠地自偏」の句とも呼応している。

淵明の詩には、他にも「寄心清尚、悠然自娯（心を清尚に寄せ、悠然として自ら娯《たの》しむ）」（「扇上画賛」[6]）や「日夕気清、悠然其懐（日夕に気は清く、悠然たり其の懐《おも》い）」（「帰鳥」[7]）のような「悠然」の用例が見られるけれども、いずれも脱俗の境地、すなわち「清」に主眼がある。ゆったり、と解して解せないことはないが、精神の澄明さや解放感は失われてしまう。[8]

さて、遠く解き放たれた心で南山を望んだ陶淵明の手にあった菊は、中国では古くから好まれた花である。秋霜にも負けず美しく咲く花は高潔さの象徴であり、また、邪気を払い長寿延命の力をもつとされた。姿を愛でるだけでなく、摘んで食べたり、酒に醸《かも》したり、また酒に浮かべたりなどした。

その力を得ようとしたのである。

とりわけ、九月九日の重陽の節句には菊を摘む風習があった。つとに後漢の歳時書である『四民月令《しみんげつれい》』に採菊の行事が記され、また、魏の曹丕はこの節句に際して重臣鍾繇《しようよう》に菊花を送り、延年を願っている。東籬の菊も、その系譜にある。

しかし、陶淵明の菊愛好は、それ以前に見られたような何かの象徴として、あるいは何かの効能を求めて菊を珍重するということを超えて、菊そのものに愛着を感じてのものであるようだ。たとえば梁の昭明太子蕭統《しようとう》による「陶淵明伝」(『箋註陶淵明集』巻十)には、淵明が九月九日に家の近くの菊叢中に坐り菊で手をいっぱいにしていると、知友の王弘《おうこう》が酒を届け、淵明はその場で飲んで酔うと帰ったという逸話が記されている。菊に埋もれて酒を飲む淵明の姿がいかにもと思われたのだろう。

淵明自身、「九日閑居」詩(同巻二)の序に「余《わ》れ閑居して重九《ちようきゆう》の名を愛す。秋菊は園に盈《み》ち、而も醪《ろう》を持するに由靡《よしな》し。空しく九華を服し、懐いを言に寄す」と述べているから、酒に菊を浮かべるのがこの日の楽しみであったことがわかる。「重九」は九月九日、「醪」は濁り酒、「九華」は菊花。また、「飲酒」其七(同巻三)も、菊と酒の詩だ。

秋菊有佳色　裛露掇其英
汎此忘憂物　遠我遺世情
一觴雖独進　杯尽壺自傾

日入群動息　帰鳥趨林鳴
嘯傲東軒下　聊復得此生

秋菊 佳色《かしょく》有り、露に裛《うるお》いて其の英《はな》を掇《つ》む。此の忘憂の物に汎《うか》べ、我が世を遺《わす》るるの情を遠くす。一觴 独り進むと雖も、杯尽きれば 壺 自ずと傾く。日入りて群動息《や》み、帰鳥 林に趨《おもむ》きて鳴く。嘯傲《しょうごう》す 東軒の下《もと》、聊《いささ》か復た此の生を得たり。

「忘憂物」は酒。ここにも「遠我遺世情」とあるように、思いを遠くすることこそ、隠逸の境地である。そうした生活のなかに、菊があり酒があった。杯に菊の花びらが浮かび、東の軒から菊叢も見える。陶詩の特徴は、田園の日常における隠逸の精神を示そうとするところにあるが、菊と酒の組み合わせは、まさしくそれにぴったりと嵌まっていた。あるいは、その組み合わせを得たことで、後世に永く読まれる詩人になったとしてもよい。

陶淵明の菊が、自生のものであったか、育てたものであったかは、わからない。ただ、その詩の世界では、菊はあくまでおのずとそこに生えているかのごとくで、たとえ育てたものだったとしても、品種改良に励んでいるわけではあるまい。しかし、時代が降るにつれて、菊作りはさまざまな技術を駆使した高等な趣味となり、また商売ともなる。清の蒲松齢《ほしょうれい》による怪異小説集『聊斎志異《りょうさいしい》』中の一篇「黄英」は、そうした時代を背景にした菊の精の話である。

順天《じゅんてん》（北京）の馬子才《ばしさい》という男は菊好きで、よい種《しゅ》があると聞けばどこへでも買いに行くほどであった。金陵《きんりょう》（南京）で珍しい種《しゅ》を二株手に入れた帰途、菊作りに詳しい少年陶三郎《とうさんろう》と出会い、同行の姉黄英《こうえい》ともども自宅に住まわせる。三郎は子才が貧しいのを見て、菊を売って生計を立てることを提案するが、子才は「東籬を以て市井と為す」所業だと非難して肯んじない。三郎は子才の捨てた苗からみごとな菊を作り、財を成す。やがて三郎はどこかへ去り、妻を亡くした子才は黄英を後添いに迎え、結局陶家の財で暮らすことになる。金陵で再会した三郎を連れ帰って後、友人の曾と三郎の飲み較べをさせたところ、泥酔した三郎が菊畑で菊と化してしまい、黄英の手で人に戻る。百花の開く花朝《かちょう》の日とされる二月十五日、三郎はまた泥酔し、子才の好奇心のために今度は人に戻れず、枯れ死んでしまう。黄英は枯れた茎に水をやって花を咲かせたが、酒の匂いがした。酔陶と名付け、酒をやるとますます茂った。黄英は、それから変わったこともなかった。

太宰治が「清貧譚」として翻案していることもあって、ご存じの向きも多いかと思う。もちろんこの姉弟は、金陵で子才が買った菊の精、菊好きの子才のために役に立とうとやってきたのであった。陶姓を名乗るのは淵明の縁《ゆかり》である。面白いのは、せっかく子才のために神技を揮おうとした三郎の申し出を「以東籬為市井」と断るところで、なるほど菊は高潔の象徴で淵明は脱俗の境地にあったから、それを商売の道具にするのははけしからんという理屈もあるとはいえ、そもそも菊作りにかまけていること自体が本筋を外れていることに彼は気づかない。子才は少しも「悠然」としていない。清らかなる菊という別の規範にがんじがらめの隠者気取りである。

黄英は、そんな子才を押したり引いたり、凝り固まった狷介さをほぐしていく。そのセリフも気が利いている。妻の財産で富むのを恥じた子才が黄英の持ち込んだ器物を一々返却し、黄英がまた戻したりなどして子才がいい加減面倒になったころ、彼女は「陳仲子、毋乃労乎」、かの廉潔の士陳仲子《ちんちゅうし》をつらぬくのも、お労《つか》れではありませんか、と笑う。富豪の家なみの暮らしを嫌い、「三十年の清徳」を守るために敷地内に粗末な小屋を建てて別居した子才が、とうとう黄英恋しさに一晩おきに屋敷に戻って来たのを「東食西宿、廉者当不如是」、金持ちだが醜男の東家と貧乏だが美男の西家と両家から求婚された娘が、食事は東、泊まりは西にするわ、などと答えたみたいですね、清廉の士のなさることかしら、とからかう。これには子才も笑うばかりだ。

要するに、菊花の精が、菊に縛られた男を救いにきたのである。三郎は、役目を終えて菊の花へと戻った。暮らしに困らぬようにはさせたし、人の技に限界のあることも教えた。美しい黄英は、子才の心を解《ほど》いて連れ添った。

舞台を江戸に移した太宰の「清貧譚」は、菊作りを文筆生活の比喩と解釈するなら、昭和十六年当時の作家の状況とも絡んで、隠逸趣味の文脈とは違ったテーマが浮かび上がってくる。(9) ただ、この翻案で魅力的なのもやはり、馬子才改め馬山才之助や陶三郎改め陶本三郎ではなく、読み方こそ「きえ」と変えられたが文字はそのままの黄英である。

喧嘩わかれになつてしまつた。けれどもその夜、才之助の汚い寝所に、ひらりと風に乗つて白い柔い蝶が忍び入つた。

「清貧は、いやぢやないわ。」と言つて、くつくつ笑つた。娘の名は、黄英《きえ》といつた。(10)

『聊斎志異』では、子才から人づてに結婚をほのめかされた黄英が「微笑」するだけだが、それでも子才を虜《とりこ》にするには十分だ。太宰はもう少しあからさまに魅了しようとして、それもまた成功している。「垣の向ふに隣りの娘が覗いてる」どころか、菊花が娘となって現れれば、淵明気取りもかたなしである。

けれども、女性の姿態を執拗に描写する「閑情賦（情を閑《しず》める賦）」もまた淵明の作、昭明太子は「白璧微瑕《たまにきず》」だと惜しんだが、そう決めつけたものでもないよとばかりに後の世に黄英を遣わしたのは、意外に淵明その人であったのかもしれない。

【注】

（1）『草枕』一（『漱石全集』第三巻、岩波書店、一九九四年）。振り仮名を適宜施した。

（2）李公煥箋『箋註陶淵明集』（四部叢刊本）巻三。李公煥は南宋末の人。

（3）『東坡先生全集』（七五巻本）巻六七。なお、「境と意とが会す（境与意会）」は『箋註陶淵明集』では「景与意会」として引く。

（4）同巻六七。現存する陶淵明の集は南宋以降のもので、蘇軾が目にしたはずの本は伝わらない。

（5）『文選』巻二一。

（6）『箋註陶淵明集』巻七。

（7）同巻一。

（8）「悠然」については、この回掲載の後、小稿「「悠然」の時空――陶淵明にいたるまで」（『未名』第二八号、二〇一〇年三月）にて、より詳細に検討した。

（9）藤原耕作「太宰治文学と中国――「清貧譚」と「黄英」」（『叙説Ⅱ』10、花書院、二〇〇六年一月）参照。

（10）『太宰治全集』5（筑摩書房、一九九八年）による。

隠者の琴

詳しくは知らないのだが世にエアギターなるものがあって、世界大会もあるらしい。要するに実際にはギターを弾かず、音楽に合わせたりなどして、あたかも演奏しているかのように、かつ自ら陶酔しつつ弾き真似をするもので、ギターそのものは手にしないのが正統のようだ。弾き真似とはいえ、パフォーマンスとして魅力的ならば喝采を浴びるし、コンテストとしても成立する。

そういえば小学生のころ、掃除の時間になると箒をギターに見立てて同級生と遊んでいたことがあった。もちろん掃除の時間は掃除をすべきだったはずだが、小学五年生くらいになると、箒とバケツとモップがギターとドラムとスタンドマイクに見えてしまうのだ。とくに音楽室の当番になったりすると必ずそうなった。音楽室はちょっと特別な空間だったから、そこにある箒やバケツやモップまで音楽のために存在しているような気になってしまったのだろう。その時はそんな仕組みには気づいていなかったけれども。

おまけに、その音楽室は窓側がたしか玄関ピロティの屋上に出られるようになっていて（もちろん本当は出てはいけない）、恰好の屋外ステージにしか見えない。そうなるともう、掃除はさっさと終えたことにして、張り出した屋上に掃除用具を抱えて飛び出して、テレビでよく見るバンドの真似事をして遊ぶしか選択肢はなかった。とにかく遊ぶ種ばかり探している年ごろだから仕方ない。たぶん後で怒られたと思うのだが、それは憶えていない。

本物のギターを手に入れた高校生のころだったろうか、陶淵明の無絃琴の話を知り、似たようなものかと不遜にも思ったのであった。昭明太子の「陶淵明伝」に「淵明不解音律、而蓄無絃琴一張、毎酒適、輒撫弄以寄其意（淵明 音律を解さず、而るに無絃琴一張を蓄え、酒の適《かな》う毎に、輒《すなわ》ち撫弄《ぶろう》して以て其の意を寄す）」、陶淵明は音楽ができなかったが、絃の張っていない琴をもっていて、酒を飲んで気分がよくなるたびに手にして気持ちを託した、とあるのがそれだ。『箋註陶淵明集』では「一作無絃素琴（一に無絃素琴に作る）」と注記があり、「素」の字が入るテキストがあったことが示される。また梁の沈約《しんやく》による『宋書《そうじょ》』陶潜伝では「潜不解音声、而畜素琴一張、無絃、毎有酒適、輒撫弄以寄其意」のように字句にやや異同がある。「素琴」とは装飾のない琴のこと。ちなみに日本で一般に琴《こと》と言っているのは正しくは箏《そう》のことで、もともとの琴《きん》はずっと小さくて琴柱もなく、七本の絃を押さえて音程を調節する。古琴や七絃琴とも言い、涼やかな音色が特徴だ。

唐代に編まれた『晋書』の陶潜伝では、話に少し脚色が加わっている。

性不解音、而畜素琴一張、絃徽不具、毎朋酒之会、則撫而和之、曰、但識琴中趣、何労絃上声。

性 音を解せず、而るに素琴一張を畜《たくわ》え、絃徽《げんき》具えず、朋酒の会ある毎に、則ち撫して之に和して、曰く、但だ琴中の趣を識《し》れば、何ぞ絃上の声を労せん。

陶潜は音楽ができなかったが、素琴が一張、絃も徽《き》もついていないのをもっていて、友人と酒の集まりともなれば、手にして和して言った、琴中の趣《こころ》がわかれば、絃上の音を鳴らすまでもない、と。徽は琴の面に金石を彫りこんで音程のための印としたもの。左手でこれを押さえて右手で絃を弾くのであるが、もちろん絃が無ければ徽も無くてよい。

「但識琴中趣、何労絃上声」の句は、ちょうど五言の対句で平仄《ひょうそく》も整っているから、このまま詩にしてもおかしくないが、そうであるだけに、やはり後世の脚色だろうと思える。とはいえ、無絃琴の由来の説明としてはわかりやすい。

琴というのは、どこか特別な楽器で、その清らかな音は俗世を超える響きとして、古えより愛されてきた。春秋時代の伯牙《はくが》は琴の名手、鍾子期《しょうしき》はその琴の音をよく理解していたとされる。

伯牙善鼓琴、鐘子期善聴。伯牙鼓琴、志在登高山、鐘子期曰、善哉、巍巍兮若泰山。志在流水、鍾子期曰、善哉、洋洋兮若江河。伯牙所念、鐘子期必得之。

伯牙 善く琴を鼓し、鍾子期 善く聴く。伯牙琴を鼓すに、志《こころ》は高山に登るに在り、鍾子期曰く、善き哉、巍巍《ぎぎ》として泰山の若し。志 流水に在れば、鍾子期曰く、善き哉、洋洋として江河の若し。伯牙の念う所、鍾子期必ず之を得《う》。

伯牙は琴を弾くのにすぐれ、鍾子期はそれを聴きわけるのにすぐれていた。伯牙が琴を弾くとき、高山に登る心境で弾くと、鍾子期は、すばらしい、巍々たること泰山のようだ、と言う。流水を心にして弾くと、鍾子期は、すばらしい、洋々たること江河のようだ、と言う。伯牙の思うところを、鍾子期は必ずわかったのだ。

『列子』湯問篇に記されるこの話は、琴がただ楽曲を奏でるだけではなく、その音色に心が託されること、すぐれた者なら託された心がただちにわかることを示す。この話にはさらに続きがある。

伯牙游於泰山之陰、卒逢暴雨。止於巌下心悲、乃援琴而鼓之。初為霖雨之操、更造崩山之音。曲毎奏、鍾子期輒窮其趣。伯牙乃舍琴而嘆曰、善哉善哉、子之聴夫。志想象、猶吾心也。吾於何逃声哉。

伯牙 泰山の陰《きた》に游び、卒《にわ》かに暴雨に逢う。巌下に止まりて心悲しみ、乃ち琴を援きて之を鼓す。初めは霖雨の操を為し、更に崩山の音を造る。曲の奏する毎に、鍾子期は輒《すなわ》ち其の趣を窮む。伯牙乃ち琴を舎《お》きて嘆じて曰く、善き哉 善き哉、子の聴くや。志に想象するは、猶お吾が心のごとき也。吾れ何《いず》くに声を逃れんや。

伯牙が泰山の北に出かけると、急に激しい雨に襲われた。岩かげに雨宿りして心悲しみ、そこで琴を引き寄せて弾いた。最初は霖雨の曲を奏で、さらに崩山の曲にいたった。曲を奏でるごとに、鍾子期はその心を言い尽くした。すると伯牙は琴を置いて嘆じて言った、すばらしくもすばらしい、君のわが音を聴くや。その心の思いえがくところ、まるで私の心のようだ。君の前では私は心の声を隠すことなどできはしない、と。

伯牙断絃の語で知られるように、鍾子期が亡くなったとき、伯牙は琴を壊してその死を悲しんだ。世に自らの声を聴きとってくれる友はもういないからである。知音という語もこの二人の交わりに由来する。

注意しておきたいのは、伯牙は出かけるにも琴を離さなかったこと、そして琴は彼の心の声をあらわす大切な道具だったことである。「ギターを持った渡り鳥」とはかなりおもむきが異なるけれども、大きさとしても音量としても、ちょうどよい感じというのはあるのかもしれない。『荘子《そうじ》』漁父《ぎょほ》篇の最初には、孔子が諸国をめぐる途中、休憩場所を見つけて、「絃歌鼓琴」、つまり琴を弾きながら歌をうたうという場面がある。後代の説話とはいえ、孔子が琴とともに旅をしている光景がごく自然に語られるのは、それなりの背景があったからに相違ない。愛用の琴があったとしても不思議はなさそうだ。

のちに琴が隠逸のシンボル的な存在になっていったのも、たんに俗世を超えた聖なる楽器という側面だけでなく、琴に対するこうした感覚があったからだろう。『列子《れつし》』天瑞篇《てんずい》などには、孔子が泰山に出かけたとき、栄啓期《えいけいき》という老人が鹿の皮衣に縄の帯という格好で「鼓琴而歌」、つまり琴を弾きながら歌っているのに出会う話がある。隠者の楽器としての琴というイメージの源泉とも言えるが、一方で、儀礼の場で奏でられる楽器とは異なったパーソナルな感覚が琴にあることを示してもいる。

しかしそれならば、陶淵明はわざわざ絃のない琴を用意する必要はなかったようにも思える。「不解音律」「不解音声」「不解音」のように、無絃琴の前提として必ず「音楽ができない」と言われるのも腑に落ちない。伯牙は名手だったかもしれないが、孔子も栄啓期も、上手下手より、心のままに弾き歌いして楽しんでいたように見えるからだ。この謎を解くために、陶淵明前後の隠者の琴について、ざっと見てみよう。

後漢の梁鴻《りょうこう》は、妻とともに山中に隠遁したという点でちょっと変わった隠者だが、『後漢書』逸民伝には、その山中での暮らしを「以耕織為業、詠詩書、弾琴以自娯（耕織を以て業と為し、詩書を詠じ、琴を弾じて以て自ら娯しむ）」、農耕と機織りを仕事とし、『詩』や『書』を詠じ、琴を弾いて自ら楽しんだ、と記す。いかにも隠者らしい生活だ。魏晋に降って竹林の七賢となると、阮籍は「嗜酒能嘯、善弾琴（酒を嗜んで能く嘯《しょう》し、善く琴を弾く）」、酒が好きで長嘯する[1]のがうまく、琴を弾くのにすぐれていた、嵆康《けいこう》は「弾琴詠詩、自足於懐（琴を弾き詩を詠じ、自ら懐《おも》いに足る）」、琴を弾いて詩を詠じ、心を満足させた、と『晋書』にある。嵆康には「琴賦」もあり、彼らが琴をこよなく愛していたことがわかる。さらに『晋書』隠逸伝を見れば、お決まりのように琴が頻出する。「撫一絃琴」（孫登《そんとう》）、「琴書自適」（氾騰《はんとう》）、「弾琴吟詠」（公孫鳳《こうそんほう》）、「琴書自娯」（戴逵《たいき》）など、隠者たちはおしなべて琴が好きだ。

興味深いのは、戴逵の子、戴顒《たいぎょう》（三七八―四四一）の伝記である。ちなみに陶淵明は西暦に換算すれば三六五年生まれ、四二七年卒だから、戴顒が一回りほど年下だ。『宋書』隠逸伝では、まず「戴顒字仲若、譙郡銍人也。父逵、兄勃、並隠遁有高名（戴顒《たいぎょう》、字は仲若《ちゅうじゃく》、譙《しょう》郡銍《ちつ》の人也。父逵《き》、兄勃《ぼつ》、並びに隠遁して高名有り）」と始まり、その父も兄も隠者として高名であったことが記される。父も医者、兄も医者、私も医者、と言われたら、まあそんなものかなと思わないでもないが、隠者はもともと家業ではないはずだから、少し変な気もする。さらに、『宋書』には大略以下のような話が載せられている。

> 顒が十六歳のとき、父が亡くなった。悲しみのあまり体を壊し、長患いになった。父は出仕しなかったので、彼もその業を修めた。父は琴と書にすぐれ、顒はどちらも受け継ぎ、すべての音律を演奏することができた。［…］顒と兄の勃は、どちらも琴を父に学んだが、父が亡くなると、教わった曲を二度と演奏する気になれず、それぞれが新曲を作った。勃が五曲、顒が十五曲、顒はまた長い一曲も作り、どれも世に広まった。中書令の王綏《おうすい》が、客を連れて彼らのところにやってきたことがあった。勃たちは粗末な豆粥を進め、綏は、「おまえたちは琴がうまいそうだな、

一曲聴かせてくれ」と言った。二人は返事をせず、綏は恨んで帰った。

最後のエピソードなどは、いかにも世俗の秩序に従わない隠者らしい行動ではあるものの、「父は出仕しなかったので、彼もその業を修めた（以父不仕、復修其業）」とあるのは、やはり隠逸が家業となっていたふしが濃厚で落ち着かない。少なくとも彼が父から琴を学んだことはまさに「業」と呼ぶにふさわしいものであったことは疑いないだろう。心にまかせて歌うというのとは、明らかにレベルが違う。そしてその伎倆の評判は、中書令どころか皇帝にまで届くほどであった。

言うなれば、琴が隠逸にふさわしい楽器としてだけでなく、隠者の「業」たる地位を得てしまった例をここに見ることもできる。琴をたくみに奏でることが、隠者らしさを保証するというような転倒がどこかで起きているのではないだろうか。

もちろん、戴顒が修めた業は琴にとどまらず、ここで言う業も、仕官に対置される学藝全般を指すとすべきではあるが、それも含めて、高い能力をもちながらも世に出ない隠者という存在が、かえって世において評価されるポジションになっていることには留意すべきだろう。皇帝たちは高名な隠者を何かにつけて召し出そうとし、隠者たちはその誘いをあくまで断り続けるというゲームじみたやりとりが、この時代にはさかんに行われた。その中で、琴の伎倆というものは、隠者本人はどう思おうと、やはり大事な持ち札となっていたのである。

陶淵明の無絃琴の話は、こうした背景の上に置いてみると、その意味がより明確になる。現実に絃の無い琴を愛用していたかどうかではなく、それが示す姿勢の問題なのである。そもそも、その詩を読むかぎり、陶淵明はふつうに琴を奏でていて、絃もちゃんと張ってあるとしか思えない。たとえば「答龐参軍（龐参軍《ほうさんぐん》に答う）」（『箋註陶淵明集』巻一）はこう始まる。

衡門之下　有琴有書
載弾載詠　爰得我娯

衡門《こうもん》の下、琴有り書有り。載《すなわ》ち弾じ載ち詠じ、爰《ここ》に我が娯しみを得。

また、「和郭主簿（郭主簿《かくしゅぼ》に和す）二首」（同巻二）其一の冒頭。

藹藹堂前林　中夏貯清陰
凱風因時来　回飇開我襟
息交遊閑業、臥起弄書琴。

藹藹《あいあい》たり堂前の林、中夏 清陰を貯う。凱風《がいふう》 時に因りて来たり、回飇《かいひょう》 我が襟を開く。交わりを息《や》めて閑業に遊び、臥起して書琴を弄ぶ。

他にも例はあり、また「帰去来の辞」にも「楽琴書以消憂」、琴と書を楽しんで憂いを晴らすとあるように、他の隠者と同様、琴と書はおなじみのアイテムである。しかしそこには、伎倆を云々する気配はない。

いわゆる琴書の書は、古くは書物のことであったのが、戴顒の伝に「父は琴と書にすぐれ（父善琴書）」とあるように、六朝以降は書写を指すことが多くなる。王羲之を例に出すまでもなく、この時代には書写が重んじられ、その伎倆が賞賛の対象となったこととかかわりがあろう。しかし、陶淵明の琴書の書は、あくまで書物であり、書写を指すことはない。書写にすぐれていたという話も聞かない。陶淵明については、何かの伎倆が云々されることはない。

けだし「不解音律」は、戴顒の「すべての音律を演奏することができた（凡諸音律、皆能揮手）」と対照的である。音律を解せず。そう言い切られてしまっている。古代中国の説話によくあるような、技術をきわめた者がついに技術を超えた境地にいたるというような話でもない。琴をきわめたがゆえに琴は必要なくなったというような話ではないところが新しい。アンチテーゼとかパロディとか、いろいろ言い方はあるかもしれないが、うまさを競う流れとは違うところに身を置こうとする姿勢こそが、この話を生んだと考えたい。

無絃琴の話が世に広まったのは、世の人々もやはり当節流行の隠逸とは別のありかたを探っていたからではないだろうか。琴書にすぐれているのはけっこうなことだけれども、手もとの琴に心を託す時間を楽しむことが大切ならば、音律など解せずともよい。高踏的になりがちな隠者たちへの、ささやかな反感があったのかもしれない。

【注】

(1)「嘯」については、小著『漢文スタイル』(羽鳥書店、二〇一〇年)所収「花に嘯く」にいささか述べた。

読書の秋

仕事柄、春夏秋冬、寒かろうが暑かろうが、昼寝をしたくなるような心地よい日和であろうが、かばんの中に読みさしの本はあり、机の上に読むべき本は積み上がり、本棚の外にも本は溢れている。そろそろ涼しくなってきたことだし、せめて授業が始まる前には溢れた本を何とかしたいと思っているところへ、「読書の秋」について取材を申し込まれた。一九二〇年創刊の『帝国大学新聞』に遡る学生新聞、東京大学新聞の依頼である。これまでも多少のお付き合いはあるけれども、今回は読書特集号ということで、「読書の秋」が韓愈の詩に由来するという話からお鉢が回ってきたらしい。なるほど、「燈火親しむべし」、か。

韓愈の詩とは、「符読書城南（符 書を城南に読む）」（『昌黎先生文集』巻六）。「符」は韓愈の子である昶《ちょう》の幼名。「城南」には韓愈の別荘があった。子に対して勉学に励むことを説く詩であり、題を「送子符読書城南（子の符の城南に読書するを送る）」などと伝えるものもある。元和十一年（八一六）の作とされ、昶は貞元十五年（七九九）の生まれだから、いまならちょうど大学受験前後というところか。ちなみに昶は長慶四年（八二四）に進士に及第している。

詩は五十四句にわたる長いものなので、ところどころ端折りながら紹介してみよう。まずは始めから。

木之就規矩　在梓匠輪輿
人之能為人　由腹有詩書
詩書勤乃有　不勤腹空虚

木の規矩《きく》に就くは、梓匠輪輿《ししょうりんよ》に在り。人の能《よ》く人為《た》るは、腹に詩書有るに由る。詩書は勤むれば乃ち有り、勤めざれば腹空虚なり。

木がきちんとした形になるのは、職人たちの仕事による。人がまともな人になるのは、書物を読んで身につけたからだ。書物は努力して読めば身につくが、努力しなければ何も身につかない。「詩書」は、個別には『詩』『書』つまり五経のうちの『詩経』と『書経』だが、ひろく経書、もしくは読むべき書物と解してよいだろう。要するに、本を読まないとだめだよ、という出だしである。

続いて、学問の力を知りたいのならと言って、こんなふうに説き進める。

両家各生子　提孩巧相如

少長聚嬉戯　不殊同隊魚
年至十二三　頭角稍相疏
二十漸乖張　清溝映汙渠

両家 各おの子を生むに、提孩《ていがい》にしては巧《こう》相《あ》い如《にた》り。少しく長じて聚《あつま》りて嬉戯するに、同隊の魚に殊《こと》ならず。年 十二三に至れば、頭角稍《やや》相い疏《そ》なり。二十にして漸《ようや》く乖張し、清溝 汙《う》渠《きょ》に映ず。

二つの家にそれぞれ子が生まれたとして、幼いころは同じように知恵はそなわっていて、少し大きくなって一緒に遊んでいるころでも、並んで泳いでいる魚と変わらない。十二、三歳になると、できる子は他とは違ってきて、二十歳ともなれば差がだんだんついて、清らかな堀が汚れたどぶに照り映えるようなことになる。

「不殊同隊魚」はめだかの学校を思わせて微笑ましいけれど、「清溝映汙渠」はなかなかきつい。しかもさらに、三十になれば龍と豚の差だなどと韓愈は続ける。筆は止まらない。

一為馬前卒　鞭背生虫蛆
一為公与相　潭潭府中居
問之何因爾　学与不学歟

一は馬前の卒と為り、背に鞭《むちう》たれて虫蛆《そ》を生ず。一は公と相と為り、潭潭《たんたん》たり 府中の居。之に問う 何に因りて爾《しか》ると、学ぶと学ばざるとか。

一方は馬の前に走るしもべとなって、背を鞭で打たれて傷には蛆《うじ》がわき、一方は三公や大臣となって、奥深い屋敷に住んでいる。どうしてこうなってしまうのか、学んだか学ばなかったかの違いではなかろうか。

極端な描写ではある。だが、リアリティがまったくなかったわけでもないだろう。下級官吏の家に生まれ、父を早くに亡くした韓愈が進士科に及第したのは数えで二十五歳。官途には苦労を重ねたが、この詩が書かれた四十九歳の秋は、都で太子右庶子の職にあり、その前は「文士の極任」と称された中書舎人を務めていた。それもこれまでの努力のかいあればこそだ。

詩はこの後も、黄金や宝玉は使ってしまえばなくなるけれども学問はそうではない、高い地位は生まれではなく学問を修めたから得られる、人であっても古今に通じていなければ、馬や牛が衣服をつけているようなものだ、などと繰り返す。そして最後の八句をこう結ぶ。

時秋積雨霽　新涼入郊墟
燈火稍可親　簡編可巻舒
豈不旦夕念　為爾惜居諸
恩義有相奪　作詩勧躊躇

時《とき》秋にして積雨霽《は》れ、新涼　郊墟《こうきょ》に入《い》る。燈火　稍《やや》親しむ可《べ》く、簡編　巻舒《かんじょ》す可《べ》し。豈に旦夕念《おも》わざらんや、爾《なんじ》が為《ため》に居諸《きょしょ》を惜しむ。恩義相い奪うこと有り、詩を作りて躊躇《ちゅうちょ》を勧《はげ》ます。

時節は秋となり長雨も晴れ、新しい涼気が郊外の村にやってきた。夜のともしびとともに過ごす時間も増え、書物を繙くのにもふさわしい。学問のことは朝晩思わないはずはあるまいが、月日はすぐに経ってしまうことをおまえのために惜しむのだ。情愛と道義は両立しがたいところがあるから、ぐずぐずしがちなおまえを詩によって励ますことにしよう。

「郊墟」は郊外の村、つまりこの「城南」の地を指す。「居諸」は日月のこと、『詩』邶風《はいふう》「柏舟《はくしゅう》」にもとづく。「恩義有相奪」の句からは、厳しくしなければいけないのについつい甘やかしてしまう親の情が浮かび上がるようで、なかば脅すような例を連ねてきたのも、息子の行く末を心配してのことと察せられる。この八句なら、こちらも心穏やかに読める。

韓愈の詩は、大きく言えば学問のすすめであり、身近に引きつけて言えば、ちゃんと勉強しないと立派な大人になれませんよ、ということであった。「読書の秋」というフレーズから受ける印象とはだいぶ異なる。それは「読書」という語のもつ意味合いが違っていることとともかかわるはずなのだけれども、その話より前に、そもそも「読書の秋」が韓愈の詩に由来するのかどうか、ちょっと気になる。

調べてみると、国会図書館の「レファレンス協同データベース」に、「「読書の秋」とよく言われるが、その由来について知りたい」という恰好の事例が掲載されていた(1)。読めばやはり韓愈の詩が挙げられているが、「ここから秋が読書にふさわしい季節として、「秋燈」や「燈火親しむ」といった表現が使われるようになった。これが「読書の秋」の由来のひとつと思われる」ということで、「燈火稍可親」→秋は読書にふさわしい季節→「読書の秋」のように、間に一つはさまっている感じだ。用例からみても、「読書の秋」が近代以降に登場した言い回しであることは、ほぼ疑いない。「由来」という語をどのような意味で使うかにもよるが、韓愈の詩に由来すると簡単に言えないことはたしかである。

さらに、「読書週間が秋に実施されるため、「読書の秋」が定着したのではないか」という調査もなされていて、それによれば読書週間が「図書館週間」として始まったのが一九二三年十一月、ただしなぜこの時期になったかは不明、また「読書の秋」というフレーズはこれより先、一九一八年の新聞記事に見えるとのこと(2)。

人任せですませては韓昌黎先生に怒られそうなので、自分でも明治大正期の文献を少し当たってみたところ、東京高等師範学校附属小学校内に設置された初等教育研究会の編集にかかる雑誌『教育研究』に「読書の秋来たる」という文章が二回にわたって掲載されていた。一九一一年十月および十一月発行の号である。書き出しはこんなふうだ。

読書の好時季が来た。何か心ゆくまで耽読し得る書が欲しいものである。平生義務と思ひ必要に迫られて読む書は、人を疲らすのみである。読まなければ務が務まらない様に感ぜしめる書は、実に心を束縛するものである。

著者は「蒼髯」というペンネームを名乗っているが、じつは当時東京高等師範学校附属小学校訓導だった佐々木秀一。のちに鶴見俊輔が『思い出袋』(岩波新書、二〇一〇年)で小学校時代の校長先生としてなつかしく回想しているその人なのだった。書き出しから思わずうなずきながら読んでしまう「読書の秋来たる」は、時節の随想でも立身のための学問のすすめでもなく、堂々たる近代読書論である。韓愈の詩が出てこないのも、「読書は生活を拡張して、之を広くし之を長くする。読書は生活を変化して之を多方面にし之を多趣味にする」という著者の主張からすれば、当然のことかもしれない。佐々木の唱える「読書」は韓愈の「読書」とはすでに異なっている。

この文章のタイトルが「読書の秋来たる」となったのは(ちなみに雑誌の表紙では「読書の秋」となっている)、おそらくそれほど強い意図があったわけではなく、反対に、用例としてはまた別に求めることができるかもしれない。ただ、人口に膾炙するということになると、やはり大正から昭和にかけてと考えられる。秋の読書週間の宣伝とも無縁とは言えまい。制度としての裏付けを得られれば、ことばの流通は飛躍的に加速する。そのとき、近代以前からの「燈火親しむべし」また「秋燈」という秋の読書のイメージが重なって用いられたのであろう。たしかに「燈火稍可親」は、それはそれとして日本ではなじみの句であった。

なぜ「燈火稍可親」がなじみの句だったのかについては、明確な理由がある。『古文真宝』の前集巻頭に並べられている「勧学文」に収められているからだ。『古文真宝』は南宋末ごろに編纂された古詩古文のアンソロジー（前集が詩、後集が文）で、いまに伝わるものでは元の刊本が古い。編者は黄《こう》堅《けん》とされているが、詳しいことはわからない。つまりそれほど由緒正しい本というわけではないのだが、元から明にいたる時代に流布し、日本にも室町期に将来され、五山版をはじめとして多くの和刻本が明治に及ぶまで出版された。漢詩文の入門書としてよく用いられたのである。朝鮮半島でも版本が多い。

「勧学文」は、その巻頭に掲げられた特別なまとまりである。宋の真宗《しんそう》および仁宗《じんそう》、司馬光《しばこう》、柳永《りゅうえい》、王安石、白居易、朱熹《しゅき》の「勧学文」（「勧学」「勧学歌」と称する篇もある）および韓愈の「符読書城南」の八篇から構成されるが、「文」という題がついていても、その多くは韻を踏む。つまり暗誦のための標語に近いもので、この八篇が独立して扱われることもあり、古くは慶長二年（一五九七）に後陽成《ごようぜい》天皇の命によって、最新の試みであった古活字で印行されてもいる。

たとえば真宗の「勧学」。

富家不用買良田　書中自有千鍾粟
安居不用架高堂　書中自有黄金屋
出門莫恨無人随　書中車馬多如簇
娶妻莫恨無良媒　書中有女顔如玉
男児欲遂平生志　六経勤向窓前読

家を富ますに良田を買うを用いず、書中 自《おのずか》ら千鍾《しょう》の粟《ぞく》有り。居を安んずるに高堂を架するを用いず。書中 自ら黄金の屋有り。門を出ずるに人の随う無きを恨む莫《なか》れ、書中 車馬多きこと簇《むらが》るが如し。妻を娶るに良媒無きを恨む莫れ、書中 女有り 顔 玉の如し。男児 平生の志を遂げんと欲せば、六経 勤めて窓前に向いて読め。

訓読だけでも意味はとれるほど、語彙も内容も形式も平俗である。勉強さえすれば何でも手に入る。そういうことだ。

次に掲げられた仁宗の「勧学」は、方向を変えて、「朕観無学人、無物堪比倫（朕 無学の人を観《み》るに、物として比倫に堪《た》うる無し）」、朕の見るところ学問のない者は、他に比べられる物がまったくないほど価値がない、という句で始まり、草木や禽獣や糞土にすら劣る存在だと断言する。厳しい皇帝である。

その後に続く諸家の「勧学文」も、多少の工夫はあるにせよ、勉強しなさいというトーンが変わるわけではなく、さして興を覚えるものでもないのだが、朱熹の「勧学文」はいささか身につまされるところがある。

勿謂今日不学而有来日　勿謂今年不学而有来年
日月逝矣　歳不我延
嗚呼老矣　是誰之愆

謂う勿《なか》れ 今日 学ばずとも而《しか》も来日有りと、謂う勿れ 今年 学ばずとも而も来年有りと。日月逝《ゆ》けり、歳《とし》我と延びず。嗚呼《ああ》 老いたり、是《こ》れ誰が愆《あやま》ちぞや。

「日月逝矣、歳不我延」は、『論語』陽貨篇冒頭で陽貨が孔子に仕官を勧めて「日月逝矣、歳不我与（日月逝けり、歳 我と与にせず）」と言ったことを用いている。「延」としたのは「年」「愆」と韻にするため。ちなみに「是誰之愆」も『論語』季氏篇に「是誰之過歟」の句があるのを思わせる。それにしても、こんな文章が壁に貼ってあったりするとかえって気が滅入りそうだ。

こうした「勧学文」に比べれば、「符読書城南」は格調をそなえた古詩で、「時秋積雨霽」からの結びも見事だ。というよりも、真宗以下の「勧学文」が、いかに啓蒙とはいえ、諸家の名にふさわしいものとは思えないのである。また、白居易にしても王安石にしても朱熹にしても、古くからそれぞれの詩文集が編まれているのに、これらの作は録されていない。

真宗の「勧学」については大木康氏がくわしく論じられていて、[3]「おそらく、もともとどこかの誰かが作った作が、南宋の終わりごろ、真宗皇帝の作とされたということだったのではなかろうか」とし、さらに「「宋真宗」と「勧学文」との結びつきには、あるいはこの『古文真宝』が深く関わっているのではないか」とも推測されている。顰みに倣えば、真宗以外の「勧学文」もまた「どこかの誰か」が作ったもので、権威づけのために諸家の名が用いられたとしてよいのかもしれない。一方で、韓愈の「符読書城南」は、まぎれもなく韓愈がその子のために作った詩で、他の「勧学文」とは一線を画している。どういう経緯でこれが「勧学文」に置かれることになったのか、あるいはこの八篇がどのようにしてひとまとまりのものとなったのか、事は『古文真宝』の成り立ちにもかかわって探索を試みたいところだが、いかんせん材料に乏しい。

ともあれ、「勧学文」とともに流布したことで、「符読書城南」は広く読まれた。その詩の最後に添えられた秋の季節感は、ちょうど「勧学文」全体の結びとしても機能し、人々の心に印象づけられた。やがて世は移り、読書が立身出世とは別に多くの人に享受される時代を迎える。東京大学新聞がどんな読書特集号を組むのか楽しみだけれども、[4]少なくとも「書中自有黄金屋」といったものではなさそうだ。そんな私たちの読書の秋に、「時秋積雨霽、新涼入郊墟。燈火稍可親、簡編可巻舒」の句を取り出して口ずさめば、なるほど気分もふさわしく感じられる。由来というより、詩句が新たな広がりを得たとすべきかもしれない。そしてそれもまた、詩の一つのありかたなのである。

【注】

（1） https://crd.ndl.go.jp/reference/detail?page=ref_view&id=1000112345

（2） ウェブ版の雑誌『R』に「「○○の秋」って、そもそもどれが元祖なの？」という二〇〇九年十月十六日付の記事があり、『三省堂国語辞典』編集委員の飯間浩明氏に取材している。韓愈の詩や一九一八年の新聞記事に

ついても指摘されている。http://r25.jp/topic/90007849/

（3）大木康「宋真宗の「勧学文」について」（『大東文化大学漢学会誌』第五三号、二〇一四年三月）。

（4）『東京大学新聞』二〇一六年一〇月四日付に「「読書の秋」の由来を探る」として掲載された。https://www.todaishimbun.org/company/20161004/

起承転結

明治二五年（一八九二）に出版された逸話集『新世語』に、「星巌起承転結の義を説く」と題した条がある。

梁川星巌一時詩名を以て海内に振曝せり。或人詩の起承転結の義に苦むものあり。星巌に就きて之を正す。星巌曰く。それは容易の事なり。俗歌に「京都三条の糸屋の娘。姉は十六妹は十四。諸国諸大名は刀で殺す。糸屋の娘は目で殺す」と。あり。起承転結の義は。此の意そと言ひければ。聞く者始めて釈然として悟りぬ。(1)

梁川星巌《やながわせいがん》は江戸後期の詩人、寛政元年（一七八九）に美濃で生まれ、文化四年（一八〇七）に江戸の儒者山本北山に入門して学を修め、また詩文に長じた。故郷で塾を開いたりなどしたのち、妻の紅蘭《こうらん》とともに文政五年（一八二二）九月から西遊の旅に出て長崎にいたり、清人と交流して二ヶ月あまりを過ごした。帰郷したのは出発から三年半を超えた文政九年四月である。そののちはしばしば京に滞在して頼山陽《らいさんよう》と親交を深め、さらに天保五年（一八三四）に江戸お玉ヶ池に玉池吟社《ぎょくちぎんしゃ》を開いて多くの門弟を教えた。右の文章に「一時」というのは、その当時、ということ。一世を風靡したのである。晩年は京に寓して尊皇攘夷派の人士と交わり、安政五年（一八五八）九月二日、コレラで亡くなった。

『新世語』を編んだのは大田才次郎《おおたさいじろう》、すなわち星巌より二十年あまり年長の儒者大田錦城《きんじょう》の曾孫である。錦城の子が晴軒《せいけん》、その子が晴斎《せいさい》、そしてその子が淳軒《じゅんけん》大田才次郎なのであった。晴軒は寛政七年（一七九五）生まれだから星巌と同世代、晴斎は天保四年（一八三三）生まれ、淳軒は元治元年（一八六四）生まれである。昭和十五年（一九四〇）に没した淳軒は、儒者の裔らしく教育と文筆を事としたが、一般の著述では号ではなく名の才次郎を用いることが多い。『新世語』が出された明治二五年から博文館が刊行したシリーズ「支那文学全書」では、『荘子講義』『唐詩選三体詩講義』『十八史略講義』を担当している。

『新世語』には、星巌と晴軒にかかわるエピソードも記載される。

曽祖錦城君嘗て詩会を開く。諸名流悉く集まれり。梁川星巌も亦来りて其中に加はる。而して晴軒君星巌と年歯相近くして相愛す。晴軒君曰く。我は学術文章を以て一家を為さんと欲す。星巌

曰く。我は詩を以て天下に鳴らんと欲すと。後ち各其志の如しと云ふ。(2)

標題は「祖父と星巌と各其志を言ふ」。この逸話は、内容からして大田家に伝わっていたものと考えたほうがよさそうで、それなりに信憑性もありそうだが、起承転結の逸話については、どこからどう伝わったのかよくわからず、実際にあったことなのかどうかもわからない。

星巌ではなく山陽が俗謡で起承転結を教えたとするものもある。明治二六年に穎才新誌社から出版された乗附春海《のりつけしゅんかい》編『古今各体作詩軌範』が古い例だろう。(3)

[…] 而シテ起承転結ノ順序連接ノ法ハ今様ヲ以テ之ヲ喩レハ

起句　君をはしめて見る時ハ
承句　千代も経ぬへし姫小松
転句　御前のいけのかめ岡に
結句　鶴社《こそ》群れ居て遊ふめれ

起承ノ連接当に如此ナルヘシ殊ニ承句ノ姫小松ノ三字ハ暗ニ下ノ二句ヲ胚胎ス古人絶句ノ法モ往々亦然リ [⋯]

又頼山陽翁カ初学者ニ絶句法ヲ示スニハ此ノ今様ヲ以テスト云フ

起句　大坂本町糸屋のむすめ

承句　姉ハ十六いもとハ十四
転句　諸国諸大名ハ刀て斬るか
絶句　いと屋の娘ハ目て殺す
是レ絶句作法ノ捷径ナラン［…］(4)

「君をはじめて見る時は」で始まる今様は、小さな異同はありながら『平家物語』に見える。初対面の挨拶として、松と亀と鶴を読みこんだもの。あなたにお会いできて姫小松のような私も千年の寿命が得られましょう。あなたの前のその亀の形をした山（蓬莱山）に鶴が群れて遊んでいるようです。

「糸屋の娘」のほうは、もう少し俗っぽい。もともと糸屋の娘とは、江戸本町二丁目（いまの日本橋）の糸屋の姉妹だとされ、宝永七年（一七一〇）刊の歌謡集『松の落葉』に「糸屋娘踊」として見られるのが古い例、それが脚色されて糸屋の娘小糸と手代左七の物語として浄瑠璃や歌舞伎に仕立てられた。美人と言えば糸屋の娘、というところだろうか。各地の手鞠歌などにも詠みこまれ、星巌や山陽はもとより、明治の世にあってもなお身近な素材であることは間違いない。

『新世語』と『作詩軌範』の例を比べてみると、星巌と山陽の違いのみならず、「京都三条」と「大坂本町」、「刀で殺す」と「刀で斬るが」のように字句も異なっている。いずれにせよ、この逸話がどこで生まれたのか、判然としない。

生まれはともかく、少なくとも明治後半以降は、糸屋の娘を持ち出して起承転結を説くという逸話がぽつぽつと目に付くようになる。基本的に星巌の場合は『新世語』の例と同じく、山陽の場合は『作詩軌範』の例と同じで、要するに引き写しの可能性も高いのだが、やや異なる例として、幸田露伴校閲・熊代彦太郎《くましろひこたろう》編『俚諺辞典』（金港堂、一九〇六年）は、「諸国諸大名《しよこくしよだいみやう》は弓矢《ゆみや》で殺《ころ》す、京都糸屋《きやうといとや》の娘《むすめ》は目《め》で殺《ころ》す」という項目を立てて、次のように解説している。

> 諸侯は弓矢を以て人を殺すが京都糸屋の娘は秋波を以て人を悩殺せしむとなり。往時京都の糸屋に美人ありしならん。頼山陽子弟に詩の作法、起承転結を教ふるに常に左の俚謡を以てせりと。（起）大阪本町糸屋の娘。（承）姉は十六妹は十四。（転）諸国諸大名は弓矢で殺す。（結）糸屋娘は目で殺す。

出だしの「大阪本町」は『作詩軌範』を継ぐが、「刀で斬るが」が「弓矢で殺す」になっているところが目を引く。『新世語』は結句の「目で殺す」と対にして「刀で殺す」としていたが、さらに「弓矢で殺す」とすることで、飛び道具としての威力もそろえたというところ。現在では、この「弓矢で殺す」パターンが好まれているようだ。

もう一つ、同年に出版された室直哉《むろなおや》編『作法詳解 漢詩独習』が「起承転結の解釈」で述べる例も、おや、と思わせる。

［…］昔頼山陽ガ初学ノ徒ヲ教ヘルニ当時流行《リウカウ》シタ俗曲《ゾクキヨク》ヲ挙《ア》ゲタトイフコトデアルガ適切《テキセツ》ノヤウニ思ハル、カラ左《サ》ニ之《コレ》ヲ示スベシ

　京の三条糸屋の娘《むすめ》

糸屋ノ娘ヨリ筆ヲ起シタカラ之ガ起句デアル

　姉《あね》が廿一妹《いもと》が廿

其娘ハ姉妹二人ニテ年齢ハ廿一ト廿デアルト上句ノ意ヲ承ケテ居ルカラ之ガ承句デアル

　諸国諸大名は刀《かたな》で斬《き》るが

意ヲ転ジテ上二句ノ糸屋ノ娘ニ関係ノナイ諸大名ノコトヲ出シタノデアルカラ之ガ転句デアル

　糸屋の娘は目で殺す

糸屋ノ娘ハノ八語ヲ以テ起承ノ二句ニ応《オウ》ジ目デ殺スノ五語ヲ以テ転句ノ刀デ斬ルニ応ジ全篇ヲ結ンデ居ルカラ之ガ結句デアル[5]

頼山陽なのに「京の三条」、姉妹の年齢がやや高め、ただし「刀で斬るが」は踏襲している。姉妹の年齢については、俗謡ではむしろ二十一と二十で歌うものが多く、それに合わせたものか。バリエーションが増えるにつれて、山陽がこの歌の作者だとするものも現れ、星巌の影がやや薄くなって

いく傾向が見られる。明治も後半になり、さらに大正昭和ともなれば、星巌より山陽のほうが耳に入りやすかったということか。現在では、山陽の名とともに「糸屋の娘」を記憶している人が多いだろう。そしてそれは、起承転結が作詩のみならず作文の構成として喧伝されたことにもかかわっているように思われる。

詩の構成を説明する起承転結は、起承転合とも言う。絶句の形式が整うのは唐代からであり、それなら起承転結も唐に始まると思われそうだが、じつは用語としてはずっと降り、元代の詩法書になって現れる。元は、前代の南宋よりもさらに詩を作る人の層が拡大した時期で、すでに南宋期にも出版されていた作詩用の教本もその数を大きく増し、簡明を旨とした詩法書が続々と出版された。日本でも、室町の五山僧などによく読まれ、引用もされた。その中に、起承転合や起承転結の語が見える。初学者にもわかりやすい説明だったのだろう。単純化もしくはマニュアル化ということでは、「糸屋の娘」の果たした役割と似ている。

起承転結の構成法は、傅若金《ふじやくきん》『詩法正論』に見られるように、絶句だけではなく律詩にも古詩にも適用された。また、陳繹曾《ちんえきそう》『文章欧冶《おうや》』（原名『文筌』）が説くように、起承鋪叙過結の六段に拡張されて文章の構成法としても唱えられた。傅若金も陳繹曾も元の人、どちらの書物にも朝鮮で注釈されたものがあり、日本でも和刻が出版されている。近世の日本でもまた漢詩文を作る人の層は拡大していたから、こうした書物に対する需要はあった。中国と朝鮮と日本と、背景はそれぞれだが作詩人口の増大ということでは軌を一にしている。起承転結の誕生と流布もそうした時代ゆえのことだった。

そして俗謡による喩えが有名な詩人によって為されたという逸話の誕生と流布は、漢字圏共通の趨勢に加えて、近世から近代にかけての日本の漢詩をめぐる状況がかかわっているだろう。一つは、詩作の隆盛によって詩人の名も広く知られ、その逸話が広く楽しまれるようになったということ。もう一つは、漢詩を読みまた作る層の拡大によって、他のジャンル、とりわけ雅俗で言えば俗に含まれるようなジャンルの文藝もしくは藝能と場を同じくするような状況が生じていたこと。大衆性の獲得というとややずれるようにも思うが、そうしたものとの混交によって、幕末から明治にかけて漢詩をめぐる独特の状況が生まれていたとは認められる。

そもそも星巌も山陽も若いころの遊蕩は知られていて、糸屋の娘が出てきても意外な印象をおそらく与えない。明治の終わりに出た井土霊山《いどれいざん》『作詩大成』（山本文友堂、一九一一年）は、起承転結の説明に糸屋の娘ではなく「羽織かくして袖引止めて、どうでも今日は行かんすかと、障子細目に引あけて、あれ見やしやんせ此雪に」という端唄を引いて説明するが、それもまた、全体として漢詩と俗文藝とが交錯する時代だったからこそだとも言える。

作文の型として起承転結が用いられるようになった時期を確定するのは難しいが、文献を眺めているかぎり、早くとも大正以降ではないかと思われる。児島献吉郎《こじまけんきちろう》『支那文学考』第一篇散文考（目黒書店、一九二〇年）が文章の「篇法」として起承転結を軸に展開している議論を読むと、過去の中国文学における型の概括であるとともに、普遍的な文章の型への志向が見られ、こうした文章論が何らかの影響力をもった可能性はある。西洋の修辞学も学術としては導入されてはいるが、実用となるとまだなじみは少なく、漢文の型として使われた起承鋪叙過結の六段法も、いささか煩雑である。起承転結の四段法に価値があるのなら、簡便でもあり、採用するに足る。

一方で、それが一般に広まるためには、漢詩をそれほど知らずともイメージしやすいものでなくてはならない。大正ともなれば漢詩を作る人はすでに減少に向かっている。むしろ、明治の漢詩ブームの中でいつのまにか付け加わった糸屋の娘の例がそこで有効に働いた、と考えてみたい。作文の型として起承転結が定着することと糸屋の娘の例が広まったことが共起しているように思えるのである。すでに漢詩は必要なく、糸屋の娘があればいい。わかりやすさのためには山陽のほうが通じやすい。そういう声が聞こえるようだ。

起承転結でほんとうに文章が書けるかどうかは、また別の問題である。それを単純化した糸屋の娘となれば、なおさら心もとない。紙幅の都合で説明を省いたけれども、起承鋪叙過結のほうがまだ応用の餘地はあるかもしれない。ともあれ、詩における起承転結でさえ、一つの手順に過ぎない。あれは漢詩の型だから現代の文章には通用しないなどと言われると、それはそれでちょっと返したくはなるのである。いや、詩もですね、そんなに単純でもなくてですね……。

【注】

（1）大田才次郎『新世語』（有則軒、一八九二年）二九頁。

（2）同書、一九六頁。

（3）この例については、岡島昭浩氏によるサイト「ことば会議室」における同氏の言及が早い。http://kotobakai.seesaa.net/article/8239445.html

（4）乗附春海編『古今各体作詩軌範』（文学叢書第五編、穎才新誌社、一八九三年）二六—二八頁。振り仮名は引用者。

（5）室直哉編『作法詳解漢詩独習』（漢詩入門叢書第一編、大学館、一九〇六年）七—八頁。

冬

書斎の夢
郎君独寂寞
二人組
詩のかたち
杜甫詩注
漢詩人

書斎の夢

珍野《ちんの》家の猫によれば、苦沙弥《くしゃみ》先生は書斎で昼寝ばかりしている。

吾輩の主人は滅多に吾輩と顔を合せる事がない。職業は教師ださうだ。学校から帰ると終日書斎に這入つたぎり殆ど出て来る事がない。家のものは大変な勉強家だと思つて居る。当人も勉強家であるかの如く見せて居る。然し実際はうちのものがいふ様な勤勉家ではない。吾輩は時々忍び足に彼の書斎を覗いて見るが、彼はよく昼寐《ひるね》をして居る事がある。時々読みかけてある本の上に涎《よだれ》をたらしている。[…] 大飯を食つた後で「タカチヤスターゼ」を飲む。飲んだ後で書物をひろげる。二三ページ読むと眠くなる。涎を本の上へ垂らす。是《これ》が彼の毎夜繰り返す日課である。吾輩は猫ながら時々考へる事がある。教師といふものは実に楽なものだ。人間と生れたら教師となるに限る。こんなに寐ていて勤まるものなら猫にでも出来ぬ事はないと。夫《それ》でも主人に云

はせると教師程つらいものはないさうで彼は友達が来る度に何とか、んとか不平を鳴らして居る。(1)

教師がみな書斎で昼寝しているばかりというわけでもないし、昨今、意外にこれはこれで楽なものでもないと弁解したくはなるのだが、悲しいかな珍野家の猫はビールを飲んで酔って甕に溺れてしまい、すでにこの世にない。

注意を引くのは、書斎が苦沙弥先生の純粋な個室として機能しているということだ。そこに入ったきり出てこない空間。家族との接触を断って一人で籠る空間。そこには苦沙弥先生の自由があり、その象徴が昼寝である。見方によっては勉強部屋を初めて与えられた中学生とまったく変わりがない。子どもに個室を与えるのは云々という議論があるけれど、それなら苦沙弥先生がよいケーススタディの対象になるかもしれない。

『吾輩は猫である』の少し先を読むと、水彩画に興味を抱いた苦沙弥先生が「毎日々々書斎で昼寐もしないで絵許りかいて居る」(二)とも観察されている。もっと広いところでのびのび描いたほうが、と餘計な口を出したくなるが、どうも書斎が落ち着くらしい。苦沙弥先生と書斎の結びつきは強固のようで、猫はしばしば苦沙弥先生が書斎に「立て籠る」とか「引き籠る」とか評している。「主人は毎日学校へ行く。帰ると書斎へ立て籠る」(一)、あるいは「主人は芋坂の団子を喰つて帰つて来て相変らず書斎に引き籠つて居る」(五)という具合である。

ここまで書かれると、どんな書斎なのか否が応でも気になってしまう。

書斎は南向きの六畳で、日当りのい丶所に大きな机が据えてある。只《ただ》大きな机ではわかるまい。長さ六尺、幅三尺八寸高さ之《これ》に叶《かな》ふと云ふ大きな机である。〔…〕（九）

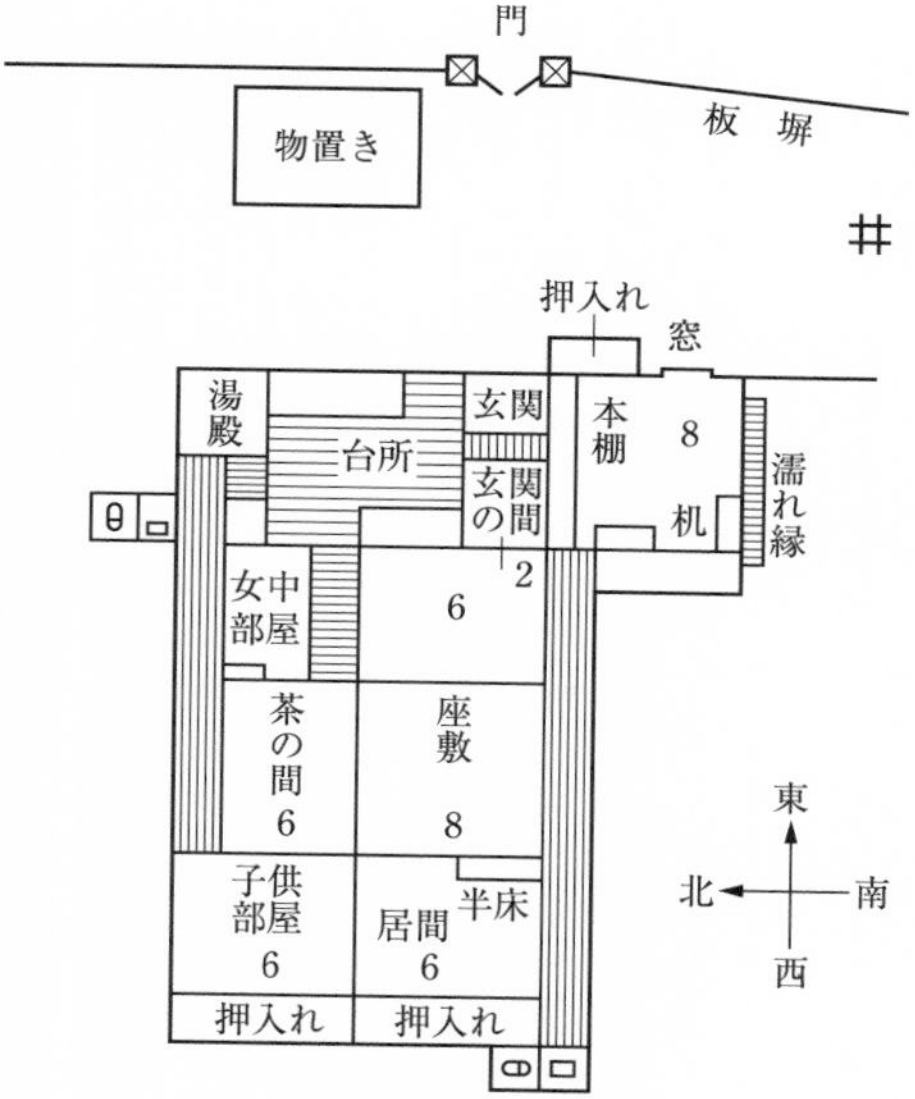

漱石の千駄木の家
（『新潮日本文学アルバム　夏目漱石』新潮社，1983 年より）

なるほど居心地はよさそうだ。これなら絵も描きたくなるだろう。南向きの部屋が昼寝に向いていることは、猫も人も変わらない。小説に書かれた家の間取りは、明治三六年三月から三九年十二月まで漱石が住んでいた千駄木の家そのままで、さいわい愛知県犬山市の明治村にその家が移築されているから、私たちは実際にその書斎を眼にすることができる。知られるように、森鷗外も明治二三年九月から二五年一月までこの家に住んだ。当時の官吏や教員、あるいは会社員や銀行員などの中流階級が住んだ典型的な貸家住宅とされる。[2]

書斎は東向きの玄関を入って左側、庭の方から家を見れば、南側に張り出した部屋で、小さな縁側もある。玄関をまっすぐ進めば、中の間、座敷と続き、さらに奥の間があって寝室としている。いずれも南側の縁側に面していて、この三部屋の北側に、女中部屋、茶の間、六畳間が並んでいる。短い中廊下を隔てた女中部屋以外は、どの部屋も日本家屋らしく襖で隔てられているだけなので、独立性は低い。開け放てば一つの空間だ。それに対して書斎だけが、玄関から直接入れてしかも他の部屋とは接していない。[3] まことに籠城にふさわしい部屋で、この書斎がなければ苦沙弥先生というキャラクターは成り立たない。大げさに言えば書斎立て籠り型中流知識人（?）の誕生である。ちなみに、実際の書斎は八畳で、それを六畳と称したのは苦沙弥先生の身の丈に合わせたものだろうか。

『漱石全集』第一巻の扉には、明治三九年三月にこの書斎で撮影された漱石の写真が掲げられている。畳敷きで、大きな座卓を前にした漱石が、やや右手に目線を向けている姿が見られる。後ろの書棚はすべて革装で金文字の背表紙が輝く洋書だ。書斎はたんなる自由の個室ではない。洋行帰りの教師にふさわしい象徴空間であることをこの金文字がしっかりと示している。「六畳敷にせよ苟も書斎と号する一室を控へて、居眠りをしながらも、六づかしい書物の上へ顔を翳《かざ》す以上は、学者作家の同類と見做さなければならん」（八）のである。

さて、六畳敷と居眠りと洋書の絶妙なコントラストが千駄木の書斎の持ち味であり、また苦沙弥先生の持ち味でもあったのだけれども、世の中にはもっと高級な書斎もあった。

部屋は南を向く。仏蘭西《ふらんす》式の窓は床を去る事五寸にして、すぐ硝子《がらす》となる。明け放てば日が這入る。温かい風が這入る。日は椅子の足で留《と》まる。風は留まる事を知らぬ故、容赦なく天井迄吹く。窓掛の裏迄渡る。からりとして朗らかな書斎になる。

[…]

書棚は壁に片寄せて、間《けん》の高さを九尺列《つら》ねて戸口迄続く。組めば重ね、離せば一段の棚を喜んで、亡き父が西洋《むかふ》から取り寄せたものである。一杯に並べた書物が紺に、黄に、色々に、床《ゆ》かしき光を闘《たたか》はすなかに花文字の、角《かく》文字の金は、縦にも横にも奇麗である。(4)

『虞美人草《ぐびじんそう》』は甲野欽吾《こうのきんご》の書斎である。彼が父の遺産として受け継いだ住居は、当時流行した和洋館並列住宅で、和式建築の隣に洋館を建てて廊下でつなぎ、応接間や書斎としたものであった。文京区西片町にのこる旧田口卯吉《たぐちうきち》邸は、その身近な例だろう。(5)

明るい洋館の書斎。壁一面の洋書。中略した箇所に描かれたロールトップデスクもテーブルも贅沢なもので、やはり舶来の家具と見える。暖炉もある。窓の向こうには芝生も広がっている。父が西洋の画家に描かせた肖像画も掛かっている。苦沙弥先生の六畳間とはだいぶ趣《おもむき》が違う。昼寝して涎を垂らすなんていうこともないに決まっている。

甲野の異母妹である藤尾との結婚を考えている小野清三《おのせいぞう》は、この書斎がとにかく羨ましくて仕方がない。

> かう云ふ書斎に這入つて、好きな書物を、好きな時に読んで、厭《あ》きた時分に、好きな人と好きな話をしたら極楽だらうと思う。［…］自慢ではないが自分は立派な頭脳を持つてゐる。立派な頭脳を持つてゐるものは、此頭脳を使つて世間に貢献するのが天職である。天職を尽す為には、尽し得る丈の条件が入《い》る。かう云ふ書斎はその条件の一つである。——小野さんはかう云ふ書斎に這入りたくて堪らない。

書斎をもつのが夢だという話はよく聞くが、小野さんの夢は結婚と学問と将来が渾然一体となって書斎に結ばれていて、その切実さたるや一般の書斎願望とは比べものになるまい。小野さんは父も母もいない。受け継ぐべき財産もない。ただ頭脳だけが頼りである。そういう人物にとって、この書斎は獲得すべき未来の自分以外のなにものでもない。「此書斎を甲野さんが占領するのは勿体ない」とすら小野さんは思う。甲野さんと小野さんは大学では同年であったが、小野さんは恩賜の時計を頂戴したほどの成績であるのに、甲野さんはそうではない。小野さんにしてみればじつに不公平な話で、自分こそがこの書斎にふさわしいと思うのだ。苦沙弥先生とは別の意味で、この書斎は象徴空間として機能している。

事実、『虞美人草』のクライマックスはこの書斎を舞台とする。父の肖像画を外して出て行こうとする甲野さん。それを止める宗近君《むねちか》。藤尾を捨てて小夜子との結婚を決めた小野さん。怒りと恥辱に震える藤尾。すべてが書斎で決着をつけることになるのだが、くわしくは小説に譲ろう。小野さんの夢は、書斎に萌し、書斎に破れたのである。

それにしても、そもそも書斎とはどのような空間なのだろうか。もちろん読書する部屋ということではあるのだが、「斎」の本義は斎戒沐浴の「斎」であり、居室の意味はない。それがその意味で使われるようになるのは、六朝期にまで降る。初唐に編纂された類書(6)『藝文類聚』では居室部に「斎」という項目が立てられているが（巻六四）、用例はやはり六朝以降に限られている。見ると、「斎」の始めには、東晋の殷仲堪《いんちゆうたん》が池の北に小さな屋舎を建てて読書し、人々はそれを読書斎と呼んだ、という例が載せられている。なるほどこれは書斎だ。「後斎」「竹斎」「山斎」などの題がつけられた詩もある。東晋の湛方生《たんほうせい》による「後斎詩」は、官を辞してわが家に帰ってきた欣びをうたう詩で、書物は手にしていないが陶淵明の「帰去来辞」によく似た雰囲気である。梁代に作られた「山斎詩」や「竹斎詩」も、タイトルから想像がつくように俗世を離れた清浄な空間を志向している。また、この「斎」の項目には、「斎」の字が題に含まれてない謝霊運「山居賦《さんきよのふ》」が引かれているが、これもまたその居処が同様の志向をもつことから「斎」の項に入れたのだろう。少なくとも『藝文類聚』では、「斎」はただの居室や屋舎ではなく、個人の精神のありかたと結びつく空間として、とりわけ俗塵を離れたそれとして捉えられている。

書斎の語がそのまま詩に見られる例としては、初唐の王勃《おうぼつ》が早い。

風筵調桂軫　月径引藤杯

直当花院裏　書斎望暁開

風筵《ふうえん》 桂軫《けいしん》を調え、月径 藤杯を引く。直《た》だ花院の裏《うち》に当たり、書斎 暁を望んで開く。

「贈李十四（李十四に贈る）四首」（『王子安集』巻三）のうち其《その》四。「桂軫」は琴柱《ことじ》、「藤杯」は藤の実の盃。ここちよい風が吹き、月は明るく、琴と酒がある。書斎がどのような空間としてあるか、明らかだろう。あるいは杜甫の詩から。

寂寞書斎裏　終朝独爾思

寂寞たり書斎の裏《うち》、終朝 独り爾《なんじ》を思う。

「冬日有懐李白（冬日 李白を懐う有り）」（『杜詩詳注』巻一）の冒頭二句。冬のひっそりとした書斎から、遠く李白のことを思うのである。書斎という空間のもつ静謐さがそのまま友への思いへと連なるところが、いかにも冬の日の透明さにふさわしい。

降って宋代に生まれた「明窓浄几（机）」という語も、こうした流れにあると見てよい。欧陽脩《おうようしゅう》が蘇舜欽《そしゅんきん》のことばを引いて、「明窓浄几、筆硯紙墨、皆極精良、亦自是人生一楽（明窓浄几《めいそうじょうき》、筆硯紙墨《ひっけんしぼく》、皆な精良を極むるは、亦た自《おのずか》ら是れ人生の一楽なり）」（『試筆』[7]学書為楽）、明るい窓に清らかな机、筆も硯も極上品、これもまた人生の楽しみだとして以来、文人趣味の高まりと相まって、書斎のしつらえはこうあるべきという型も生まれた。そんな風潮に逆らってか、厖大な蔵書を抱えて書物に埋もれたような部屋を名づけて「書巣」とした文人もいた。南宋の陸游である（「書巣記」[8]）。

彼の描写によれば、その部屋はまさにベッドの上まで本に占領されていて、「俯仰四顧、無非書者（俯仰四顧すれば、書に非ざる者無し）」、どちらを向いても本ばかりというありさま、客も来ないし妻子の顔も見ない、嵐にも雷にも気づかない、立ち上がろうとしても書物が邪魔をしてままならない、まるで枯れ枝に遮られているかのようで、まことに「巣」である。

最初は「書巣」なる名づけに疑問を呈した訪問客も、実際に部屋に招いてみれば、「客始不能入、既入、又不能出、乃亦大笑曰、信乎其似巣也（客始め入る能わず、既に入れば、又た出ずる能わず、乃ち亦た大笑して曰く、信《まこと》なるかな其の巣に似たる也《や》）」、最初は入れず、入ってしまうと、こんどは出られず、そこで大笑いして言うには、ほんとにまあこりゃ巣だね、と。

明窓浄几に憧れつつ、どういうわけか机上も書棚も常に混乱を極めている身からすれば、「書巣」というアイディアはたいへん心強い援軍である。研究室も研究巣と呼びかえたいくらいだ。しかし陸放翁も書斎のスタンダードを覆すにはいたらなかったようで、主流はやはり明窓浄几、いかんともしがたい。

雑誌の特集などで「男の書斎」なる語を目にすることがある。住宅番組で書斎を誇らしげに紹介する施主もいる。書斎を保有することがステータスであった明治の風潮がいまだに続いているということかもしれないし、子どもの秘密基地のようなものかもしれない。いずれにしても、その空間がその主人とわかちがたく結びついている点では、現代人の書斎も苦沙弥先生の書斎も陸游の書巣もそれほど変わりはない。俗塵を離れるのも書物を積み上げるのも昼寝をするのも、言ってみれば自分らしさのためだ。だから、小野さんの間違いは、他人の書斎を奪おうとしたところにある。自分の巣は自分なりに作るしかない。

そう、年の瀬も押し詰まってきた今日このごろ、グラビアの書斎に夢を見る前に、まずは自分の部屋の掃除片づけ整理整頓なのであった。

【注】

(1) 『吾輩は猫である』一。『漱石全集』第一巻(岩波書店、一九九三年)による。振り仮名は適宜施した。以下、回次数を( )で示す。

(2) 内田青蔵・大川三雄・藤谷陽悦編『新版 図説・近代日本住宅史』(鹿島出版会、二〇〇八年)三六頁参照。

(3) 玄関との間には書棚が置かれていたので、中の間からいったん縁側に出てそこから書斎に入ったようである。そうなると入り口はより狭くなり、いよいよ籠城らしくなる。石崎等・中山繁信『建築の絵本 夏目漱

石博物館　その生涯と作品の舞台』(彰国社、一九八五年)二七頁参照。
(4)『虞美人草』第十五回。『漱石全集』第四巻(岩波書店、一九九四年)による。振り仮名は適宜施した。
(5)前掲『新版　図説・近代日本住宅史』三八頁参照。
(6)文献からの抜粋を事項別に分類して配列し、知識の習得や文章の作成に便ならしめた書物。
(7)『欧陽文忠公集』巻一三〇。
(8)『渭南文集』巻十八。

郎君独寂寞

漱石の『猫』に「郎君独寂寞」という詩句が出てくるのだが、岩波版の全集の注にも出典らしきものは書いていないし、何かもとづくところはあるのか、というお尋ねをこの連載の読者だという方（！）からいただいた。そういえばと該当ページを開いてみると、こうある。

「先生教師抔をして居つたちや到底あかんですばい。ちよつと泥棒に逢つても、すぐ困る――一丁今から考を換へて実業家にでもなんなさらんか」

「先生は実業家は嫌だから、そんな事を言つたつて駄目よ」

と細君が傍から多々良君に返事をする。細君は無論実業家になつて貰ひたいのである。

「先生学校を卒業して何年になんなさるか」

「今年で九年目でせう」と細君は主人を顧みる。主人はさうだとも、さうで無いとも云はない。

「九年立つても月給は上がらず。いくら勉強しても人は褒めちやくれず。郎君独寂寞ですたい」と中学時代で覚えた詩の句を細君の為めに朗吟すると、細君は一寸分りかねたものだから返事をしない。「教師は無論嫌だが、実業家は猶嫌だ」と主人は何が好きだか心の裏で考へて居るらしい。(1)

『吾輩は猫である』五。このとき苦沙弥先生は泥棒に入られていささか難儀していたところであった。やってきたのはもともとこの家の書生で法科大学を卒業した多々良三平君。ある会社の鉱山部で働いているとかで、「実業家」の卵ということらしい。久留米の出身である。「中学時代で覚えた詩の句」とあるから、一般によく知られている本から学んだようにも受け取れるのだが、『漱石全集』の注を見ても、それらしきことは書いていない。念のためにその注を引いておこう。

「郎君」は若旦那。若様。ここでは旦那さま、の意。明治三十七、八年頃の「断片」に「実業家ニナレ。ボーナス。月給上ラズ月給も人間も十年一日の如し。物価も十年一日の如くならず。郎君独寂寞。一飯重君恩。奥様も少し舐めなさつたらう」云々とあり。

ここに引かれる「断片」は漱石の創作メモと思しく、『漱石全集』第十九巻（岩波書店、一九九五年）

に「断片二二」として収められ、「○郎君独寂寞〔抹消〕○一飯重君恩」のように記される。ちなみに「一飯重君恩」は、同じく『吾輩は猫である』七に使われている。

如何に馬鹿でも病気でも主人に変りはない。一飯君恩を重んずと云ふ詩人もある事だから猫だつて主人の身の上を思はない事はあるまい。

ここにも注がつけられるが、こちらは「断片」は引かず、出典を探っている。

『唐書』「劉従諫伝」に「大丈夫は一飯の恩義を顧みるなかれ」、『史記』「范雎列伝」に「一飯の徳も必ず償ふ」、など、「一飯の恩」「一飯の徳」のことばがある。また『蒙求』に「霊輒扶輪」として報恩の話があるが出典を限定できない。

似たようなことばはあるが、そのままの出典はないということだ。本文には「詩人」とあるから、たとえば杜甫の詩を忠義という観点から評するときにしばしば用いられる「一飯不忘君（一飯 君を忘れず）」などの語、あるいはそれを詩句として用いた「富貴功名未足云、平生一飯不忘君（富貴功名 未だ云うに足らず、平生 一飯 君を忘れず）」（陸游「九月初作」②）のような例を持ち出してもよいのだが、それにしても出典というわけではない。

そもそも出典探しをしようというのが間違いだったのかもしれない。漱石にしてみれば、「一飯重君恩」と作ってみて、「と云ふ詩人もある事だから」と遊んでみたというのが真相ではないか。いかにもありそうな句で、平仄もあっているから、そんな句もあったかなとだまされてしまう。もっとも「詩人」とはおれのことだと漱石に言われてしまえばそれまでで、このあたりも内輪のふざけがそこかしこに埋めてあるこの小説ならではというところか。

「郎君」の句はどうかといえば、まっさきに思い浮かぶのが、南朝・宋の鮑照《ほうしょう》「詠史」詩である。

五都矜財雄　三川養声利
百金不市死　明経有高位
京城十二衢　飛甍各鱗次
仕子彯華纓　遊客竦軽轡
明星晨未稀　軒蓋已雲至
賓御紛颯沓　鞍馬光照地
寒暑在一時　繁華及春媚
君平独寂寞　身世両相棄

五都　財雄を矜《ほこ》り、三川　声利を養う。百金は市《いち》に死せず、明経は高位有り。京城の十二衢《く》、飛甍《ほうおのおの》各鱗次す。仕子は華纓《えい》を彯《なびか》せ、遊客は軽轡《けいひ》を竦《あ》ぐ。明星 晨《あした》に未だ稀《まれ》ならざるに、軒蓋《けんがい》 已《すで》に雲のごとく至る。賓御《ひんぎょ》 紛として颯沓《さっとう》し、鞍馬 光《かがや》きて地を照らす。寒暑は一時に在り、繁華は春に及んで媚《うつく》し。君平《くんぺい》 独り寂寞、身世両《ふた》つながら相い棄つ。

「五都」は、漢の五つの都、洛陽・邯鄲《かんたん》・臨淄《りんし》・宛《えん》・成都《せいと》を指す。「財雄」は富豪。「三川」は、黄河・洛水・伊水の交わるあたり、古来より経済の中心だった。「百金」の句は、金持ちは刑罰を受ける目に遭わない、「明経」の句は、学問をすれば出世する、ということ。題に「詠史」とあるように、この詩は漢代の繁栄をまず描く。以下、大意を示せば――

都の十二の大通りには、高楼の甍が続き、官人は冠のひもをなびかせ、旅人は手綱をあげて都に集まる。星がまだ消えないうちに、貴人の車が雲のごとく至り、従者が入り交じり、馬の飾りが地を照らす。季節はまたたく間に過ぎ去るもの、春の終わらぬうちに繁華を謳歌するのがならい。それなのに厳君平《げんくんぺい》だけはひっそりと暮らし、世間とは互いに背を向けあっている。

厳君平は、前漢末の隠者。成都に住み、占いをなりわいとしていたが、一日あたり百銭を得れば、店を閉めて『老子』を講義したという。この詩が『文選』巻二一に載録され、古くから名篇と称されるのも、この結びの二句の鮮烈さが大きい。詠史のジャンルにおいて、世の繁華と賢者の不遇を対比させることは先行する晋の左思「詠史」詩にも見られるが、鮑照のこの詩のように、不遇を最後の二句に集約させるのは、独創であった。李白は、「古風」其《その》十三（宋蜀本『李太白文集』巻二）の冒頭でそれをふまえてうたう。

君平既棄世　世亦棄君平

君平 既に世を棄て、世も亦た君平を棄つ。

漱石の「郎君」の句は、明らかに鮑照の詩を用いている。しかも「君平」を「郎君」に換えて。これは「一飯」の句より、ちょっと手のこんだ遊びのように思える。

郎君という語について、『漱石全集』の注では「若旦那。若様。ここでは旦那さま、の意」と説明していた。苦沙弥先生は若旦那でも若様でもなさそうだが、細君からすればいちおう旦那さまだから、「君平」のままであるより、わかりやすいかもしれない。けれどもわざわざ「中学時代で覚えた詩の句」を「朗吟」するのである。この小説は、わかりやすくて平仄も同じだから「君平」を「郎君」に換えてくれるような、そんな親切な代物だっただろうか。むしろ「君平」のままであったほうが、どのみち「細君は一寸分かりかね」るのだし、教師を業とするのも占いを業とするのも似たようなものだと落ちもつきそうだし、厳君平と苦沙弥先生を「身世両相棄」として並べるのも、趣向としては悪くない。とすれば、わざわざ「郎君」に換えたのもそれなりに含意があるのでは、と穿鑿してみたくなるのである。

郎君は、身分の高い男子、それも年齢が若い者を指すのが普通で、いきおい身分の高い者の子息、いわゆる貴公子のこととなる。注の語釈に云う「若旦那。若様」はこれにあたり、そうした相手への呼びかけにも使う。さきの鮑照と同時代の逸話集である『世説新語』にも「咄咄《とつとつ》郎君」、「おやこれは若さまでは」と呼びかける句がある（排調《はいちょう》篇）。

さらに、身分にかかわらず、女性が夫や恋人の男性に向けて呼びかける語としても使われ、近世以降ではむしろこちらの用法が目立つ。語義の重心が変化したというよりも、恋愛を主題とした詩や小説が流行し、その文脈での用法が一般的になったということだろう。幕末明治の日本でよく読まれた例を挙げてみよう。

会徳山氏宗家嗣絶、族人議取某継之、乃使使者齎書来迎。某乃欲与百合倶帰。百合辞曰、妾与郎君綢繆十年、一旦萍離蓬断、極難為情耳。顧郎君昼錦携婦人以旋、恐招人指目。

会《たまたま》徳山氏の宗家嗣絶《しぜつ》し、族人議して某を取りて之を継がしめんとし、乃ち使者をして書を齎《もたら》して来り迎えしむ。某乃ち百合と倶に帰らんと欲す。百合辞して曰く、妾と郎君と綢繆《ちゅうびゅう》十年、一旦にして萍離《へいり》蓬断《ほうだん》するは、極めて情を為し難し。顧みるに郎君昼錦《ちゅうきん》するに婦人を携えて以て旋《かえ》るは、恐らくは人の指目《しもく》を招かん。

頼山陽「百合伝」（『山陽遺稿』巻三）の一節。祇園の水茶屋の養女であった百合女は、江戸から来た徳山某なる浪人と暮らすようになり、一女をもうけたが、徳山の本家の後を嗣ぐために某が江戸に帰ることになり、某は百合女を連れて行こうとしたところ、わたしがついていけば故郷に錦を飾るあなたが後ろ指を指されます、と江戸行きを断る場面。「妾与郎君綢繆十年、一旦萍離蓬断、極難為情耳」は、妾《わたし》と郎君《あなた》とで仲むつまじく十年暮らしていたのが、とつぜん浮草や転蓬のように別れるのはほんとうにつらいのです、ということ。

百合女は歌人としての才もあり、『佐遊李葉《さゆりば》』という歌集も残している。ちなみに娘の名は町、母と京にとどまり、のちに池大雅《いけのたいが》に嫁ぐ。すなわち画家としてまた歌人として知られた池玉瀾《いけのぎょくらん》である。それはともかく、右に見たように、郎君はあくまで女性からの呼びかけである。注に「ここでは旦那さま」とするのも、多々良君からの「旦那さま」ではなく、細君からの「旦那さま」であるに違いない。そうしたいささか艶っぽい語を含んだ句を、九州男児の多々良君が中学で習い、かつ朗吟するというのも、何だかおかしい。鮑照の「詠史」なら、朗吟にもふさわしいように思え、もしかすると多々良君が習ったのはこちらで、どこかで「郎君」が入りこんで妙な具合になったのかもしれない。

じつはそれも無理からぬこと、幕末から明治にかけて、漢詩は何も漢字が四角いからといって内容も四角四面なものばかりというわけではなく、情詩や艶詩と呼ばれるジャンルも人気で、女性に擬してうたった詩も、あるいは女性自身がうたった詩も、さかんに作られ、読まれていたのだった。恋は和歌の専売特許ではない。そうした詩においては郎君もまたなじみの語だ。頼山陽とも交流があった原采蘋《はらさいひん》は七絶「竹枝曲」を「今夜郎君何処留（今夜郎君何処《いずく》に留まる）(3)」と結ぶなどと書くのは、もとより蛇足だろう。

さて、多々良君と苦沙弥先生とどちらもそんな郎君に似つかわしいとは言えず、細君も「一寸分かりかね」るあたりに諧謔があるのではとせっかくここまで穿鑿したからには、もう一歩、話を進めておきたい。

客舎得正岡獺祭之書、書中戯呼余曰郎君、自称妾。余失笑曰、獺祭諧謔一何至此也。輒作詩酬之曰、鹹気射顔顔欲黄、醜容対鏡易悲傷、馬齢今日廿三歳、始被佳人呼我郎。

客舎にて正岡獺祭《だっさい》の書を得たり、書中 戯れて余を呼びて郎君と曰い、自ら妾と称す。余 失笑して曰く、獺祭の諧謔 一に何ぞ此《ここ》に至る也と。輒《すなわ》ち詩を作りて之に酬《むく》いて曰く、鹹《かん》気 顔を射て 顔 黄ならんと欲し、醜容 鏡に対して悲傷し易し、馬齢 今日 廿三歳、始めて佳人に我郎と呼ばる。

第一高等中学校に在学していた漱石が明治二二年に房総に旅行して書いた『木屑録』の一節。(4) 同級生の正岡子規からの手紙に、ふざけて子規自身を妾、漱石を郎君と称してあったのを、詩でふざけ返している。鏡を見て容貌の衰えを嘆くのは情詩の定型、海水浴で焼けた顔をそれに重ね、韻と平仄をうまくあわせて郎君を「我郎」として結ぶなど、おもちゃを手に入れて遊んでいる感じだ。同年九月二七日付の子規宛書簡にも、「郎君より」「妾へ」と書いているから、なんだそりゃと応じながら二人でじゃれあっていることがわかる。

子規が亡くなったのは明治三五年。『吾輩は猫である』は明治三八年一月一日発行『ホトトギス』

から掲載され、「五」は同年七月一日発行の号だった。漱石を郎君と呼んだ子規はもういない。「郎君独寂寞」に、別の含意もありはしないか。穿鑿ついでに、ふと思う。

【注】

（1）『漱石全集』第一巻（岩波書店、一九九三年）による。

（2）『剣南詩稿』巻五一。

（3）『采蘋詩集』（『続続日本儒林叢書』第三冊詩文部、東洋図書刊行会、一九三七年）八一頁。

（4）『漱石全集』第十八巻（岩波書店、一九九五年）による。

二人組

学部生を対象とした演習形式の授業では、『唐詩選』や『三体詩《さんていし》』などをテキストとして、よく知られた詩を読むことが多い。よく知られた詩であるから、訳注にも事欠かず、それなら授業などで取り上げずとも自分で読めばよいのではと、教員になりたてのころは思っていたものだが、入門としてはこちらのほうがよいと今では考えるようになった。もちろん、いくつか条件はある。

まず、古今のさまざまな注釈を見比べること。すぐれた詩は必ず意味の餘白があるものだから、同一の訳、同一の注釈はありえない。一見して似ているようであっても、解釈の方向が根本のところで異なっていることは少なくない。そこをちゃんと見抜けるか、自身がその詩を読んで得たものとどう重なり、どうずれているか。そうやって考えていけば、詩の餘白がどこにあるかがわかるようになる。

学力に応じて、近代以前の注釈を読むことができれば、なおよい。さいわい、服部南郭《はっとりなんかく》『唐詩選国字解』は平凡社東洋文庫に収められていて手軽に読めるし、『三体詩素隠抄《そいんしょう》』など、五山僧の抄物などの影印も図書室に備わっている。李白や杜甫なら、宋以来の注もある。あれこれ漁っているうちに、新しい発見がひょいと出てきたりもする。

訳注もいろいろあるから参考にするといいよと親切げに言って、それならやってみようかとその気にさせて、いざやってみるとなかなかこれは奥が深いと思わせる。この目論みがうまくいくかどうか、多分に皮算用のきらいはあるが、予算獲得のための書類作成に比べれば、ずっと楽しい皮算用だ。

じつのところ、よく知られた詩を改めて読む機会を与えられるという点では、教師のほうが得をしているのかもしれない。かつては読み流していたところが、あ、こういうふうにも読めるな、と思いつく。無理やりひねりだしたような独自の解釈を聞きながら、そこはここをこういうふうに考え直せば案外使えるかもと説明する。どうもこのへんはよくわからないけど、いちおうこう解釈しておきましょう、となることもあるが、後で考える楽しみがまた一つ増えたわけで、これもお得である。こちらのそんな楽しさが教室に伝われば、それもまた詩の入門としてよいのではと勝手に思っている。

『唐詩選』巻七に載せられた杜甫「解悶」[1]も、そうした授業の中で取り上げられた詩である。

一辞故国十経秋　毎見秋瓜憶故丘

今日南湖采薇蕨　何人為覓鄭瓜州

一たび故国を辞して十たび秋を経《へ》、秋瓜を見る毎に故丘を憶う。今日 南湖 薇蕨《びけつ》を采らん、何人《なんびと》か為《ため》に覓《もと》めん 鄭《てい》瓜《か》州《しゅう》

起句に、故郷を出てから十たび秋を経たとあることから、長安を離れてほぼ十年後、長江上流の夔《き》州《しゅう》に滞在していたころの作と推定されている。注釈によっては、長安を占領した安禄山《あんろくざん》の軍による軟禁から脱出した至徳二載（七五七）から十年めの大暦元年（七六六）とし、また、長安が回復されてのち、乾元元年（七五八）に左遷されて長安から華州に出て以来十年めの大暦二年とする。杜甫が夔州《きしゅう》にいたのは、大暦元年から三年。

秋となれば目につくのは瓜、その瓜を見るたびに故郷を思い出す。あれはうまかったな、ということだと解してもよいが、別に故事もある。

『史記』蕭相国世家《しょうしょうこくせいか》によれば、秦の東陵侯《とうりょうこう》であった邵《しょう》（召）平《へい》は、秦が漢によって滅んだのち、無位無官となった。暮らしは貧しく、長安城の外で瓜を育てていた。その瓜は美味で、世に「東陵瓜《とうりょうか》」と呼ばれた。ただ瓜を育てるのがうまかっただけではない。漢の功臣蕭何《しょうか》が高祖に警戒されかけた時、助言をして予め危地を救った。つまり、隠者であり賢者である。

杜甫は洛陽の東、鞏《きょう》県の生まれだったが、先祖の土地は長安南郊の杜陵であった。詩に「故丘」と云うのはそれを指す。かつ、瓜とあるからには、東陵瓜への連想も働いているに違いなく、それを指

摘する注釈も少なくない。

転句は、解釈がわかれる。まず、南湖はどこにあるか。前段で東陵が暗示されているから、杜甫が今いる夔州あたりの水辺を南湖と称したものかなどとのんびりかまえていると、考証命の注釈家たちが（私も時にはその端くれの役を負わされることがあるけれど）、いやいやちゃんと調べれば南湖はここにほらちゃんとあるのだと迫ってくる。杜甫が大暦二年に詠んだとされる「秋日夔府詠懐奉寄鄭監李賓客一百韻（秋日　夔府《きふ》に詠懐し　鄭監李賓客《ていかんりひんきゃく》に寄せ奉る一百韻）」（『杜詩詳注』巻十九）、つまり秋の日に夔州府で懐いを述べて秘書少監の鄭審《ていしん》と太子賓客の李之芳《りしほう》に送った二百句からなる詩に「東郡時題壁、南湖日扣舷（東郡　時に壁に題し、南湖　日に舷を扣《たた》く）」の句が見え、「東郡」は李のいる夷陵《いりょう》、夔州の東なので東郡と称し、南湖は、鄭のいる江陵の湖だと云う。夷陵では李どのが詩を壁にかきつけ、江陵では鄭どのが船べりを叩いて拍子を取っている。杜甫が夔州からそれを羨んでいる句である。

結句の「鄭瓜州」については「今鄭秘書監審」との自注があり、それが鄭審であるのは動かない。鄭審は杜甫が親交を結んだことで有名な文人鄭虔《ていけん》（広文）の従甥、やはり親しい付き合いであったようだ。鄭瓜州と呼んだのは、彼の旧居が長安郊外の瓜州村であったことにちなんで戯れに称したもの。瓜州村は、杜甫の故地からも遠くない。秋の瓜との連想も効いている。ついでに結句の解釈をすませておけば、誰か私のために鄭瓜州どのを連れてきてはくれまいか、というところ。

南湖が江陵のそれだとすれば、転句は、今は江陵に流謫の身であった鄭審が、その地の南湖で、わらびを採っている、ということになる。江陵は夔州から長江を三百キロメートルほど下った都市。

長江中流域の要所である。杜甫には、やはり大暦二年の作とされる「秋日寄題鄭監湖上亭（秋日 寄せて鄭監の湖上の亭に題す）三首」（同巻二十）があり、題にも「湖上亭」、詩中の句にも「新作湖辺宅」（其《その》二）とあって、江陵にいる鄭審が湖のほとりで暮らしているのに思いを寄せている。大暦三年には、杜甫は夔州から江陵に出て、鄭審と念願の湖上の遊を楽しんでいる。たしかに鄭審と湖の結びつきは強い。

しかし、改めて詩に立ち返ってみれば、故国を出たのも杜甫であり、瓜を見て故郷を思うのも杜甫、転句でいきなり鄭審が出てくるのは、やや唐突ではないか。そのためか、南湖は夔州にあったとする説もあり、しかもなぜか鄭審の旧宅がそのほとりにあったとする。つまり南湖は鄭審ゆかりであることは動かず、わらびを採っているのは杜甫となる。しかし何だかそれも落ち着かない。

わらびを採るとは、伯夷《はくい》と叔斉《しゅくせい》の故事による。周の武王が殷の紂王を討ったことを、暴力に対して暴力を用いたと非難し、周の穀物を食べることを恥じて、首陽山に隠れてわらびを採って命をつないでいたが、やがて餓死した。周の穀物を食べないのなら、なぜ周の草木を食べるのかと言われて食を絶ったという説もある。

伯夷と叔斉の名は『論語』にもたびたび見えるし、その説話は『史記』伯夷列伝にも掲げられる。「登彼西山兮、採其薇矣。以暴易暴兮、不知其非矣（彼の西山に登り、其の薇を採る。暴を以て暴に易《か》え、其の非を知らず）」で始まる歌も伝わる。古代の隠者の代表格としてよい。

後世、わらびを採ると言えば必ずこの故事が連想され、実際にわらびを採っていようがいまいが、世から離れて生活していることを言うために、采（採）薇の語がしばしば用いられることになった。この詩の場合、杜甫は無官で流浪、鄭審も流謫の身であるから、どちらがわらびを採っていても、詩としては通じる。ただ、おや、と思うのは、山ではなく湖でわらびを採ると詠っていることだ。湖で採るとなると、蓮や菱ではなかろうか。

たしかに采薇はすでに記号的な身振りに過ぎなくなっている。もしかするとどこからかまた考証家が現れて、湖岸に生えるわらびというものがあって、と説を述べてくれるのかもしれないが、それでも伯夷と叔斉がわらびを採ったのは山であり、人々の日常からしてもわらびを採りに行くのは山である。

そう思って、「秋日寄題鄭監湖上亭」三首をもういちど読んでみると、杜甫が想像して描く鄭審の暮らしぶりには、采薇という語に通じるところがあまりない。例えば其二の前半。

新作湖辺宅　還聞賓客過
自須開竹逕　誰道避雲蘿

新たに湖辺の宅を作り、還《ま》た賓客の過《よぎ》るを聞く。自ら須《すべか》らく竹逕を開くべし、誰か道《い》わん　雲蘿《うんら》に避くと。

新たに湖のほとりに家を構えたそうで、お客も訪ねて来られるとか。竹の小道をきっと開いておられるのだから、深い山に人を避けるなどと誰が言いましょう。「雲蘿」は、雲のようにからみついたひめかずら。深山を指す。

また、其三の後半。

羹煮秋蓴滑　杯迎露菊新
賦詩分気象　佳句莫頻頻

羹《あつもの》は煮て　秋蓴《しゅうじゅん》　滑らかに、杯は迎えて　露菊　新たなり。詩を賦して気象を分てば、佳句　頻頻《ひんぴん》たること莫《な》からんや。

あつものは秋の蓴菜《じゅんさい》でつるりと、さかずきには菊の花びらを浮かべて。詩を作るのに湖畔の景色をおわけいただければ、名句がつぎつぎ浮かびましょう。蓴菜は張翰《ちょうかん》、菊は陶淵明をふまえていて、どちらも世を離れた自適の生活の象徴である。

つまり、杜甫から見れば、江陵にいる鄭審は、山にこもってわらびを採るというような生活を送っているのではなく、来客も多く、物産にも恵まれた、それなりに豊かな暮らしぶりなのである。そういえば、「秋日夔府詠懐奉寄鄭監李賓客一百韻」には「南湖日扣舷」とあった。鄭審が南湖に舟を浮かべて遊んでいるのはなるほど似つかわしい。しかし同じ南湖でも「采薇蕨」と続けると空気ががらりと変わる。踏みこんで言えば、わらびを採るのにふさわしいのは鄭審ではなく、放浪の身でいつも飢えの恐れを抱いていた杜甫であるように思える。湖とわらびのそぐわなさから、飢えた詩人の自画像が浮かび上がる。

そこで臆解を試みる。もちろん「南湖」は鄭審のいる湖上を意識している。しかしこの「南湖」は、夔州の杜甫の目の前にある湖、あるいは「南湖」に見立てられた池、もしくは鄭審の湖が仮想的に拡大されて杜甫の目の前に現れた「南湖」で、そこで杜甫はなんとわらびを採っている（つもりになっている）。瓜のうまい長安郊外は、杜甫にも鄭審にも懐かしい土地で、「故丘」は二人の共有の場所として示されている。となれば「南湖」は、現在の彼らにとって共有の場所として示されていると考える餘地はありそうだ。

こう読めば、どこか諧謔の気分を帯びたこの詩の結句も生きてくるのではないか。いやだって、わらびを採るとなれば、伯夷と叔斉、二人組でないと寂しいですよ、誰か瓜州村の鄭審どのを相棒として連れてきてはくれませんか、と。

そもそも、伯夷と叔斉は、なぜ二人組なのだろうか。彼らだけではない。古代の隠者は、しばしば二人組で登場する。

長沮桀溺耦而耕。孔子過之。使子路問津焉。長沮曰、夫執輿者為誰。子路曰、為孔丘。曰、是魯孔丘与。曰、是也。曰、是知津矣。問於桀溺。桀溺曰、子為誰。曰、為仲由。曰、是魯孔丘之徒与。対曰、然。曰、滔滔者天下皆是也。而誰以易之。且而与其従辟人之士也、豈若従辟世之士哉。耰而不輟。子路行以告。夫子憮然曰、鳥獣不可与同群。吾非斯人之徒与而誰与。天下有道、丘不与易也。

長沮《ちょうそ》・桀溺《けつでき》耦《ぐう》して耕す。孔子之れを過ぐ。子路をして津《しん》を問わしむ。長沮曰く、夫《か》の輿《よ》を執《と》る者は誰と為す。子路曰く、孔丘と為す。曰く、是れ魯の孔丘与《か》。曰く、是れ也。曰く、是れ津を知れり。桀溺に問う。桀溺曰く、子は誰と為す。曰く、仲由《ちゅうゆう》と為す。曰く、是れ魯の孔丘の徒与《か》。対えて曰く、然《しか》り。曰く、滔滔《とうとう》たる者は天下皆な是れ也。而して誰か以て之れを易《か》えん。且つ而《なんじ》は其の人を辟《さ》くるの士に従がわん与《よ》りは、豈《あ》に世を辟くるの士に従うに若かん哉《や》。耰《ゆう》して輟《や》めず。子路行きて以て告ぐ。夫子憮然として曰く、鳥獣は与《とも》に群を同じく可からず。吾は斯《こ》の人の徒と与《とも》にするに非ずして、誰と与にせん。天下に道有らば、丘 与《もっ》て易えざるなり。

『論語』微子篇に見られる逸話。長沮と桀溺が二人で耕していた。孔子が通りかかり、子路に渡し場を尋ねさせた。長沮「あのたずなを握っているのは誰だ」、子路「孔丘です」。長沮「魯の孔丘か」、子路「そうです」。長沮「それなら渡し場を知っているはずだ」。そこで子路は桀溺に訊ねた。桀溺「あなたは誰かね」、子路「仲由といいます」。桀溺「魯の孔丘の弟子かね」、子路「そうです」。桀溺「滔々と流れるのはこの河のみならず天下みなそうなのだ。誰が変えられるかね。そもそも徳のない君主を避けるような人物に従うより、世を避ける人物に従ったほうがましではないかね」。そう言ったきり、播いた種に土をかぶせ続けた。子路は戻って孔子に伝えた。先生は落胆した様子で言った、「鳥獣と仲間になるわけにはいかない。私は人とともに生きるのではなくて誰とともに生きよう。天下に道が行われていれば、この丘が変えようとなどするだろうか」。

二人組の隠者は、どこか謎めいた存在でもある。『後漢書』逸民伝は、隠者の伝記というジャンルを正史に立てた最初だが、その冒頭はやはり二人組の隠者である。

野王二老者、不知何許人也。[…]（光武）因於野王獵、路見二老者即禽。光武問曰、禽何向。並挙手西指言、此中多虎、臣毎即禽、虎亦即臣、大王勿往也。光武曰、苟有其備、虎亦何患。父曰、何大王之謬邪。[…]光武悟其旨、顧左右曰、此隠者也。将用之、辞而去、莫知所在。

野王《やおう》二老《にろう》なる者は、何許《いずこ》の人なるかを知らざる也。[…]（光武）因りて野王に於て獵《かり》し、路に二老者の禽《けもの》を即《お》うを見る。光武問いて曰く、「禽は何くにか向かう」と。並びに手を挙げて西を指して言う、「此の中に虎多し、臣の禽を即う毎に、虎も亦た臣を即う、大王往くこと勿れ」と。光武曰く、「苟くも其の備え有れば、虎とて亦た何をか患えん」と。父曰く、「何ぞ大王の謬《あやま》れる邪《や》。[…]光武其の旨を悟り、左右を顧みて曰く、「此れ隠者也」と。将に之を用いんとせしも、辞して去り、在る所を知る莫《な》し。

野王の二老は、どこの人かわからない。光武帝が野王という場所で狩をしたとき、二人の老人が獣を追っているのを見た。光武帝が獣はどこに行こうとしているのかと聞けば、二人とも手を上げて西を指して言う、こっちには虎が多い、私たちが獣を追えば、虎が私たちを追う、大王は行かぬがよい、と。光武帝が、備えがあれば虎を心配することはないと言えば、老人は、大王それは大間違いです云々。光武帝はその意を悟って、従者に言う、彼らは隠者だ、と。召し抱えようとしたけれども、断って去り、どこに行ったかわからない。

ただ「二老」とあるだけで、名の区別もないけれども、そのぶんだけ、それが二人であることに意味があるのではという推測を生む。

俗世とは異なる世界に住む者たちが二人組であることについては、隠者のみならず、仙女にもその例がある。例えば『列仙伝』の「江妃二女」。

江妃二女者、不知何所人也。出遊於江漢之湄、逢鄭交甫。見而悦之、不知其神人也。謂其僕曰、我欲下請其佩、僕曰、此間之人、皆習於辞、不得、恐罹悔焉。交甫不聴、遂下与之言曰、二女労矣。二女曰、客子有労、妾何労之有。交甫曰、橘是柚也、我盛之以笥、令附漢水、将流而下。［…］願請子之佩。二女曰、橘是柚也、我盛之以筥、令附漢水、将流而下。［…］遂手解佩与交甫。交甫悦受而懐之中。当心趨去数十歩、視佩空懐無佩。顧二女忽然不見。

江妃《こうひ》二女《にじょ》なる者は、何《いず》れの所の人なるかを知らざる也。江漢《こうかん》の湄《ほとり》に出遊して、鄭交甫《ていこうほ》に逢う。見て之を悦《よろこ》ぶ。其の神人《しんじん》たるを知らざる也。其の僕に謂いて曰く、「我 下《くだ》りて其の佩《はい》を請わんと欲す」と。僕曰く、「此の間の人、皆 辞に習う。得ざれば、恐らくは悔いに罹《かか》らん」。交甫聴かず、遂に下りて之と言いて曰く、「二女 労《ろう》有らん」と。二女曰く、「客子《きゃくし》労有らん。妾《しょう》何の労か之れ有らん」と。交甫曰く、「橘《たちばな》は是れ柚《ゆう》也。我 之を盛るに笥《はこ》を以てし、漢水《かんすい》に附かしめ、流れに将《したが》いて下さん。［…］願わくは子の佩を請わん」と。二女曰く「橘は是れ柚也。我 之を盛るに筥を以てし、漢水に附かしめ、流れに将いて下さん。［…］」と。遂に手づから佩を解きて交甫に与う。交甫悦びて受けて之を中《うち》に懐《いだ》く。心《むね》に当てて趨《はし》り去ること数十歩、佩を視れば空懐《くうかい》にして佩無し。二女を顧みれば忽然《こつぜん》として見えず。

江妃二女は、どこの人かわからない。漢水が長江と合流するあたりに出ていたとき、鄭交甫と出会った。交甫は二女を見て気に入ってしまったが、神女であるとは知らなかった。召使いに、「私は車を降りて彼女たちの佩玉を得たい」と言うと、召使いは、「このあたりの人は、世慣れていて、無理でしょう、後悔なさるだけです」と言う。交甫は聞き入れずに車を降りて声をかけた。「お二人さん、お疲れさま」。二女「旅の方こそお疲れさま。私たちに何の疲れがあるものですか」。交甫「橘と柚子は似たもの同士、筥《はこ》に盛って漢水に浮かべ、流れに乗せて送ります。[…]どうかあなたの佩玉をいただきたく」。二女「橘と柚子は似たもの同士、筥《はこ》に盛って漢水に浮かべ、流れに乗せて送ります。[…]」。そして手ずから佩玉を解いて交甫に与えた。交甫は喜び受けてふところにしまいこんだ。胸にあてて小走りに数十歩、佩玉を確かめればふところには何もない。二女のほうを振り返ると姿は消えていた。

二女のことばはそれぞれ区別されず、まるで斉唱で答えているかのようだが、それもまた仙女の属性ということだろうか。こうした二人の仙女は六朝期の志怪小説には珍しいものではなく、日本の浦島説話とよく似た話で『蒙求』にも「劉阮天台」として見える劉晨《りゅうしん》と阮肇《げんちょう》の話(『幽明録』・『続斉諧記』)、あるいは『捜神後記』に見える袁相《えんしょう》と根碩《こんせき》の話でも、山中で男を誘うのは二人の仙女である。

これらの仙女の源流には、中国南方に伝わる二人の水の女神の伝説、つまり湘君と湘夫人の神話があると思しいが、その系譜についてはいずれまた話題にするとして、隠者と仙女には謎の二人組がしばしば見えるということに注意を促しておきたい。

そういえば、寒山拾得も二人組である。

一人は髪の二三寸伸びた頭を剃《む》き出して、足には草履を穿《は》いてゐる。今一人は木の皮で編んだ帽を被《かぶ》つて、足には木履を穿いてゐる。どちらも痩せて身すぼらしい小男で、豊干《ぶかん》のような大男ではない。

道翹《だうげう》が呼びかけた時、頭を剃き出した方は振り向いてにやりと笑つたが、返事はしなかつた。これが拾得だと見える。帽を被つた方は身動きもしない。これが寒山なのであらう。

閭はかう見当をつけて二人の傍《そば》へ進み寄つた。そして袖を掻き合せて恭しく礼をして、「朝儀大夫、使持節、台州の主簿、上柱国、賜緋魚袋、閭丘胤《りよきうゐん》と申すものでございます」と名告《なの》つた。

二人は同時に閭を一目見た。それから二人で顔を見合せて腹の底から籠み上げて来るやうな笑声《わらひごゑ》を出したかと思ふと、一しよに立ち上がつて、厨《くりや》を駆け出して逃げた。逃げしなに寒山が「豊干がしやべつたな」と云つたのが聞えた。

（森鷗外「寒山拾得」(2)）

二人で組めばもう無敵、俗世を軽々と超える力が生まれるらしい。

【注】

（1）『杜詩詳注』巻十七「解悶」十二首其三。

（2）森鷗外「寒山拾得」（『鷗外全集』第十六巻、岩波書店、一九七三年）。常用字体に改め、振り仮名は適宜省略した。

詩のかたち

この連載では、詩文を引用するさい、訓読をしたりしなかったりする。現代語にそのままくだいたり、要約ですませたりすることもある。ここ数回は少なくとも詩については訓読文を付すようにしているが、それも、詩句それぞれの下に書き下しを添えるような一般の形式ではなく、詩は詩、訓読は訓読でわけるようにしている。(1)

以前は一般の形式に従っていたのだけれども、詩を読もうとしてただちに書き下しが目に入ってしまうのが気になり、漢字だけの文字の連なりをまず示したいということもあって、しばらく前から、他に発表する文章でもこの形式を主にしている。訓読文だけを読む場合でも、このほうが読みやすいのではないかと考えたのであった。

そもそも漢籍では詩は句ごとに改行したりなどしない（図1）。ただ詩句を連ねるだけで、もともと句読点を付すこともしない。訓点を付した和刻本においても同様で、図2の例では、返り点と送り

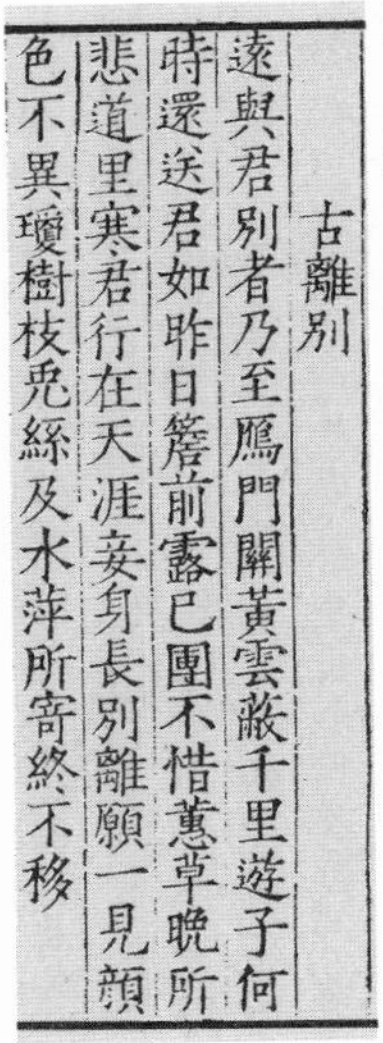
古離別
遠與君別者乃至鴈門關黄雲蔽千里遊子何
時還送君如昨日簷前露已團不惜蕙草晩所
悲道里寒君行在天涯妾身長別離願一見顔
色不異瓊樹枝兎絲及水萍所寄終不移

図1 『江文通集』（明翻宋刊本、四部叢刊影印）

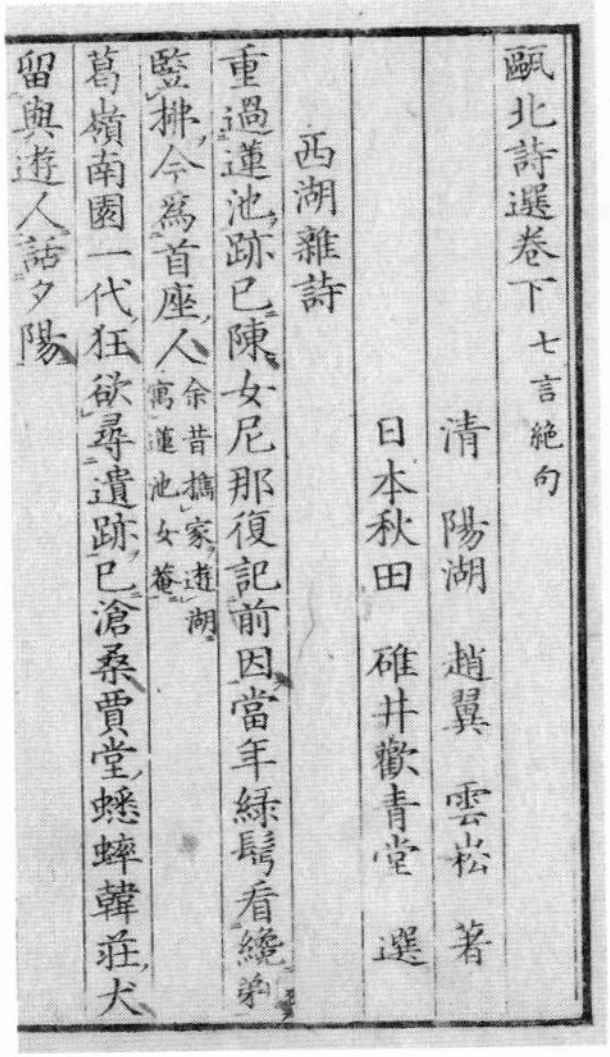
甌北詩選巻下 七言絶句
清 陽湖 趙翼 雲崧 著
日本秋田 碓井歡青堂 選
西湖雜詩
重過蓮池跡已陳女尼那復記前因當年緑鬢看繞
竪拂今爲首座人 余昔擕家遊湖寓蓮池女菴
葛嶺南園一代狂欲尋遺跡已滄桑貫堂蟋蟀韓莊犬
留與遊人話夕陽

図2 『甌北詩選』（文政十年序）

仮名はあるが句読点はなく、旧蔵者が朱筆で読点を打っている。読みながら句の切れ目で筆を入れるわけで、それが詩文を読む一つのやり方であった。他にも、句点のみで返り点も送り仮名もないもの（中国においても読みやすさを旨とする本はこのようにする）、返り点と句点のみのものなど、読み仮名と返り点と句読点をすべて付すものなど、さまざまではあるが、しかし句ごとに改行することはない。

例外はある。仏典における偈《げ》は、二句ごとに改行する形式がしばしば見られ、明代以降の白話小説においても、挿入される詩を二句ごとに改行する版本は少なくない。また、詩集としては、室町の禅僧天隠竜沢《てんいんりゅうたく》が編んだ初学向けの詩選『錦繍段《きんしゅうだん》』の刊本およびその注釈が詩を二句ごとに改行し(2)（図3）、同じく禅林でよく読まれた『三体詩』の抄物もまた、同様の形式をと

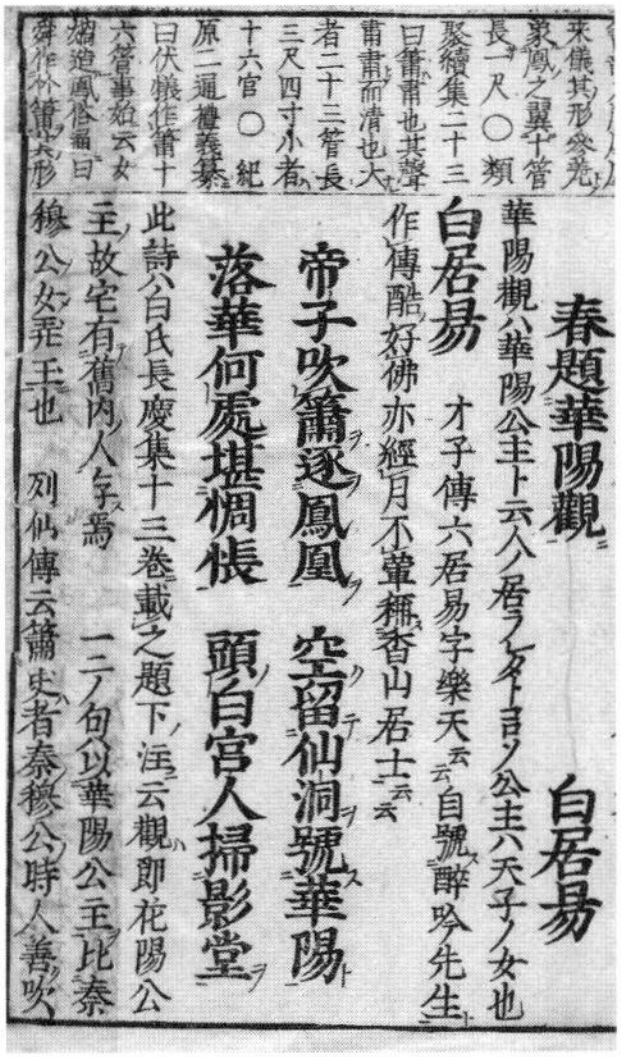

春題華陽觀　白居易

帝子吹簫逐鳳凰　空留仙洞號華陽

落華何處堪惆悵　頭白宮人掃影堂

図3　『新刊錦繡段抄』（万治四年刊）

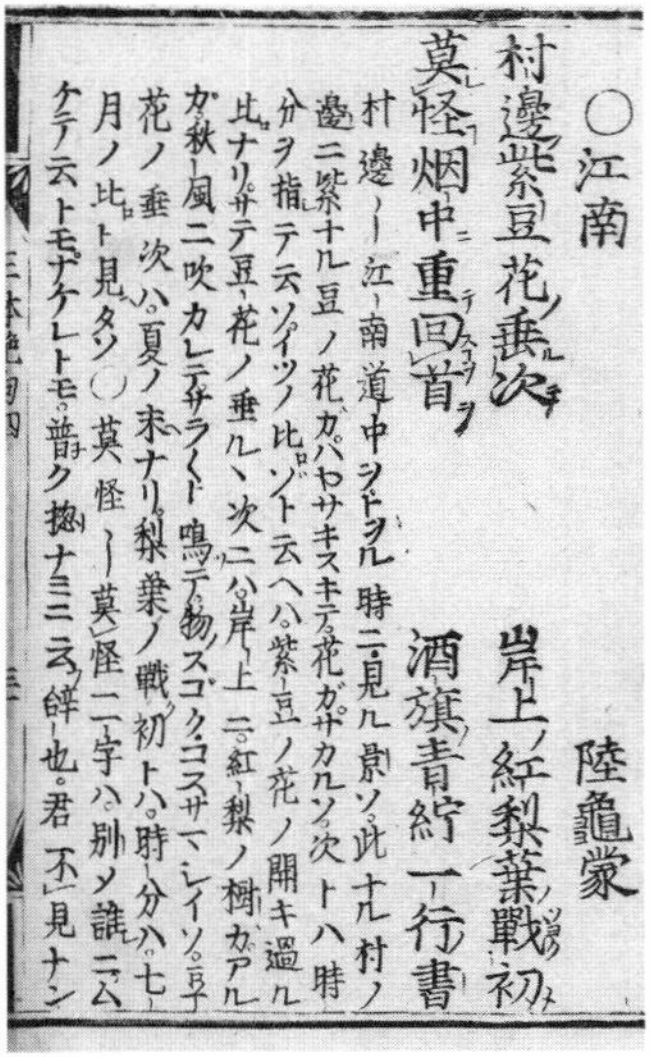

○江南　陸龜蒙

村邊紫荳花垂次　岸上紅梨葉戰初

莫怪烟中重回首　酒旗青紵一行書

図4　『三体詩素隠抄』（寛永三年刊）

る（図4）。あるいは、手習いや暗誦用の『千字文』にも二句ごとに改行するものがしばしば見られ、こうしたもののうちには幕末の塩谷宕《しおのやとう》陰《いん》による『大統歌』なども加えることができよう。だがこれらの例が想定する読者層を考えると、正式には詩は改行するものではないという意識があったことがむしろ浮かび上がる。

もう一つ、原詩に訓読文を添えるという形式についても、伝統的なものではないことを言っておかねばならない。図4に挙げた『三体詩素隠抄』などの抄物、あるいは服部南郭『唐詩選国字解』のように、詩句の後に解釈を添えることはあっても、訓点に従って読み下しただけの文を添えることはない。訓点があればそれですむからだ。

ところが現代では、漢詩は基本的に一句ごともしくは二句ごとに改行され、上段に原文、下段に訓読文を置く形式が多い。原文には返り点を施す場合（明治書院「新釈漢文大系」など）もあれば、白文のみを示す場合（岩波書店「中国詩人選集」など）もある。詩のみならず、「新釈漢文大系」では文についても、上段に原文、下段に訓読文を置く形式をとっている。ちなみにこのシリーズでは詩はおおむね二句ごとに改行されている。

このような形式はいったいいつから始まったのだろう。まず、訓読文を原文とは別に添えることから検討しよう。管見のかぎり、この形式は明治の終わりごろから広まるようだ。たとえば国会図書館デジタルライブラリーで『唐詩選』の注釈書を時系列で見ていくと、明治四二年刊の玉椿荘主人『唐詩選新注』（松雲堂、一九〇九年）が上欄に「読《よみ》方《かた》」として総振り仮名の訓読文を掲げる例が早く、それと同様の例が翌年の宝文館編輯所編『唐詩選註釈』（宝文館、一九一〇年）にも見られる。[3]

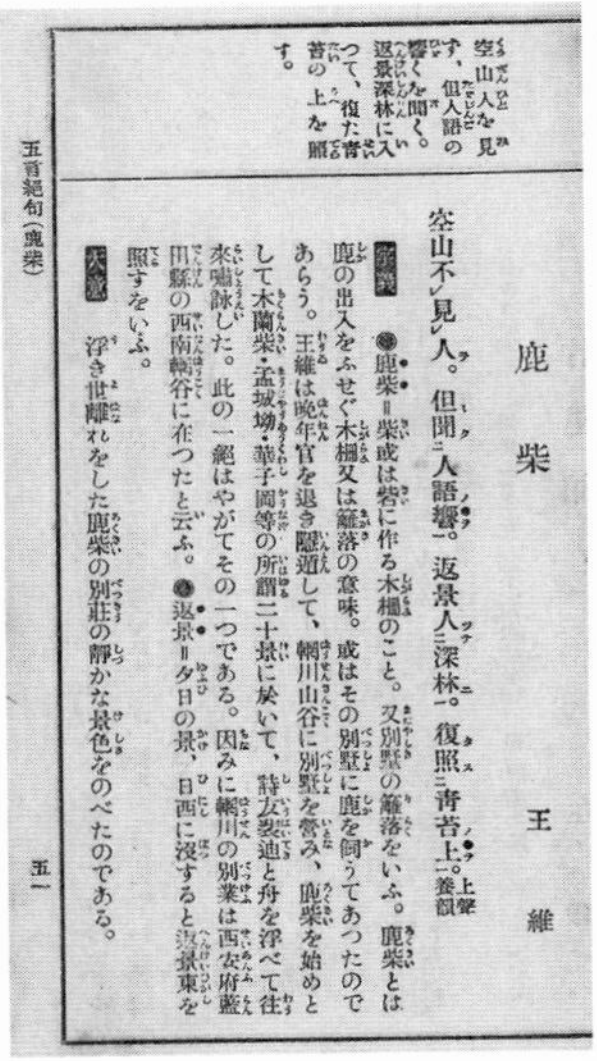

図5　漢文註釈全書『唐詩三百首』（大正八年）

他に例を求めれば、塩谷温《しおのやおん》『唐詩三百首』[4]（漢文註釈全書、明治出版社、一九一九年）（図5）がこの形式を踏襲している。興味深いのは、この

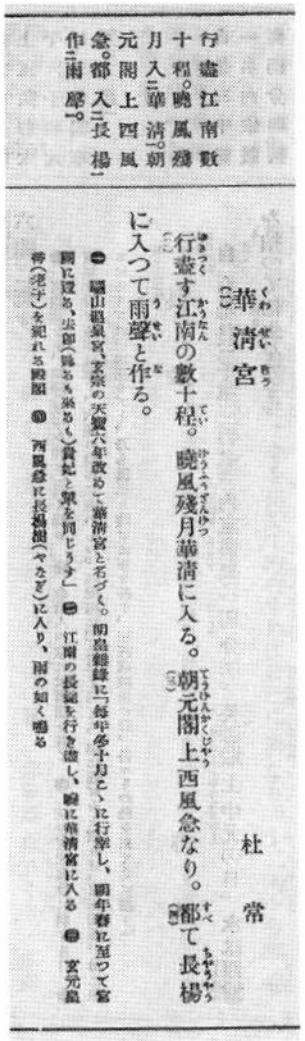
行盡江南數十程。曉風殘月入華淸。朝元閣上西風急。都入長楊作雨聲。

華淸宮《くわせいきう》　杜常

(一)行盡《ゆきつく》す江南《かうなん》の數十程《てい》。曉風殘月《げうふうざんげつ》華淸に入る。(三)朝元閣上《てうげんかくじやう》西風急なり。(四)都《すべ》て長楊《ちやうやう》に入つて雨聲《うせい》と作る。

(一) 驪山温泉宮、玄宗の天寶六年改めて華淸宮と名づく。明皇雜錄に「毎年冬十月之に行幸し、明年春に至つて宮闕に還る、宋卿（歸るも來るも）貴妃と輿を同じうす」(二) 江南の長程を行き盡し、曉に華淸宮に入る (三) 玄元皇帝（老子）を祀れる殿閣 (四) 西風急に長楊樹（やなぎ）に入り、雨の如く鳴る

図6　有朋堂漢文叢書『唐詩選・三体詩』（大正九年）

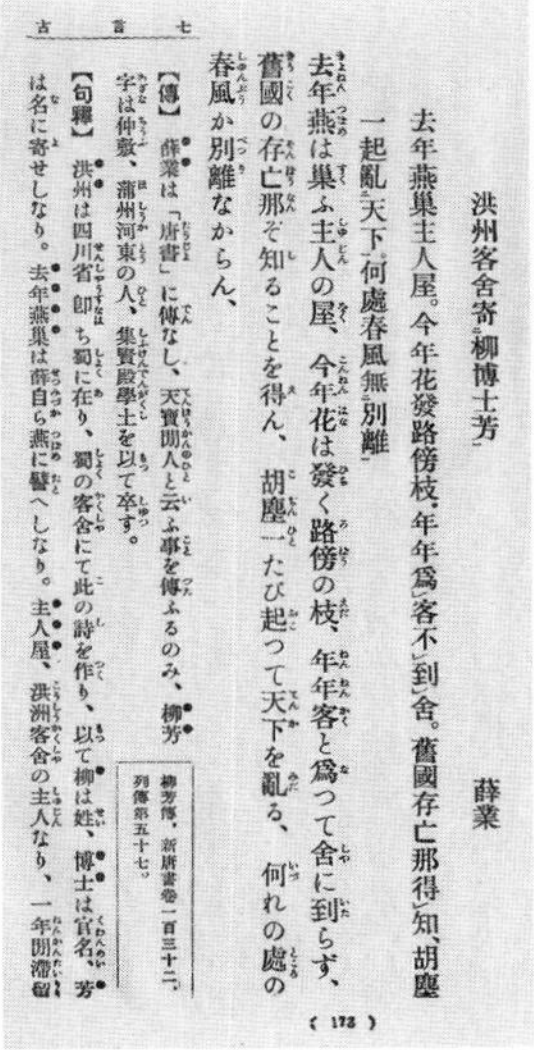
七言古

洪州客舍寄柳博士芳　薛業

去年燕巢主人屋。今年花發路傍枝。年年爲客不到舍。舊國存亡那得知。胡塵一起亂天下。何處春風無別離。

去年燕《きよねんつばめ》は巣《す》くふ主人《しゆじん》の屋《をく》、今年花《こんねんはな》は發《ひら》く路傍《ろばう》の枝《えだ》、年年客《ねんねんかく》と爲《な》つて舍《しや》に到《いた》らず、舊國《きうこく》の存亡《そんばう》那《なん》ぞ知《し》ることを得《え》ん、胡塵一《こぢんひと》たび起《おこ》つて天下《てんか》を亂《みだ》る、何《いづ》れの處《ところ》の春風《しゆんぷう》か別離《べつり》なからん、

【傳】薛業は「唐書《たうじよ》」に傳《でん》なし、天寶閒人《てんぽうかんのひと》と云《い》ふ事《こと》を傳《つた》ふるのみ、柳芳字《あざな》は仲敷《ちうふ》、蒲州河東《ほしうかとう》の人《ひと》、集賢殿學士《しふけんでんがくし》を以《もつ》て卒《しゆつ》す。

柳芳傳、新唐書卷一百三十二、列傳第五十七。

【句釋】洪州は四川省《せんしやうすなは》卽ち蜀《しよく》に在《あ》り、蜀の客舍《かくしや》にて此《こ》の詩《し》を作《つく》り、以《もつ》て柳は姓《せい》、博士は官名《くわんめい》、芳は名《な》に寄《よ》せしなり。去年燕巢は薛自《せつみづか》ら燕《つばめ》に譬《たと》へしなり。主人屋、洪洲客舍《こうしうかくしや》の主人《しゆじん》なり、一年閒滯留《ねんかんたいりう》

（173）

図7　国訳漢文大成『唐詩選』（大正九年）

書の「緒言」に、「詩の重ずべきは訓読に在り。訓読に熟して諷誦せば詩意自ら言外に通ずべし。故に特に訓読法に注意せり」と記していることで、その言に従えば、上欄の訓読文は、たんに初学者のための「読方」にとどまらず、「諷誦」に資するものとして置かれていることになる。

そして大正八年から刊行が開始された「有朋堂漢文叢書」においては、本文は訓読文、上欄に返り点つきの原文という形式が採用される（図6）。原文と訓読文の主従が逆転したと言ってもよい。

別の流れもある。明治四三年刊の富塚徳行『袖珍唐詩選講話』（梁江堂書房、一九一〇年）は、返り点と送り仮名つきの原文の後に、「(訓)」と表示して総振り仮名の訓読文を本文として配置する。これは「有朋堂漢文叢書」にやや遅れ

て刊行が始まった「国訳漢文大成」のうち、『唐詩選』や『楚辞』などに受け継がれる形式である（図7）。ちなみに、「有朋堂漢文叢書」の『唐詩選・三体詩』の例言にも「上欄の原文、之に対する国訳文」と書かれているように、これらの訓読文は「国訳」と認識され、まさにそれをシリーズ名に冠したのが「国訳漢文大成」であった。訓読文と訓読体が近代になって表舞台に登場することについてはすでに述べたことがあるが、(6) 明治末から大正にかけての「国訳」もまた、その展開として位置づけることができる。訓読体が公的な書きことばとして定着したことと訓読文が「国訳」として示されることは、一連のものと考えてよい。(5)

次に検討すべきは、詩句ごとの改行である。『錦繡段』や『三体詩』の先例はあり、実際に「国訳漢文大成」文学部第六巻の『三体詩』が絶句については原詩を二句ごとに改行するのは、それを踏襲したものと思われる（図8）。なお、訓読文は改行せずに付されており、本連載の形式に最も近い。

しかし、現在通行の語句ごとに改行する形式がそこから生まれたかと言えば、おそらくそうではない。まず思い浮かぶのは、翻訳から生まれた日本の近代詩である。

明治十五年に初編が刊行された『新体詩抄』（丸屋善七、一八八二年）は、二句ごとに改行する形式をとる（図9）。尼ヶ﨑彬『近代詩の誕生　軍歌と恋歌』は、新体詩の始まりを検証して、『新体詩抄』の刊行に先立って『東洋学芸雑誌』に掲載された矢田部良吉や外山正一の訳詩を取り上げ、最初は改行をともなわなかったものが『東洋学芸雑誌』第八号（一八八二年五月）に掲載された外山正一

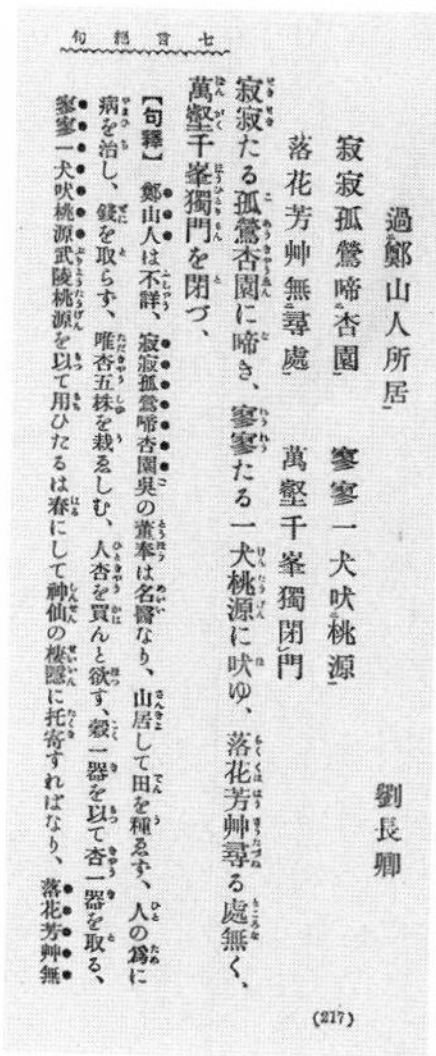
七言絶句

過鄭山人所居　　　　劉長卿

寂寂孤鶯啼杏園　寥寥一犬吠桃源

落花芳艸無尋處　萬壑千峯獨閉門

寂寂たる孤鶯杏園に啼き、寥寥たる一犬桃源に吠ゆ、落花芳艸尋る處無く、萬壑千峯獨門を閉づ、

【句釋】鄭山人は不詳、寂寂孤鶯啼杏園は呉の董奉は名醫なり、山居して田を種ゑず、人の爲に病を治し、錢を取らず、唯杏五株を栽ゑしむ、人杏を買んと欲す、穀一器を以て杏一器を取る、寥寥一犬吠桃源武陵桃源を以て用ひたるは春にして神仙の棲隠に托寄すればなり、落花芳艸無

(217)

図8　国訳漢文大成『三体詩』（大正十年）

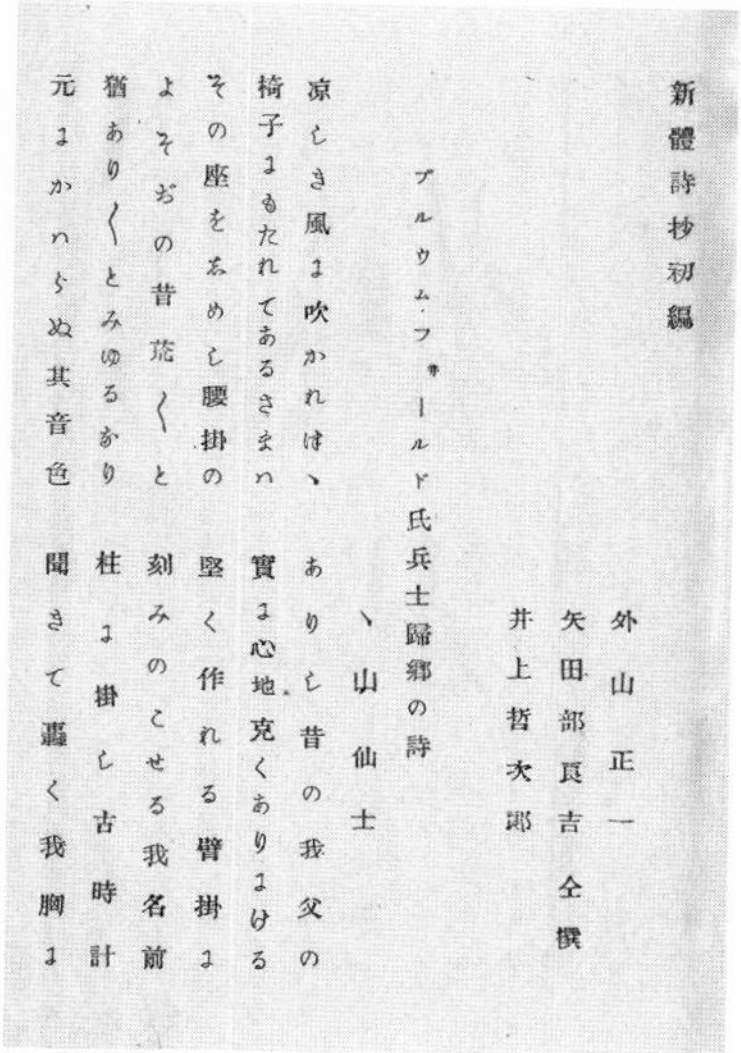
新體詩抄初編

外山正一
矢田部良吉　仝撰
井上哲次郎

ブルウム・フヰールド氏兵士歸鄕の詩

丶山仙士

凉しき風に吹かれけ丶　ありし昔の我父の
椅子にもたれてあるさまに　實に心地克くありにける
その座をしめし腰掛の　堅く作れる背掛に
よそおの昔荒〳〵と　刻みのこせる我名前
猶あり〳〵とみゆるなり　柱に掛し古時計
元にかはらぬ其音色　聞きて轟く我胸に

図9　『新体詩抄』（明治十五年）

「抜刀隊」にいたって「初めて西洋の詩の表記形式をまね、旧来の詩歌とは異なる詩形であることを明らかに」し、「句間に空白を置き、二句ごとに改行し、さらに節と節との間には一行の空白を置く」と指摘する。(7)

新体詩に改行という形式を取り入れたことに西洋詩への意識があったことは自然に納得される。同時に、西洋詩は韻律にもとづいて改行が行われるのに対し、脚韻を踏まない日本語において規則的に二句ごとに改行したのは、おおむね二句ごとに韻を踏む漢詩の構成と、その初学者向けの表記として二句ごとに改行する形式があったこともかかわるだろう。そのことは、新体詩の啓蒙性を考える上でも、重要な視点となる。

事実、二句ごとに改行という形式は、七五調の唱歌や軍歌、あるいは校歌などに継承さ

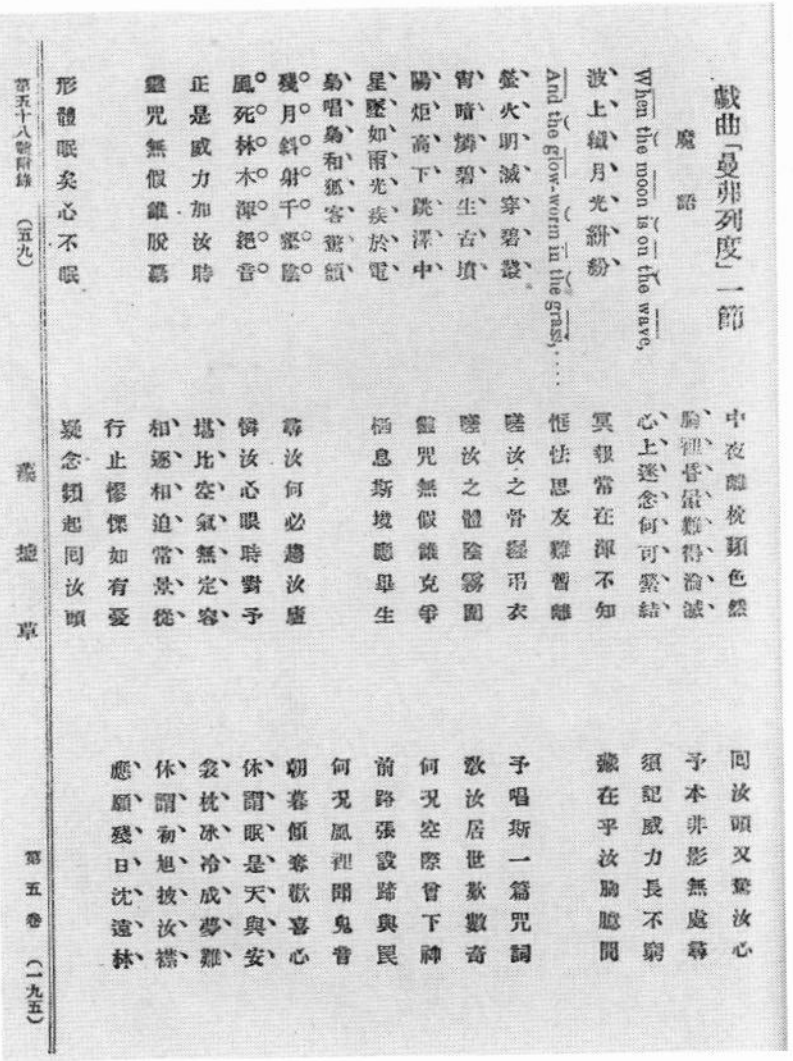
戯曲「曼弗列度」一節
魔語
When the moon is on the wave,
波上纖月光紛紛
And the glow-worm in the grass, ...
螢火明滅穿碧叢
宵暗燐碧生古墳
陽炬高下跳澤中
星墜如雨光疾於電
梟唱梟和狐寄鸑頷
殘月斜射千壑陰
風死林木澤絶音
正是威力加汝時
靈咒無假罹脫羈
形體眠矣心不眠
中夜離枕顔色黯
胸裡昏暈難淪滅
心上迷念何可結
冥報常在渾不知
恒怯思友難暫離
嗟汝之骨纒弔衣
噫汝之體陰霧圍
靈咒無假誰克爭
栖息斯境聽畢生
尋汝何必趨汝廬
憐汝心眼時對予
堪比空氣無定容
和逐和迫常影從
行止慘慄如有憂
疑念頻起同汝顛
同汝頭又驚汝心
予本非影無處尋
須記威力長不窮
藏在乎汝胸臆間
予唱斯一篇咒詞
數汝居世歎數奇
何況空際曾下神
前路張設蹄與罠
何況風裡聞鬼音
朝暮傾奪歡喜心
休謂眠是天與安
衾枕冰冷成夢難
休謂初旭披汝襟
應願殘日沈遠林
第五十八號附錄（五九）　蒙墟草　第五卷（一九五）

図10『於母影』（明治二二年）

れ、自由律の近代詩はもとより、七五調であっても叙情を旨とする島崎藤村『若菜集』（春陽堂、一八九七年）のような詩集は、一句ごとの改行を表記として採用する。別の言い方をすれば、啓蒙から距離を置こうとすることが、二句改行から一句改行への流れを生んだのかもしれない。新体詩から啓蒙と叙情がわかれていく地点をこうした形式の分離から見定めることもできる。

　となると、ここでやはり挙げておかねばならないのは、森鷗外編の訳詩集『於母影』（『国民之友』第五八号付録、民友社、一八八九年）であろう。おおむね、和訳の詩は一句ごと、漢訳は二句ごとに改行し、バイロンの「マンフレッド」のハイネ訳からの漢訳は、七言一句で改行する（図10）。ここには明らかに西洋詩の形式と対応させた新しい詩の表記への試みが見られる。

　こうして、西洋詩を参照しつつ、一句ごとに改行する表記が近代詩の形式として明治中葉から広まっていった。北村透谷や島崎藤村の詩を一々挙げることはしないが、いまの私たちが詩は句ごとに改行するものだと思うのは、これらの詩が日本の近代詩として広く読まれたからにほかならない。なお、明治三八年に出版された上田敏の訳詩集『海潮音』（本郷書院、一九〇五年）が、しばしば七五調を用い、さらに二句ごとに改行しているにもかかわらず、行内の句間に空白を置かず、字間もそのままにして読点のみが挿入されているのは、あるいは啓蒙的な形式からの距離をとろうとしてのことかもしれない。

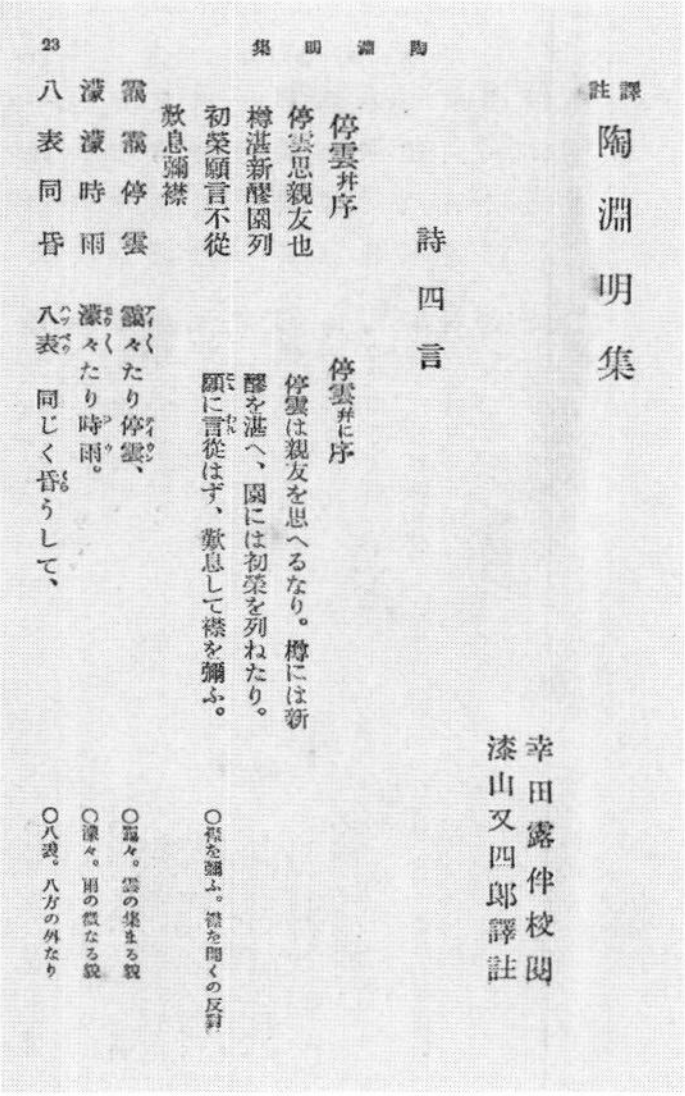
陶淵明集　23

譯註 陶淵明集

幸田露伴校閲
漆山又四郎譯註

詩四言

停雲幷序
停雲思親友也
樽湛新醪園列
初榮願言不從
歎息彌襟

停雲幷に序
停雲は親友を思へるなり。樽には新醪を湛へ、園には初榮を列ねたり。願《こゝ》に言《われ》從はず、歎息して襟を彌ふ。

○襟を彌ふ。襟を開くの反對

靄靄停雲　靄々《アイ／＼》たり停雲《テイウン》、
濛濛時雨　濛々《モウ／＼》たり時雨《ジウ》。
八表同昏　八表《ハツペウ》同じく昏《くら》うして、

○靄々。雲の集まる貌
○濛々。雨の微なる貌
○八表。八方の外なり

図11『訳注陶淵明集』（昭和三年）

そろそろ当座の結論を用意したほうがよさそうだ。上に原句、下に訓読文（当時の用語で言えば「国訳」）を配する形式は、右に述べてきたような経緯を背景にして、昭和三年、岩波文庫の一冊として出された幸田露伴校閲・漆山《うるしやま》又《また》四《し》郎《ろう》訳注『訳注陶淵明集』（岩波書店、一九二八年）によって採られた（図11）。少なくとも広く読まれた刊行物においてこの形式が採用されたのは、この書物が最初だと考えられる。(8) 先に言及した塩谷温『唐詩三百首』は、昭和四年に『唐詩三百首新釈』（大礼記念昭和漢文叢書、弘道館、一九二九年）として修正改版されるが、前版とは異なり、原詩と訓読を上下に配する形式を早速（と言ってよいだろう）採用してい

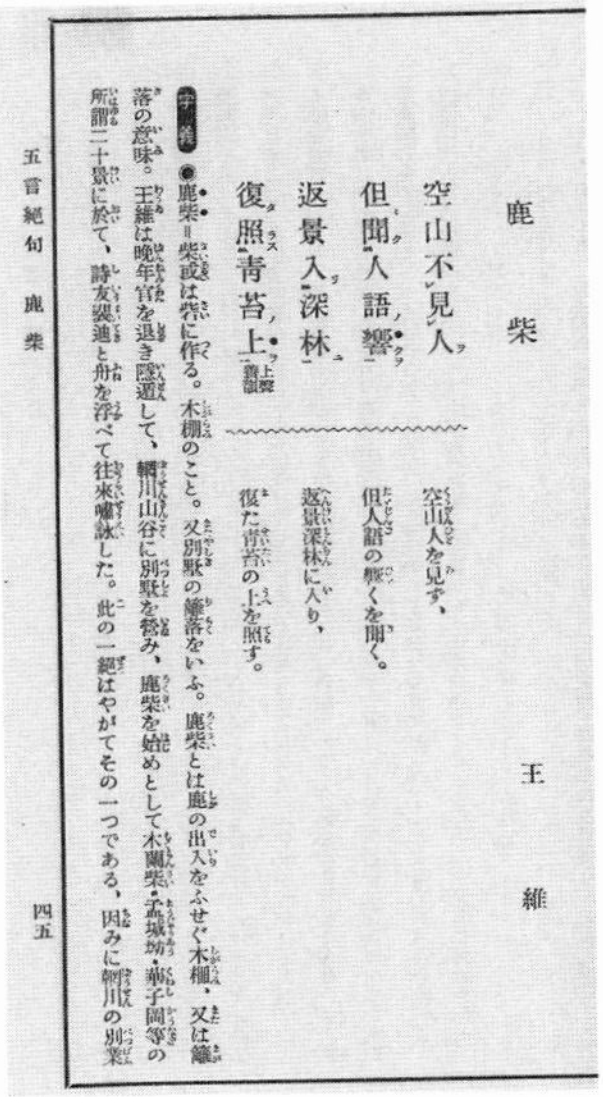

鹿柴　　　王維

空山不レ見レ人
但聞二人語響一
返景入二深林一
復照二青苔上一

空山人を見ず、
但人語の響くを聞く。
返景深林に入り、
復た青苔の上を照す。

字義 ●鹿柴＝柴或は砦に作る。木柵のこと。又別墅の籬落をいふ。鹿柴とは鹿の出入をふせぐ木柵、又は籬落の意味。王維は晩年官を退き隠遁して、輞川山谷に別墅を營み、鹿柴を始めとして木蘭柴・孟城坳・華子岡等の所謂二十景に於て、詩友裴迪と舟を浮べて往來嘯詠した。此の一絶はやがてその一つである、因みに輞川の別業

五言絶句　鹿柴　　四五

図12　『唐詩三百首新釈』（昭和四年）

る（図12）。ただし、『訳注陶淵明集』が原文に訓点をいっさい施さないところ、『唐詩三百首新釈』が返り点と送り仮名を付しているのは注意を引く。そしてこの点にも『訳注陶淵明集』の創意はあったのではないかと思われる。

この形式が校閲者の露伴の指示によるものか、漆山の発案か、あるいは岩波書店の要請によるものか、具体的な証言はまだ目にしていないが、漆山は知られるように露伴の高弟であり、岩波書店から訳注を依頼された露伴が漆山に託したことはこの書の「はしがき」に述べられているから、この形式について三者で話があっただろうこと、それが彼らの詩観とかかわるであろうことは推測される。

岩波文庫が創刊されたのは昭和二年、創刊時のラインナップに島崎藤村自選『藤村詩抄』、島崎藤村編『北村透谷集』が含まれていることには留意すべきだろう。漢詩文の訳注としては『訳注陶淵明集』が嚆矢であり、翌年に漆山又四郎訳注『訳注杜詩』全四冊、一年おいて昭和六年に同『唐詩選』上下、その翌年に再び露伴校閲を加えて『李太白詩選』上下、つまり漆山訳が陸続と世に出たのであった。要するに、岩波文庫によって現在通行の形式は定着したのである。

紙幅が尽きたので、漆山又四郎とその訳業について述べるのは別の機会に譲らねばならないが、一つだけ、言及しておきたい。その『訳注杜詩』巻之一の序として書かれた「杜詩の訳注について」を、以下のように結んでいることだ。

> 次に訳注の目的は、漢詩人の為めではない。平仄や韻を調《とゝの》へたところで、日本人には何の意義も無い事で、これからの文化の人々は見向かぬであらう、［…］ある人曰く、漢詩を読まざるは愚、漢詩を作る更に愚と。それであるから此の訳注本は漢詩作家の便宜を計つたものでは無い、唯々作者の意のあるところを汲んで訳読し、少年子弟には難解とおもはるゝ箇所に註解を施したに過ぎないのである。(9)

この主張は彼の訳注が採用した形式と無縁のものではなく、そのかかわりは近代における漢詩文の享受の変化もしくは転換を浮かび上がらせる。詩のかたちに目を凝らすことによって、詩のありかたもまた見えてくる。

【注】

（1）書籍にまとめるにあたって、原則としてこの形式で訓読文を付すように整えた。

(2) 東洋文庫に蔵される天隠竜沢自筆稿本および元亀二年写本では詩句の改行はない。この点については、別に検討する必要がある。

(3) 振り仮名はつけられていないが、「凡例」に「一々読み方を付し」とあるから、趣旨は『唐詩選新註』に重なるだろう。

(4) 内題は「唐詩三百首講義」。

(5) 「国訳漢文大成」の他の巻は、原文を巻末にまとめて置く形式をとることが多い。

(6) 小著『漢字世界の地平　私たちにとって文字とは何か』（新潮選書、二〇一四年）第五章「新しい世界のことば——漢字文の近代」など。

(7) 尼ヶ崎彬『近代詩の誕生　軍歌と恋歌』（大修館書店、二〇一一年）三一—三二頁。

(8) 小宮水心『漢詩表情心の緒琴』（岡本偉業館、一九〇六年）は、漢詩を一句ごとに改行し、各句の下に平仮名のみで訓読（「凡例」では「よみかた」）を置く。ただしこの形式は、『心の緒琴』の紙型を大幅に利用した改編本『韻文と美文』（同、一九〇七年）を除き、水心自身も含めて継承されてはいないようである。なお、この例および小宮水心の著述については、宮田沙織氏の教示に負う。

(9) 振り仮名および圏点は原文。

杜甫詩注

未完に終わった吉川幸次郎『杜甫詩注』が、遺稿を基礎に新たに補筆修訂を加えた興膳宏編として岩波書店から第一冊が上梓されたのが二〇一二年十一月、そしてこの八月に第一期全十冊が完結した[1]。もとの『杜甫詩注』は、杜甫のすべての詩をおおう全二十冊をもって構想され、一九七七年八月、筑摩書房から第一冊が刊行された。第二冊は七九年一月、第三冊は同七月に続刊、だが吉川の思いがけぬ入院と手術によって計画は中断する。一九八〇年四月八日、一年にも満たない闘病の末に吉川は七六歳でこの世を去る。第四冊は前年の八月に稿を終えていたため七月に刊行がかなった。八三年六月には第五冊が出されたが、未定稿を整理したものであり、注釈として完成されたものではない。そして筑摩書房版『杜甫詩注』は、この五冊で途絶する。第五冊の「あとがき」（小南一郎）によれば、さらに未定稿を整理して刊行を続ける目処は得られており、岩波版第一冊の「解説　吉川幸次郎の杜甫研究」（興膳宏）によれば、筑摩書房から第八冊までの刊行予告も出されていたが、日の目を見ることはなかった。

筑摩版『杜甫詩注』の作業について、「解説　吉川幸次郎の杜甫研究」（以下、「解説」）は次のように記す。

『杜甫詩注』の原稿は、吉川による墨書の元原稿を、筑摩書房編集部の大西寛氏が原稿用紙に浄書し、さらに校閲担当の内田文夫氏が引用文献に当たって逐一確認した上で、さまざまな質問を著者に呈し、それを踏まえて修訂が加えられるという順序で成稿化されていった。原稿をまとめるだけでも、相当な時間と手間を要する作業だったことは想像に難くない。(2)

デジタルデータによる入稿が主流となっている現在との差はともかく、感慨を覚えるのは、そうした技術的なことにとどまらず、注釈という作業が、出版社の編集者や校閲者に支えられ、その信頼関係とともに、いわば個人工房のようになされていたということだ。執筆、ことに注釈における編集者や校閲者の役割の大きさは言うまでもないが、千五百首近くの杜甫のすべての詩の訳注を成し遂げようとする事業に伴走することは並大抵のことではなく、吉川に対する敬意と信頼がなければ、こうした工房作業はなしえない。しかも、「大西氏は〔筑摩書房〕退職後も遺された吉川の草稿を、時間を見つけて少しずつ浄書し、それがかなりの分量に達しているのだという」（「解説」(3)）とあるように、その作業は吉川の死後も続けられ、吉川の事業を再び世に示すことを可能にした。編集者の役割はかくも大きい。

そうして受け継がれた『杜甫詩注』は、第一冊から改めて刊行されることになった。既刊の第一冊から第五冊にも補訂が加えられることになったのは、おもに「研究上の進展に加えて、情報機器の急速な発達により、旧版の原稿が書かれた一九七〇年代に比べて、文献資料の検索方法は格段に進歩しており、旧版が「典拠は見あたらない」としていた個所も、そのままに済ませるわけにはいかないと判断したからである」(「解説」[4])。版権は筑摩書房から岩波書店に譲られた。垣根を越えた熱意と協力があって、新版は生まれたのである。

『杜甫詩注』にいたるまでの吉川の杜甫研究についても、「解説」が委曲を尽くす。直接教えを受けた編者ならではの、著者と時代をともにした息づかいもまた印象的だが、改めて気づかされたのが、吉川が杜甫について初めて公にした文章「桜桃」が一九四四年十一月(『文藝』)、四一歳のときのものであり、同様に杜甫の詩に即して細密に釈《と》く文章が戦後まもなく引き続いて発表されたということだ。「安禄山の乱このかた激浪の中で翻弄される杜甫の境涯と戦後日本の状況との相似性が、杜詩に関する文章を多く書かせる一つの動機になっていたのだろう[5]」との推測は、吉川の内側に向かうものであると同時に、吉川における学問と社会とのかかわりを考える示唆となる。

たとえば「昭和二十年十二月八日」の日付がある「哀王孫　哀江頭　喜達行在所[6]」は、安禄山の支配下にあった長安における詩およびそこからの脱出を果たした詩を取り上げるが、そのうち、長安から西に三日の距離の鳳翔にあった粛宗の行在所にたどりついての作「喜達行在所 (行在所に達せしを喜ぶ）」の第三首、天子の朝会に参列して「影静千官裏、心蘇七校前（影は静かなり千官の裏《うち》、心は蘇《よ》みがえる七校の前）」と描いた句について、「学校の講堂に着座して、帰還を迎える総長の訓辞をきかれた復員学徒諸氏は、この句をそのまま自ずからの経験とすることが、容易であろう(7)」と言い添える。また、三首全体については、次のように述べている。

［…］この三首は、凡そ四百首を越える杜甫の五律のうち、最もすぐれたものの一つであると、私は考えている。少なくとも、私の最も好むものの一つである。それは世の常の叙情詩ではない。今の世の普通の文学愛好者が、普通に詩に期待するようなものとは、或いは合致せぬかも知れぬ。しかしこれは何よりも、的確な詩である。異常な経験を経た後に抱かれる異常な心情、それは異常な経験を経た人間である限り、何人もそれを抱くことは、必ずしも難事でない。ただそれをかくも的確に表現することは、何人にも許されたことではない。杜甫の表現は、その表現せんとするものに、機械の歯の如く、的確に食い入っている。もしも不的確なもののもつ美しさにのみなずみ溺れて、的確なもののもつ美しさに目をそらすとするならば、それは、向後のわが国の文学が、支那の古い文学から受け得べき啓示を、逸することとなるであろう。またもし、この詩の表現せんとするものは、異常の経験を経る限り、何人も抱き得る感情であるとし、それ故にこれは詩でないとするならば、これまたわが民族の文学の将来に、幸を齎すまい(8)。

いま伝わる杜甫の詩は、ほとんどが三十歳以降のものであり、かつ、その境遇と密接にかかわるものとして作られている。もしくは、その境遇にある自らを輪郭づけるために、詩という表現が用いられている。吉川が、「杜甫の表現は、その表現せんとするものに、機械の歯の如く、的確に食い入っている」とするとき、「その表現せんとするもの」の中心にあるのは杜甫自身の耳目に感得された何ものかである。そこに的確な表現を与えてかたちにし、以て自らのことばとする。

ことばのありかたは異なるけれども、吉川もまた杜詩に注釈を加えながら、自らの時代をきざんでいることが、右に引いた文章からもわかる。乱後の長安と戦後の日本とを重ね合わせることは、すでに七十年を隔たった今日の目からすれば、やや唐突に感じられるかもしれない。だが、「解説」が先の推測に続けて、「因みに、有名な「春望」の冒頭の句「国破れて山河在り」が、しばしば人々の口に上ったのもこのころである」と言うのを見れば、そうしたことばに託されるリアリティはたしかにあった。吉川は杜甫の詩を以て自らの時代のことばとした(9)。

そしてこのような吉川の姿勢は、戦後の吉川の学問のありかたを示すものとしても受け止められる。「解説」が指摘するように、杜甫についての文章を書き始める前の吉川は、『尚書正義』の注釈や元代の演劇である雑劇の研究をおもに行っていた。重要な学問業績ではあるが、江湖に広く伝わるものではない。杜甫への志向は従前からあったにせよ、一九四七年に東方文化研究所から京都大学文学部に籍を移したこととあいまって、この時期、吉川は戦後の日本を前に進める役割を担う学者として、自らを位置づけていったのではないか。そもそも、そのころは大学それ自体がそのようなものとして新たな社会的使命を得ようとしていたのである。

そうした脈絡において、雑駁な言いかたをあえてすれば、戦後の吉川における学問は、杜甫における詩作がそうであるようなものであったと言えるかもしれない。あるいは、杜甫の詩作における態度を、学問へのそれとしたということかもしれない。

吉川が杜甫の評伝として一九五〇年にその第一巻を筑摩書房より上梓した書物は、『杜甫私記』と題され、「九日」「月夜」などの詩の評釈と「杜甫小伝」などを収めて一九五二年に創元社から出された薄手の書物は、『杜甫ノート』と題された。「評伝」や「研究」あるいは「論考」ではなく、「私記」や「ノート」と称したところに注意が向く。公に発せられた学者の文章でありつつ、あくまで「私記」であり「ノート」であること。杜甫のことばに見合う的確なことばを吉川自身に固有のものとして綴ろうとしていたことを、こうした書名が端的に示しているように思える。

一九六五年、ようやく『杜甫私記』の続編が雑誌に連載されたが、早くも翌年に中断する。代わりに、『世界古典文学全集』(筑摩書房)の一冊として『杜甫I』が一九六七年に刊行された。その「あとがき」[10]はこう結ばれている。

本叢書に収載予定の「杜甫」は二冊である。次の冊は、安禄山の叛乱軍の捕虜となったころの詩からはじまるが、やはり全詩千六百首のうち、次の何分の一かを注し得るにとどまるであろう。全詩をという内容見本の予告を裏切ることとなり、読者にも筑摩書房にも相すまなく思うが、従来の注よりも幾分かよいという点をうめあわせにして、御辛抱をねがいたい。算術的計算で行けば、全十八巻の注を完成するためには、私はもう二十四年、生きねばならぬ。いま私は六十三である。それだけ生きるのは、むつかしい。しかし先生の詩の注は、この叢書の範囲とは別に、何とか完成したい。そうしてあの世に行ったら、阿倍の仲麻呂の国の男よ、おれの馬鹿正直な詩が、お前のような馬鹿正直な男を生んだか、かあいそうに、御苦労じゃったと、先生からいたわられたい。(11)

「先生」とは、杜少陵先生すなわち杜甫のこと。吉川はちょうどこの年に京都大学の停年を迎え、杜詩の注釈に力を振り向ける。一九七二年には『杜甫Ⅱ』が出され、さらにこの二冊を書き直すところから、『杜甫詩注』の仕事は始まる。

杜甫のすべての詩に注釈を施すとは、考えるだけでも気の遠くなるような作業である。ただでさえ中国古典詩は、典故を用いることで詩の体裁を整えようとするものだが、杜詩はその密度が濃く、用法も高度である。『文選』をふまえた表現も多く、吉川は、杜甫は『文選』すべてを、あるいは李善の注も含めて、暗記していただろうと推測する。一方で、あえて新しい表現を試みることも少なくない。一つ一つの語句を点検し、その表現の示すところを正確に把握しようとすれば、時間がいくらあっても足りない。

たしかに、いまでは大規模なデジタルデータによる検索が可能となっている。かつて皇帝のために編まれた『四庫全書』を誰もが全文検索して用例を探すことができる時代だ。吉川が注釈にとりかかった当時はデジタルデータは存在していなかったが、語彙索引の類は着々と出版されていた。だがその利用について吉川は『杜甫Ⅰ』「あとがき」にこう言う。

現代の学術のありがたさは、「文選」に対しても、完全なるコンコーダンスが、亡友斯波六郎君によって、編集されている。私は先生の用いる語の一一を、それにあたって見た。先生は暗記していたものを、こちらは索引であたる。学術の低下堕落でなくて何であろう。私は二十世紀に生まれた悲しみを、これほど感ずることはない。その悲しみをかみしめつつ、堕落した仕事を、根気よくつづけた。[…](12)

すでに『四庫全書』すら厖大なコーパスの一部分に過ぎず、デジタルデータによる検索がいっそうためらいもなく行われている現在、堕落の底はさらに抜けているとすら言えるけれども、吉川の真骨頂はもちろんその「堕落した仕事」の先にある。詩に用いられたことばを生きたまま、連なるままにとらえるところに、『杜甫詩注』の価値はある。そのために、注釈は句を単位として、語の説明はあくまで句意の解釈の一環として行われる。「堕落した仕事」はその手によって昇華される。そしてこの方法は、編者興膳宏による補筆においても、受け継がれている。吉川の学問を知悉する編者でなければ、新版の刊行は困難であったに違いない。

二〇一六年は、杜甫についてもう一つ重要な仕事が公になった年としても記憶されよう。講談社学術文庫から全四冊で刊行された下定雅弘・松原朗編『杜甫全詩訳注』である。『杜甫詩注』とは異なり、この訳注は三七名に上る執筆者の分担によって行われた。その方針について、第四冊の末尾に置かれた「あとがき」（松原朗）はこう述べる。

杜甫の生誕千三百年に当たる二〇一二年の早春、下定雅弘氏から杜甫の訳注企画の相談を持ちかけられた。実現には相当な困難が予想されたが、それ以上に新しい杜甫の訳注の必要性を痛感していた私は、下定氏と意気投合し、ただちに打ち合わせに入った。

二人は、必ず完成させる、そのためにはどうするかだけを考え、企画の柱を（一）全訳、（二）正確かつ平明な訳文、（三）最新の研究成果の反映、（四）コンパクト、の四点とした。

この企画を確実に実現するためには、集団による集中的な執筆が求められる。それでいて全体を通しては一人が書き上げたような風格のあることが望ましい。そこで詳細な執筆要領を作った。その上で重要となるのは、解釈の一貫性である。執筆者がそれぞれに自分の見識で解釈する事態は避けなければならない。こうして解釈は、日中の杜甫研究者の間で標準的注釈と評価されている仇兆鰲《きゆうちようごう》（一六三八～一七一七）の『杜詩詳注』に準拠することとした。一方、仇兆鰲とは異なる有力な異説や近年の優れた研究成果は【語釈】【補説】の中で紹介して、二十一世紀にふさわしい信頼性の高い訳注を目指した。(13)

刊行は二〇一六年六月から同十月、四冊合計で三六〇〇ページを超えるという分厚さである。企画から四年という早さで完結を見たことにも驚く。解説や用語説明など、付録も充実している。もちろん詩題索引も完備する。この訳注の意義については、すでに短い書評を書いたので繰り返すことは避けるが、(14)『杜甫詩注』とは大きく異なる方針で作られた訳注であることは、右の「あとがき」からも一目瞭然だろう。実際に並べてみても、内容といい体裁といい、対照的である。

だがこの二つは、対比的にではなくむしろ重なり合うものとしてとらえられるのではないか。『杜甫全詩訳注』は、適切な方針と体制があれば、わずか四年で杜甫のすべての詩の訳注を集団として完成させる力量が斯界にあることを示した。出版社がそれを文庫という形態で世に出すことができたのも、こうした作業の確実さを信頼してのことであったであろう。執筆者の年齢も出身校も所属もさまざまで、なおかつ大学院拡充政策以降の世代の研究者が少なくないことは、これからの学術のありかたについて、一つの見通しを与えてくれる。

『杜甫詩注』は、たしかに吉川幸次郎という書き手ならではの仕事である。しかし、それもまた個人の力のみで世に出たのではないことは、存命時の執筆作業を見ても明らかだろう。まして未完に終わったその作業は、引き継がれて新たな生命を得ている。(15)あるいは未完に終わったからこそ、より開かれた作業になったのだと言える。

いずれの訳注においても、垣根を越えた熱意と協力があって初めてかたちになったのである。過程も内容も体裁も対照的でありながら、その一点は共通している。そもそも注釈は、かつて書かれたことばについて書き記す行為であり、言うなれば、ことばを受け継いでその生命を新たにする行為である。たしかにそこには正典化というベクトルが内包されるけれども、人はただ権威のために注釈を記すのではない。注釈は、学術を開く行為としてありうる。二つの訳注は、そのことを私たちに確信させる。

【注】

(1) 連載時の成稿は二〇一六年十二月。
(2) 『杜甫詩注』第一冊(岩波書店、二〇一二年)四九七頁。
(3) 同書、四九七頁。〔 〕は引用者。
(4) 同書、四九九頁。
(5) 同書、四八七頁。
(6) 『吉川幸次郎全集』第十二巻(筑摩書房、一九六八年)所収。
(7) 同書、三八七頁。

（8）同書、三七四頁。
（9）『杜甫詩注』第三冊（筑摩書房、一九七九年）における該詩の注釈では、この文章について「三十年前、終戦直後の執筆であるが、いまこの注、あえて多くその文を用いる」（三〇七頁）として、旧文を書き直すのではなく、そのままを引いて補足を加え、解釈の骨格とする。また、「余論」としてこう記す。「旧文は、末に、「昭和二十年十二月八日、西京詰曲居」と署するように、終戦の年の年末、そうして太平洋戦争の開始から、ちょうど四年目の日に脱稿している。私は戦争にゆかず、戦災にあわず、比較的平穏な生活を戦時に送ったけれども、この詩は、なお他人の経験ではなかった」（三二七頁）。
（10）『吉川幸次郎全集』第二五巻（筑摩書房、一九八六年）所収。
（11）同書、四八五頁。
（12）同書、四八二頁。
（13）『杜甫全詩訳注』第四冊（講談社学術文庫、二〇一六年）一一〇三頁。
（14）二〇一六年一一月二七日付『産経新聞』二七面。http://www.sankei.com/life/news/161127/lif1611270019-n1.html
（15）たとえば第九冊は遺稿がごくわずかしかなく、ほとんどが編者による訳注であり、第十冊も、大部分はやはり編者による。第十冊編者「あとがき」に言う、「もはや遺稿の空白を補うという状態ではなく、部分的にあるいは断片的に存在する遺稿を手がかりにして、いわば吉川が引いたはずの設計図を想像しながら、全体の構想をまとめるという様相を呈している」。その困難は、「吉川訳注の風韻を損ねるものになっていないかどうか、ひそかに危惧するところである」と第九冊編者「あとがき」に吐露されたところからも、想像に難くない。

漢詩人

夜に入って雨繁くなった東京から着いた岡山は気温こそ一度という冷えこみだったけれども晴れていて、翌朝も好天だった。瀬戸内らしくおだやかな冬日が照らす平野を車窓に眺めつつ、山陽本線を西に向かう。倉敷の先、鴨方《かもがた》駅に着いたのは八時半ごろ。駅前からタクシーに乗ってほどなく目的地に着いた。阿藤伯海《あとうはくみ》の旧居である。

阿藤は一九四〇年夏から一九四四年暮れまで駒場の第一高等学校で漢文と作文を教えた。[1] わずか四年半の在職であったが、後に清岡卓行《きよおかたかゆき》が『詩礼伝家』[2]に収めた諸篇で繰り返すように、学生に与えた影響は深く、清岡のほか、教えを受けた高木友之助《たかぎとものすけ》や三重野康《みえのやすし》などが後々まで阿藤を慕い、思い出を語っている。彼らは一九四一年四月に文科丙類（フランス語）に入学した同級生で、教室での授業に飽き足らず、課外で阿藤に『唐詩選』を講読してもらっていたのであった。清岡の「千年も遅く」にはこんな一節がある。

［…］その講読の集まりの場所はたいてい高校の校内にあった同窓会館という建物の畳の間で、その二階の大きな部屋がうまく空いていてそこにあたると、廊下を隔てたガラス戸からはその頃の駒場のまだいくらか閑散として静かな風景がひろびろと眺められ、戦争をしている国の首府とはちょっと思えないようなときもあった。(3)

この一節もそうだが、「千年も遅く」には印象にのこる叙述が少なくない。書き出しもその一つだろう。

春か秋の天候のいい頃に、もし数日間の閑があったら、阿藤伯海先生のお墓に詣でに、岡山県浅口郡の鴨方町六条院村まで出かけて行きたいと、ずいぶん前からときたま思いながら、東京における生活が忙しいままに、私はそのささやかな旅行を、まだ果たすことができないでいる。自分自身とそっと交している、小さいけれど、取消す気持ちになれない約束である。生きて行くうえで、そのような秘密の約束はいろいろとあるものだろう。(4)

阿藤は一九四四年の暮れに一高を辞して郷里に帰った。高木や三重野らは夏休みなどに夜行列車に乗って何回か六条院村の家を訪れたと語るが、(5) 清岡は阿藤の生前にこの地を訪れることはなかった。

そのお墓参りをするとき、私はほかにしたいことが二つほどある。一つは、六条院村の閑静な場所に立っているという、先生の祖先伝来の旧宅を訪れることである。先生の生前にそこを尋ねる機会が、私にはとうとうなかったので、そのことがなんとなく心残りになっている。その心残りのなかには、先生の漢詩の作品の舞台にときどきなっている、邸宅や庭園や近所の野や丘などを、一度眼にしてみたいという興味も含まれているであろう。(6)

二つめの「したいこと」とは阿藤の絶筆となった「右相吉備公館址作」、つまり吉備真備《きびのまきび》の館跡に建てられた詩碑を見たいというものであった。阿藤と吉備真備については、以前、日夏耿之介《ひなつこうのすけ》の句を介して小文をしたためたことがある。(7)詩集『大簡詩草《たいかんしそう》』を繙き、関連する資料を少し調べたりもした。そして彼から教えを受けた人々が、彼を教師であると同時に、あるいはそれ以上に、常に「漢詩人」として、時には「最後の漢詩人」として語ることに興味を引かれた。佐藤得二《さとうとくじ》や日夏耿之介などの友人もまた、彼の本質を漢詩人だと見なしている。しかし彼はたとえば職業作家がそうであるように漢詩で生計を立てたのでも、漢詩によって名を成そうとしたのでもない。にもかかわらず、あるいはそれだからこそ、人は彼を漢詩人だと言う。一九四四年、すなわち昭和十九年に帰郷して以後は、誘いがあったにもかかわらず世に出なかったこともまた漢詩人にふさわしいと見なされた。

それにしても、昭和という時代において、ただ漢詩を作るのではなく、専ら漢詩人としてあるとは、どういうことなのだろうか。阿藤の漢詩の師である狩野や鈴木も多くの漢詩を作り、阿藤とも交しているけれども、彼らは専ら漢詩人であったのではない。学者である。

阿藤は一八九四年、明治二七年二月に六条院村の豪農の家に生まれた。伯海と書いて「はくみ」と名づけられたが、後に「はっかい」と読んで号のごとくした。別に簡と自称することもあり、号として大簡も用いた。姓を唐風に滕とし、また古えを慕って阿刀とすることもある。

病弱のために高校への入学が遅れ、一高を卒業したのは一九二二年、数えで二十八歳であった。ついで東京帝国大学文学部哲学科に進み、卒業論文ではノヴァーリスをテーマとした。さらに京都帝国大学大学院に進み、藤代禎輔《ふじしろていすけ》（ドイツ文学）や朝永三十郎《ともながさんじゅうろう》（西洋哲学）に師事するが、狩野直喜《かのなおき》や鈴木虎雄《すずきとらお》の知遇を得て、中国学に親しむこととなった。二年後の一九二六年に法政大学に職を得て、明治大学に一時移った後、一九四〇年に一高に着任した。清岡の文章が世に知られているがために一高教師の印象が強いけれども、在職期間で言えば法政大学が最も長い。フランス文学者の齋藤磯雄《さいとういそお》はその時の学生であり、彼もまた阿藤を深く慕い、親交が続いた。阿藤から送られた手紙は二百数十通、最後に六条院村を訪れたのは一九六三年の晩秋、没する一年半前だったという(8)。

阿藤は漢詩を専らとする以前に、現代詩人たらんとしていた。上田敏に私淑し、ノヴァーリスを卒論に選んでいるように、学生時代はまずは西洋の詩に傾倒したと見える。詩作もまた、近代詩から始まった。一九二一年十月五日に発行された『現代詩集』第一集（アルス刊）は、竹友藻風や日夏耿之介が結成した新詩会の編集にかかるもので、北原白秋や堀口大學など二五人による現代詩と九人による訳詩が載録されているが、阿藤の詩も三篇収められている。一高を卒業して東京帝大に入学した年である。詩はいずれも短いもので、これまで注意されていないようでもあるので、ここに録しておこう。(9)

玫瑰の花

ひるさがり、
瑠璃の海邊《きしべ》に、
ひとり
玫瑰《はまなす》の花を摘みたり。(10)

あはれ、
葦間なく鷗、
聲ほの白く、
潮騒の音遠し。

くれなゐの
匂へる腕、

祈のみ、ただ、
蒼海《わだつみ》の沈默《しゞま》に燃ゆ。

虹色の鐘

陽《ひ》の流はひゞきたり、
虹色の鐘心に消ゆ。

鬱憂の邦、
路、北に向へり。

地の鳥は歸らず。

やらはれし旅人、
聲もなき空をみつめぬ。

舟人の歌

湖上。

虹の弓は流れぬ。

夕空遠し、
鷸《しぎ》は、いま
ゆくて
ほのかなる影を彫《きざ》みつ。

蘆の舟、
波間を迫へり。
憂悶《わづらひ》の眸《まなこ》放てど、
わが舟人《かこ》は、
虹のかなたに、
象徴の邦を見やらず。

濤のうへ、闇のうち、
檝《かじ》の音《と》なして
さまよふのみ。

「玫瑰の花」の「聲ほの白く」などは芭蕉の名句「海くれて鴨のこゑほのかに白し」を用いつつ、赤いはまなすの花を摘む中に浮かび上がらせることでもとの句にはない効果が生まれている。「虹色の鐘」と「舟人の歌」もまた、視覚と聴覚の共感覚的な交錯を効果的に使おうとしている点で、詩趣に通じるところがあろう。

どのような経緯で阿藤の詩が掲載されることになったか、詳しいことはわからない。日夏の「編輯後記」によれば、編集委員の茅野蕭々《ちのしょうしょう》、北原白秋《きたはらはくしゅう》、竹友藻風《たけともそうふう》、西条八十《さいじょうやそ》、三木露風《みきろふう》、日夏耿之介それぞれが「生平尊敬する詩壇諸家の過去一年間に於ける秀什を蒐めて本集に収めることとし」、「各委員がそれぞれ自ら招蒐した作品に就て絶対責任を持つことに」なったと言い、阿藤は竹友藻風のリストに含まれている。このころ阿藤は一九一六年に亡くなった上田敏《うえだびん》の詩を集めることに協力していたというから[11]、上田の弟子である竹友にそれが縁で知られたと思しい。日夏との交際は後のことであろう。いずれにしても、この時点では阿藤は近代詩人であった。

阿藤の近代詩として知られているのは、右の詩篇から十年後の「哀薔薇」である。「千年も遅く」は、清岡がたまたま手にした『明治大正文学全集』第三六巻に「哀薔薇」を見いだしたことを記して紹介するが[12]、一九三一年十二月に発行されたこの巻のひと月前の十一月十日の奥付がある『古東多《ことだ》卍《ま》』第二号にも「哀薔薇」は掲載されている[13]。『古東多卍』は佐藤春夫が主編し、同人に中川一政《なかがわかずまさ》と日夏耿之介が名を連ねている。掲載は日夏の慫慂によるものだろう。この詩は最初に李白の句「林壑

久已蕪　石道生薔薇」を掲げ、

夢に薔薇《さうび》の癉《や》めるをみたり。

鳥去りて東林《とうりん》白く、
澗《たに》の底、仄《ほの》かに明けゆけど
夜夜の狹霧に、薔薇は癉《や》みぬ。

として詩を始め、六十行ほど句を連ねてから、

鬱悒の花よ、
愛執の花よ、
戰慄きてかくは惱める。
げに、忘我の魂《たましひ》は
盲《めしひ》となり壑を巡《めぐ》りて禱れるを、
雨ふらん、霧ふらん、嵐ふかん禍津《まがつ》時《どき》に。

と結ぶ。そしてその後に「幻想の詩人ノヴァーリスが「青き花」摘みしそのかみの嗟歎をこの小詩に托しぬ。かのブレークが愁薔薇の象徴を模したるに非らず、將、グールモンが薔薇賦の頌声に倣ひたるにも非らざるなり。」と注記する。

李白の句は、五言古詩「贈別王山人帰布山(14)（王山人の布山に帰るに贈別す）」。

王子析道論　微言破秋毫
還帰布山隠　興入天雲高
爾去安可遅　瑶草恐衰歇
我心亦懐帰　屢夢松上月
傲然遂独往　長嘯開巌扉
林壑久已蕪　石道生薔薇
願言弄笙鶴　歳晩来相依

王子　道論を析し、微言　秋毫を破る。還《ま》た帰りて布山に隠れ、興は天雲に入って高し。爾《なんじ》の去るや安《いずく》んぞ遅かる可けんや、瑶草衰歇を恐る。我が心亦《ま》た帰るを懐い、屢《しばし》ば松上の月を夢む。傲然として遂に独往し、長嘯して巌扉を開く。林壑久しく已《すで》に蕪《あ》れ、石道　薔薇を生ず。願わくは言《ここ》に笙鶴を弄し、歳晩には来りて相い依らんことを。

まずは王子すなわち王山人が道を精密に論じてすぐれることを言い、さらに布山（布金山）に帰るとなれば興趣も高遠と褒める。「毫」と「高」で韻を踏む。ついで、ぐずぐずせずに帰るがよい、仙草も秋なれば枯れかねまいと送り出す一方、私もまた故郷を思い、松にかかる月を夢に見ると訴える。韻は「歇」と「月」。そして後半、「扉」「薇」「依」と踏む六句は、君は志高く独り帰り、長嘯して散居の門を開くだろう、林間の地は荒れて、石を敷いた道には薔薇が生い茂っているだろうと思いやりつつ、そのむかし王子喬が笙を吹き鶴に乗って空を飛んだように、はるかな距離をこえて年の暮れをともにしたいものだ、と結ぶ。

李白は夢に月を見て、友人の幽居に薔薇を想像したのだけれども、自らの夢に薔薇を見たとしても同じことだろう。この薔薇は李白のものでもある。阿藤はそこにハインリヒがあこがれた「青い花」を重ね合わせて詩想とする。点景に過ぎなかった薔薇に焦点が合わされて、薔薇は象徴として動き出し、幻想を紡ぎ出す。

この時期、阿藤はすでに漢詩を多く作っている。同じ一九三一年の十一月に日夏の監修で発刊された雑誌『戯苑』[15]巻ノ一には、七言絶句を二篇、「思友」「寄竹」を寄稿し、翌年の四月に発行された巻ノ二にはやはり七絶を三篇、「望湘」「次韻細香女史冬夜作」「歸園」を寄せる。また、一九三一年十二月に出された『古東多卍』第三号には「五律四首」(実際には五言絶句四首)、「別思」「長安孤望」「甘露律龕」「栽竹」を載せる。「哀薔薇」とは異なって、さらりと書かれたふうのものが多い。一方で、他に近代詩は見えない。あるいは「哀薔薇」は少し前に書かれたものだったのだろうか。

一九四八年にこれも日夏の監修で発刊された雑誌『婆羅門』第一冊にも阿藤の漢詩は見える。七言排律「狩野夫子八秩大慶詩」、五言律詩「離京」「歸田」「草堂題壁」。五律三篇のほうは、帰郷の途をたどる順に並べられ、自らの境涯をかたちとして示している。最後の「草堂題壁（草堂 壁に題す）」を掲げよう。

草館喬松下　閒窗修竹邊
虛心看古畵　精思讀陳篇
智者能從命　仁人自樂天
所憂在名教　獨臥恥前賢

草館 喬松の下、閑窓 修竹の辺。虚心にて古画を看、精思して陳篇を読む。智者は能く命に従い、仁人は自《おのずか》ら天を楽しむ。憂う所は名教に在り、独臥して前賢に恥づ。

草堂は母屋に向かって右手に立てられた書斎虚白堂であろう。その前にあった大きな松はいまはない。一九九九年に鴨方町に寄贈された旧宅一帯は、整備されて二〇〇六年に阿藤伯海記念公園となった。旧居の西には小高い丘があって、あたりを一望できる。一高を辞して二十年餘、阿藤はここで書を読み、画を楽しみ、多くの詩を作った。詩は作ったが、他に文章を著したりすることはなかった。読書は続けたが、もとより研究論文など発表してはいない。

明るい日ざしのなか、係の人に旧宅の部屋一つ一つを案内していただきながら、昭和において漢詩人であるとはどういうことなのか、ふと腑に落ちたような気がした。阿藤の漢詩は、自らと自らに親しい者のためにのみ書かれている。優劣を競うことなく、ただ自らが納得するために書かれている。漢詩を作ることが公私にわたる社交のために求められた時代であれば、そうした姿勢を貫くことは難しい。漢詩を作る人が少なくなった世だからこそ、確保できる領分がある。この居宅はそれなのだ。

そういえば、阿藤の詩が載った『古東多卍』『戯苑』『婆羅門』などは、形式もさまざまな文章がある中に、漢詩としてはただ阿藤の作が載るのみであった。孤立しているようで、だが収まりは悪くない。阿藤もそれを好んでいたのかもしれない。近代詩は、世の風潮にさらされやすい。世との相容れなさに敏感であった阿藤にとっては、[16]むしろ古い形式に縛られた漢詩においてこそ時代と距離をおいて自己の世界を守ることができる。憶測に過ぎないが、近代詩から始めながら漢詩に近づいた要因にはそうしたこともあったのではないか。

旧宅の一室には、滕簡書と署された句が掲げられていた。

寂莫憐吾道

依稀似古人

「寂寞」は孤棲のさま、「憐」はいつくしむと訓じるべきであろうか。「依稀」は彷彿に同じく、どことなく古人に似てきた、とは阿藤の本望であったに違いない。

【注】

（1）浅口市教育委員会発行『阿藤伯海』所載の「阿藤伯海略年譜」には一九四一年の項に「第一高等学校講師、後、教授」とあるが、一九六五年四月九日付『朝日新聞』夕刊に掲載された佐藤得二「ある漢詩人の死」に「昭和十五年夏、明大から母校の旧制一高に転じた彼は」とあるのに依拠した。この当時佐藤は第一高等学校教授であった。なお、「阿藤伯海略年譜」には一九二六年に法政大学に着任したとあるのみで明治大学については言及がないが、高山峻による阿藤の追悼文「諦観と反時代性」に「法大を去って一時明大に教鞭を取ったが、まもなく招かれて一高講師となった」（『同時代』二一、一九六六年十一月、黒の会）とある。

（2）「千年も遅く」「詩礼伝家」「金雀花《えにしだ》の蔭に」を収めた『詩礼伝家』は一九七五年に文藝春秋から出版され、一九九三年に講談社文芸文庫として増補版が出版された。増補版には短編「蘇州で」が加えられ、清岡による「著者から読者へ」のほか、「解説」（高橋英夫）、「作家案内」（小笠原賢二）、「著書目録」が付されている。また、二〇一〇年には財団法人吉備路文学館によって復刻版（増補版から「解説」以下を省き、本文を組み直したもの）が発行されている。本稿での引用は、「蘇州で」以下は増補版、それ以外は初版によった。

（3）『詩礼伝家』初版、三七頁。

（4）同書、七頁。

（5）高木友之助「阿藤伯海先生の思い出」（『阿藤伯海先生の思い出～高木氏 三重野氏 恩師を語る～』二〇一六年、浅口市教育委員会）参照。

（6）同書、七―八頁。

(7) 小稿「おんみやうじ――日夏耿之介と阿藤伯海」（『日本近代文学館年誌 資料探索』7、二〇一二年三月、公益財団法人日本近代文学館）。

(8) 齋藤磯雄「先師追懐」（前掲『同時代』二一、のち『随筆集　ピモダンの館《やかた》』（廣濟堂出版、一九七〇年）、同（小澤書店、一九八四年）、『齋藤磯雄著作集』第Ⅰ巻（東京創元社、一九九一年所収）を参照。

(9) 以下、阿藤の詩文については、字体および仮名遣いは原文のままとした。

(10) 「玖」は「玫」の誤植か。

(11) 山内義雄「立派な手紙」（前掲『同時代』二一所収）参照。

(12) 『明治大正文学全集』第三六巻「詩篇」（一九三一年、春陽堂）のうち「昭和新進作家篇」。

(13) 紅野敏郎『文芸誌譚　その「雑」なる風景一九一〇―一九三五年』（二〇〇〇年、雄松堂出版）の「古東多卍」の項に紹介されている。なお、『明治大正文学全集』所載とはわずかながら異同がある。

(14) 宋蜀本『李太白文集』巻十五。

(15) 紅野敏郎「逍遥・文学誌（一〇七）「戯苑」――日夏耿之介・阿藤伯海・石川道雄・矢野峰人・山内義雄ら」（『国文学　解釈と教材の研究』第四五巻第六号、二〇〇〇年五月、学燈社）参照。

(16) 友人や教え子たちの回想のほか、『日夏耿之介宛書簡集』（飯田市美術博物館、二〇〇二年）に収録された阿藤の書簡からもそれは窺える。

あとがき

連載原稿を読み返しながら、ここに通底するものは何だろうと考えた。「まえがき」には「気ままに書いて」いたと記したけれども、実情は苦しまぎれと言ったほうがよく、締切に迫られ、その時々に書けることを書いていたに過ぎない。入稿と校正の綱渡りを毎回のように繰り返し、迷惑をおかけしていた。各回の標目もそのつど頭に浮かんだもので、要するに全体として明確な構想があったわけではない。

本にするとなれば、そうはいかない。たとえば書名を決めなくてはいけない。その時々の雑記なのだから連載タイトルのままでよいのかもしれないが（結局そうなったのだが）、それだけでは読者に手にとっていただくには心許ない。他の記事のついでにいかがでしょうというわけにはいかないのである。せめて副題を工夫して、内容の一端なりとも示せないか。それにしても、いったい自分は何を書こうとしているのだろう。文章を整理しながら頭を悩ませた。

たどり着いたのが、「文学のありか」だった。何が文学であるかも含めて、どの文章も、それを探ろうとするところがあり、それについて語ろうするところがあるように思えた。どのようなことばの場において、文学は生まれ、交わり、繋がるのか。

「まえがき」でも触れたが、漢字圏では、文学という語は古典と近代で意味の断絶をともないつつ、なお同じ語形で用いられている。その糸をたぐり寄せれば、新たな視界が開けることもある。古典語と翻訳語の二重性を具えていることがそこでは有効に働く。漱石に「漢学に所謂文学と英語に所謂文学とは到底同定義の下に一括し得べからざる異種類のものたらざる可からず」(『文学論』序)との有名な言があるけれども、漱石自身の「文学」が後押ししたように、むしろ異種混在こそが東アジアの近代文学を生んだ。いま思えば、この本に収めた文章は、それを想起しようとするつたない試みでもあった。

遡れば孔門における文学もことばの共有と飛躍を喜びとしたことは、「ともに詩を言う」で述べた。古今を問わず、文学のありかを探れば、私たちのことばの脈動が確かめられる。文学とは何か、その問いは飽きるほど繰り返されているが、むしろ一つ一つそのありかを探ることから見えてくるものがある。ありかを感知できるかどうか、そもそもなぜ感知しうるのか。そこから問いを始めてもよさそうだ。

初出を連載順に示せば次の通りである。『UP』の号数は通巻で示した。

漢文ノート13「菊花の精」『UP』四四四号(二〇〇九年十月)

漢文ノート14「年年歳歳」『UP』四四七号(二〇一〇年一月)

漢文ノート15「口福」『UP』四五〇号（二〇一〇年四月）
漢文ノート16「瓜の涙」『UP』四五三号（二〇一〇年七月）
漢文ノート17「書斎の夢」『UP』四五九号（二〇一一年一月）
漢文ノート18「ともに詩を言う」『UP』四六二号（二〇一一年四月）
漢文ノート19「悼亡」『UP』四六五号（二〇一一年七月）
漢文ノート20「隠者の琴」『UP』四六八号（二〇一一年十月）
漢文ノート21「走馬看花」『UP』四七四号（二〇一二年四月）
漢文ノート22「蝉の声」『UP』四八〇号（二〇一二年十月）
漢文ノート23「二人組」『UP』四八三号（二〇一三年一月）
漢文ノート24「霞を食らう」『UP』四八六号（二〇一三年四月）
漢文ノート25「帰省」『UP』四八九号（二〇一三年七月）
漢文ノート26「双剣」『UP』五一〇号（二〇一五年四月）
漢文ノート27「斗酒なお辞せず」『UP』五一三号（二〇一五年七月）
漢文ノート28「満目黄雲」『UP』五一六号（二〇一五年十月）
漢文ノート29「詩のかたち」『UP』五一九号（二〇一六年一月）
漢文ノート30「郎君独寂寞」『UP』五二二号（二〇一六年四月）
漢文ノート31「起承転結」『UP』五二五号（二〇一六年七月）
漢文ノート32「読書の秋」『UP』五二八号（二〇一六年十月）
漢文ノート33「杜甫詩注」『UP』五三一号（二〇一七年一月）

漢文ノート34「友をえらばば」『UP』五三七号（二〇一七年七月）
漢文ノート35「スクナシジン」『UP』五四〇号（二〇一七年十月）
漢文ノート36「漢詩人」『UP』五四三号（二〇一八年一月）

連載を二〇一八年一月で終えたのは、三十六という数字に切りのよさを感じたからである。ふと思い立って阿藤伯海の旧居を訪れ、これで一区切りという気持ちにもなった。青く穏やかな空に白い月が浮んでいた。

書籍化にあたっては、連載に引き続いて東京大学出版会の山本徹さんにお世話になった。心から謝意を表したい。

二〇二一年八月

齋藤希史

索　引

あ　行

阿藤伯海　281, 282, 288, 291-293
　哀薔薇　288
　右相吉備公館址作　283
　狩野夫子八秩大慶詩　292
　甘露律龕　291
　歸園　291
　寄竹　291
　歸田　292
　栽竹　291
　次韻細香女史冬夜作　291
　思友　291
　草堂題壁　292
　大簡詩草　283
　長安孤望　291
　別思　291
　望湘　291
　離京　292
青木正児　104
　酒中趣　104
尼ヶ崎彬　260
天稚彦の草紙　80
安禄山　243, 269, 272
韋絢
　劉賓客嘉話録　40
井土霊山
　作詩大成　214
飯間浩明　205
池玉瀾
　佐遊李葉　238
池大雅　238
石崎又造　130
泉鏡花　75, 77, 81
　瓜の涙　75-79, 81
板垣退助　113
殷仲堪　225
上田敏　288
　海潮音　263
漆山又四郎　264, 265
　唐詩選　264
　杜詩の訳注について　265
　訳注陶淵明集　263, 264
　訳注杜詩　264, 265
　李太白詩選　264
恵洪　156
　冷斎夜話　156
栄啓期　137-139, 188
越絶書　33
淮南子
　墜形訓　162
王維　152
　過太乙観賈生房　11
　送平淡然判官　152
王逸　5
　茘支賦　5
王済　97-99
王粲　75, 138
　登楼賦　138
王綏　189
王績　92
　五斗先生伝　92
　酔郷記　92
応瑒　75
王讜
　唐語林　40
王勃
　贈李十四　226
王莽　41
欧陽建　41
欧陽脩　226
　試筆　227
王安石　154, 156, 202, 204
　自白土村入北寺　154, 155

壬戌五月与和叔同遊斉安　156
東陂　155, 156
木末　155, 156
王羲之　175, 192
蘭亭詩　175
大木康　204, 206
大窪詩仏　126
大隈重信　113
大田錦城　208
大田才次郎（淳軒）　208
十八史略講義　208
新世語　207, 208, 210, 211
荘子講義　208
唐詩選三体詩講義　208
大田晴軒　208
大田南畝　119, 121, 125
大伴家持　8
岡嶋昭浩　216
荻生徂徠　125
尾崎紅葉　85
二人女房　85

か　行

狩野直喜　283, 284
狩野永納　148
柿本人麻呂　8
郭璞　42, 44
遊仙詩　176
学令類纂　117
釜谷武志　13
亀田鵬斎　127
狩谷棭斎
箋注倭名類聚抄　8
軽口大黒柱
独りべんとう　121
関羽　27
桓温　42
漢書
司馬相如伝　5
楊惲伝　88
干将・莫耶　33, 34
菅茶山　157
秋日雑詠　157
韓昶　195
韓愈　50, 52, 53, 195, 199-201
送孟東野序　50
長安交遊者一首，贈孟郊　52
符読書城南　195-198, 202, 204, 205
孟生詩　53
与孟東野書　50
寒山拾得　253
季札　32
吉備真備　283
北原白秋　284, 288
北村透谷　262
清岡卓行
詩礼伝家　281
千年も遅く　281, 283, 288
橋玄　88
玉台新詠　29-31
贈故人（鮑照）　29
錦繍段　256, 260
金文京　35
屈原　5
熊代彦太郎
俚諺辞典　211
黒田清隆　113
嵆康　188
琴賦　188
藝文類聚　8, 174, 225
寡婦賦（潘岳）　66
蟬賦（曹植）　170
悼亡賦（潘岳）　63
茘支賦（王逸）　5
桀溺　249
阮瑀　66, 74, 152
厳君平　235
元稹　63, 169
三遣悲哀　63
春蟬　169
阮籍　34, 96, 188
楽論　34
現代詩集第一集（新詩会）　284
後漢書
逸民伝　188, 250
橋玄伝　88

五行志　42
呉二娘　133
呉質　73
児島献吉郎　214
後藤芝山　129
後藤象二郎　113
古文真宝　38, 202, 204, 205
勧学文　202, 204, 205
有所思(宋之問)　38
小南一郎　267
後陽成天皇　202
耿湋　166
聴早蟬歌　166
項羽　90, 91
江淹　44, 152
雑体詩　152
康熙帝　149
御製耕織図　149, 150
孔子　20-24, 132, 138, 142, 187, 188, 204, 249
項荘　90
高宗　148
公孫鳳　189
幸田露伴　263, 264
訳注陶淵明集　263, 264
俚諺辞典　211
李太白詩選　264
光武帝　41, 250
孔融　75
黄堅　202
高適
薊中作　151
別董大　151, 152
興膳宏
古代漢詩選　143
杜甫詩注　267-269, 274, 277
紅野敏郎　295
国訳漢文大成　260
小島憲之　13
小宮豊隆　170

さ　行

佐々木秀一　201
読書の秋来たる　200, 201
左思
詠史　235
蜀都賦　6
佐藤得二　283
ある漢詩人の死　294
佐藤春夫
古東多卍　288, 291, 293
佐羽淡斎　126
西郷隆盛　113
西条八十　288
齋藤磯雄　284
先師追懐　295
斎藤茂吉　170
立石寺の蟬　171
坂本太郎
菅公と酒　139
桜井絢　149
佐藤浩一　130
三国志
武帝紀　93
三体詩　241, 256, 260
三国志演義　27, 28
三体詩素隠抄　242, 257
詩(経)　16, 19-24, 41, 63, 169, 175, 188, 196, 199
淇奥　23
蕩　169
雄雉　175
鹿鳴　16
子夏　23
史記
項羽本紀　90
蕭相国世家　243
蘇秦伝　86
伯夷伝　245
范雎伝　233
四庫全書　274
子貢　23
司馬炎　96, 98
司馬乂　96
司馬冏　96
司馬光　202

四民月令　177
子路　249
塩谷温
　唐詩三百首　258, 263
　唐詩三百首新釈　263, 264
塩谷宕陰
　大統歌　257
司馬相如
　大人賦　5
島崎藤村　262
　北村透谷集　264
　藤村詩抄　264
　若菜集　262
下定雅弘
　杜甫全詩訳注　275, 276
下田歌子
　お伽噺教草　170
謝安　175
謝恵連　44
謝荘　64
謝霊運　44, 153
　擬魏太子鄴中集詩　152
　山居賦　225
朱熹　202, 204
　勧学文　203
叔斉　245, 246, 248
粛宗　269
春秋左氏伝　17
書(経)　22, 188, 196
初学記
　蟬賦(曹植)　170
徐幹　75
徐君　32
蕭何　243
鍾嶸　44
　詩品　44
鍾子期　35, 185-187
蕭統(昭明太子)　181
　陶淵明伝　177, 184
　文選　→文選
邵(召)平　243
焦秉貞
　御製耕織図　149, 150
少年園　105, 109, 111, 118
鍾繇　177
笑話出思録　128, 130
徐広
　車服雑注　162
白川静　19
任子咸　66
晋書　34, 188
　隠逸伝　189
　王済伝　104
　桓温伝　42
　張華伝　31
　張翰伝　96, 104
　陶潜伝　184
仁宗　202
　勧学　203
真宗　202, 204
　勧学　202, 204
沈約　184
　宋書　→宋書
神宗　154
新体詩抄　111, 260
隋書
　五行志　43
菅原道真　138, 139, 142
　停習弾琴　140
　冬夜閑思　139
　読楽天北窓三友詩　138, 140
鈴木虎雄　283, 284
スマイルズ
　自助論(西国立志編)　105
世説新語　97
　仇隟篇　40
　言語篇　97, 175
　識鑒篇　96
　任誕篇　104
　汰侈篇　104
　排調篇　237
石崇　40, 41
説文解字　175
接輿　138
千字文　257
楚辞　11, 260

遠遊　4, 5
蘇洵　101
蘇舜欽　227
蘇軾(蘇東坡)　95, 100-103, 174
元修菜　104
四月十一日初食茘支　102
初到黄州　101
書諸集改字　174
題淵明飲酒詩後　174
荘子
漁父篇　187
宋之問　38, 40, 45
有所思　38
宋書
隠逸伝　189
陶潜伝　184
曹植　64
蟬賦　162-165
捜神後記　252
曹操　88
曹丕　66, 73-75, 177
与朝歌令呉質書　73, 74
続斉諧記　252
孫会宗　87
孫秀　41
孫登　189

た　行

戴逵　189
戴顒　189, 190, 192
太平御覧　97
戴勃　189
高木友之助　281, 282, 294
高山峻　294
滝川幸司　143
田口卯吉　223
竹友藻風　284, 288
太宰治
清貧譚　179, 180
館柳湾　127
田中謙二　13
谷干城　113
湛方生
後斎詩　225
茅野蕭々　288
紂王　245
張華　32, 33
張翰　96-100, 247
張衡
西京賦　7
張若虚　45
春江花月夜　45
長沮　249
張飛　27
陳繹曾　213
文章欧冶(文筌)　213
陳叔宝(陳後主)　43, 44, 46
春江花月夜　46
陳仲子　180
陳琳　75
陳繹　156
鶴見俊輔
思い出袋　201
鄭虔(鄭広文)　244
鄭審　244-248
寺門静軒
江戸繁昌記　86
寺山修司
瓜の涙　82
杜甫　233, 242-248, 269, 271, 273, 275
飲中八仙歌　92
解悶　242, 254
喜達行在所　269
秋日寄題鄭監湖上亭　245-247
秋日夔府詠懐奉寄鄭監李賓客一百韻　244, 247
冬日有懐李白　226
外山正一　260
抜刀隊　261
陶淵明(陶潜)　90, 99, 100, 113, 115, 134-136, 139, 140, 173-179, 181, 184, 185, 188-190, 192, 247
飲酒　173, 177, 178
閑情賦　181
帰鳥　176
帰園田居　103

帰去来辞　113, 225
九日閑居　177
五柳先生伝　92
雑詩　90, 173
扇上画賛　176
答龐参軍　191
桃花源記　113
与子儼等疏　134
和郭主簿　191
東京大学新聞　195
鄧慶真　8
唐詩三百首(塩谷温)　258, 263
唐詩三百首新釈(塩谷温)　263, 264
唐詩選　38, 152, 241, 258, 260, 281
烏夜啼(李白)　153
解悶(杜甫)　242
春江花月夜(張若虚)　45
代悲白頭翁　37
別董大(高適)　151
唐詩選(漆山又四郎)　264
唐詩選国字解(服部南郭)　242
唐詩選講話〔袖珍〕(富塚徳行)　259
唐詩選新注(玉椿荘主人)　258
唐詩選註釈(宝文館編輯所編)　258
董卓　42
東京帝国大学五十年史　107
唐書
劉従諫伝　233
読楽天北窓三友詩　141
徳富蘇峰　114
富塚徳行
袖珍唐詩選講話　259
朝永三十郎　284

な　行

中川一政　288
中島敦
悟浄歎異　3
中務哲郎
イソップ寓話集　159
夏目漱石　173, 221, 232, 234
『漱石全集』第一巻　222, 232, 236
『漱石全集』第十九巻　232
草枕　173
虞美人草　223, 225
木屑録　239
吾輩は猫である　219-222, 231-233, 240
新田義貞　28
ノヴァーリス
青き花　290
乗附春海
作詩軌範〔古今各体〕　209-211

は　行

梅堯臣　59, 61-63, 67, 68
五月二十四日過高郵三溝　62
書哀　68
悼亡詩　59-61
八月二十二日廻過三溝　62
バイロン
マンフレッド　262
伯牙　35, 185, 186
白居易　54, 133-135, 137-140, 142, 166-169, 202, 204
翰林院中感秋懐王質夫　167
寄殷協律　133, 137
吾土　137
酔吟先生伝　138, 139
早蟬　167, 169
北窓三友　134-136, 139
茘枝図序　102
伯夷　245, 246, 248
芭蕉　170
服部南郭
唐詩選国字解　241, 257
林達夫
完訳ファーブル昆虫記　160, 161
林羅山　129
原采蘋
竹枝曲　238
樊噲　90-92
潘岳　40-44, 63, 64, 66-68
哀永逝文　63, 67
寡婦賦　66, 67
悼亡詩　63-65, 67

悼亡賦　63, 67
范成大　156
班超　152
汜騰　189
日夏耿之介　283, 284, 288
戯苑　293
婆羅門　291, 293
平賀源内　119, 121
吉原細見里のをだ巻評　119
武王　245
傅若金　213
詩法正論　213
ファーブル　160-162
藤代禎輔　284
藤原克己　143
藤原耕作　182
蒲松齢
聊斎志異　178, 181
鮑照　29-31, 34, 235-237
詠史　234, 238
贈故人　29
堀口大學　284

ま　行

前田愛　118
正岡子規　239, 240
松原朗
杜甫全詩訳注　275, 276
松の落葉　210
万葉集　7-9
三重野康　281, 282
三木露風　288
水谷誠　157
宮崎湖処子　109, 113-115
帰省　114-116
壮士，青年，少年　109-114
宮本武蔵　27
三好達治
新唐詩選　46
武藤禎夫　130
江戸小咄辞典　120
噺本大系　130
未翻刻江戸小咄本八集　130
室直哉
漢詩独習〔作法詳解〕　211
孟郊　49, 50, 52-56
再下第　50
登科後　49
同年春宴　54
夜感自遣　50
遊子吟　56
落第　51
蒙求
劉阮天台　252
霊輒扶輪　233
森有礼　107
森鷗外　221
於母影　262
寒山拾得　253
マンフレッド　262
守貞謾稿
鰻屋　123
文選　8, 63, 64, 75, 87, 174, 273
哀永逝文（潘岳）　63
詠史（左思）　235
詠史（鮑照）　235
擬魏太子鄴中集詩（謝霊運）　152
古詩十九首　65, 87, 153
雑詩（陶淵明）　173
雑体詩（江淹）　152
西京賦（張衡）　7
蜀都賦（左思）　6
歎逝賦（陸機）　6
遊仙詩 (郭璞)　176
与朝歌令呉質書（曹丕）　73

や　行

矢田博士　158
矢田部良吉　260
ロングフェロー氏児童の詩　111
梁川紅蘭　208
梁川星巌　126, 207-212, 214
柳田國男　83
酒の飲みようの変遷　83-85
故郷七十年　115
山内義雄　295

山本北山　125-128, 207
笑堂福聚　125, 126, 130
山田吉彦
完訳ファーブル昆虫記　160, 161
有朋堂漢文叢書　259, 260
幽明録　252
楊惲　87
報孫会宗書　87
楊貴妃　102
楊広　44
楊万里　156
横田閑雲　131
吉川幸次郎　23, 87, 269, 271, 274
哀王孫　哀江頭　喜達行在所　269
尚書正義　271
推移の悲哀　87
杜甫Ⅰ　272, 274
杜甫Ⅱ　273
杜甫私記　272
杜甫詩注　267, 269, 273, 276
杜甫ノート　272

ら　行

雷華　33
雷煥　32
頼山陽　208-212, 214, 215
百合伝　237
李白　93, 242, 288, 291
烏夜啼　153
古風　235
江上秋懐　11
贈別王山人帰布山　290
南陽送客　93
陸機　6, 7, 97-100
歎逝賦　6
陸游　156, 228
九月初作　233
書巣記　227
柳永　202
劉逵　6
劉義慶　40
世説新語　→世説新語
劉希夷　37-40, 42, 44-46
代悲白頭翁　37
劉肅　39
大唐新語　39
柳宗元　54
劉楨　75
劉備　27, 35
劉邦　90
劉伶　137, 139
酒徳頌　92
梁鴻　188
緑珠　41
礼（経）　22
列子
天瑞篇　188
湯問篇　186
老子　235
楼璹　148, 149
耕織図　148
鹿鳴　20
論語　23, 127, 128, 132, 137, 245
為政篇　20
学而篇　22, 127, 128
季氏篇　21, 131, 204
子路篇　21
述而篇　22
八佾篇　23
微子篇　249
陽貨篇　204
ロングフェロー　111

わ　行

和漢朗詠集　40
渡部武　157

著者略歴
齋藤希史（さいとう　まれし）
1963年生まれ．京都大学大学院文学研究科博士課程中退（中国語学中国文学）．京都大学人文科学研究所助手，奈良女子大学文学部助教授，国文学研究資料館文献資料部助教授，東京大学大学院総合文化研究科教授を経て，現在，同大学院人文社会系研究科教授．著書に『漢文脈の近代——清末＝明治の文学圏』（名古屋大学出版会，サントリー学芸賞），『漢文スタイル』（羽鳥書店，やまなし文学賞），『漢詩の扉』（角川選書），『漢文脈と近代日本』（KADOKAWA），『詩のトポス』（平凡社）など．

漢文ノート
——文学のありかを探る

2021年10月29日　初　版
2022年 1 月14日　第2刷

［検印廃止］

著　者　齋藤希史《さいとうまれし》
発行所　一般財団法人 東京大学出版会
代表者 吉見俊哉
153-0041 東京都目黒区駒場 4-5-29
http://www.utp.or.jp/
電話 03-6407-1069　Fax 03-6407-1991
振替 00160-6-59964

印刷所　大日本法令印刷株式会社
製本所　大日本法令印刷株式会社

ISBN 978-4-13-083083-6 Printed in Japan